Wolfgang Polifka

W0224316

Die Rosenberg-Pergamente

Ein Kronach-Krimi

SUTTON KRIMI

Der Autor

Der gebürtige Kronacher Wolfgang Polifka, Jahrgang 1947, hat beruflich die ganze Welt gesehen – und ist doch immer von seiner Heimatstadt und ihrer Geschichte fasziniert geblieben. Polifka ist mit zahlreichen Beiträgen in Krimi- und SciFi-Anthologien, einem historischen Roman sowie, gemeinsam mit einer Co-Autorin unter dem Pseudonym Lea Wolf, mit mehreren erfolgreichen Krimis auffällig geworden.

Sutton Verlag GmbH
Hochheimer Straße 59
99094 Erfurt
www.suttonverlag.de
www.sutton-belletristik.de
Copyright © Sutton Verlag, 2014
Gestaltung und Satz: Sutton Verlag

ISBN: 978-3-95400-318-1

Lektorat: Dorothée Engel, Hamburger Buchkontor, Salzbergen
Druck: CPI books GmbH, Leck

Die historische Figur des Johann Rudolph Mayer ist mir in Peter Engerissers Buch über den Dreißigjährigen Krieg »Von Kronach nach Nördlingen« begegnet.

Was ich daraus gemacht habe, muss ich allerdings allein verantworten:

Einen Krimi – auch für Leser, die normalerweise keine Krimis mögen.

1

»Grüß Gott, Frau Müdürlüg …«, Götz Flößer stockte, wurde rot und streckte der jungen Frau mit einem entschuldigenden Achselzucken die Hand hin.

Dabei war er gar nicht sicher, ob sie diejenige war, mit der er sich hier im »Pfarrhof« treffen wollte. Genauer gesagt treffen sollte, einer direkten Anweisung aus der bayrischen Staatskanzlei folgend.

Wie eine typische Türkin sah sie nicht aus. Zumindest nicht, wie Götz sich eine vorstellte.

In Kronach war der Anteil türkischer Mitbürger gering und von denen war noch kaum einer polizeilich auffällig geworden.

Eine Uniform hatte er ebenso wenig erwartet wie ein Kopftuch, aber zumindest dunkle Haare anstelle kupferfarbener Locken, die von einer Spange zu einem Pferdeschwanz gebändigt wurden. Ein silberner Halbmond, in dessen Mitte ein Clip in Sternform, lieferte jedoch einen eindeutigen Hinweis auf ihr Heimatland. Anders als sein Hemd zeigte ihre weiße Bluse, deren zwei obere Knöpfe geöffnet waren, keinerlei Knitterfalten. Die modisch gebleichten Jeans sahen auch nicht aus wie ein Sonderangebot aus dem Kronacher Kaufhaus TEKA, sondern wiesen eindeutig auf eine Designerboutique hin.

So viel zum Thema Vorurteile, dachte Götz Flößer. Von denen hatte er sich bisher weitgehend frei gefühlt.

»Nennen sie mich einfach Yildiz«, sagte sie, drückte seine Hand und sah ihn aus graublauen Augen forschend an.

Wie kann ein Mensch bei dieser Gluthitze nur kühle und trockene Hände behalten, dachte er. Er hoffte, dass zumindest sein Hemd keine feuchten Flecken unter den Achseln zeigte.

Seit Tagen stöhnte Kronach unter wüstenähnlichen Temperaturen. Tagsüber zweiunddreißig bis vierunddreißig Grad, mit einer relativen Luftfeuchtigkeit von achtundzwanzig Prozent. Das behauptete die Wetterstation mit Außenfühler auf seinem Balkon und Götz hatte keinen Grund, an deren Messgenauigkeit zu zweifeln. Auf den dunklen Basaltsteinen des Straßenpflasters in der Kronacher Altstadt hätte man Spiegeleier braten können und schon die wenigen Stufen aus dem klimatisierten Dienstwagen in die kleine Lobby des »Pfarrhofs« hatten ihm den Schweiß auf die Stirn getrieben.

Der »Pfarrhof«, den er einfach Stadthotel nannte, lag in der historischen Altstadt und war nach Götz' Meinung nach die beste Unterbringungsmöglichkeit für einen ausländischen Gast. Zentral gelegen, ein kleiner, dennoch repräsentativer Renaissancebau, erst vor wenigen Jahren eröffnet und, wie er gehört hatte, mit liebevoll und individuell eingerichteten Zimmern.

»Directly in the center of downtown«, hatte er einmal einem amerikanischen Ehepaar den Weg dorthin gewiesen. Was seinen Vorgesetzten Hans Kräutlein, in dessen Begleitung er sich befand, zu der Frage veranlasste: »Warum schigsta denn die armen Touristen in die Unterstadt, des Stadthodel is doch in der Oberstadt?«

Dass »downtown« einfach nur Innen- oder Altstadt und nicht Unterstadt bedeutete, löste bei dem Inspektionsleiter Hans Kräutlein Kopfschütteln aus.

»Unlogisch is des Englische. Unlogisch.«

Götz lächelte die untürkisch aussehende junge Frau an.

»Willkommen in Deutschland und herzlich Willkommen in Kronach. Ich bin Götz Flößer und soll Sie bei Ihrer Arbeit unterstützen«, sagte er und bemühte sich um eine möglichst hochdeutsche Aussprache.

Kurz erinnerte er sich an den Anruf, den er vor zwei Tagen aus der bayrischen Landeshauptstadt erhalten hatte.

»Lesens dem Fräulein Tochter von dem Herrn Mürderdür … äh, M-ü-d-ü-r-l-ü-g-ü …«, der Anrufer klang, als lese er im zweiten Anlauf den Namen von einem Blatt Papier ab, »… olso dör Dame aus der Türkei an jeden Wunsch von die Augen ab. Dös is wichtig …« Eine Pause folgte, als überlege der Mann am anderen Ende der Leitung, ob damit alles gesagt sei. War es offensichtlich nicht, denn er fuhr mit eindringlicher Stimme fort: »Aber Herr Flößer, halten's Ihnen ja bedeckt, mit Ihre Ermittlungsergebnisse, aach wenn des a Kollegin von Ihnen is. Und vor allem …« Wieder eine Pause offenbar angestrengten Nachdenkens. »Machen's auf gar koanen Fall irgendwölche Zusoagn. Homs mich verstanden, Herr Oberkommissar? Koane Zusoagn! Absolut koane.«

»Selbstverständlich, Herr Staatssekretär«, hatte er geantwortet, obwohl ihm dessen Anweisungen widersprüchlich bis hirnrissig erschienen.

Aber als stellvertretender Leiter einer unbedeutenden Polizeiinspektion wie der in Kronach widersprach man keinem hochrangigen Beamten aus der bayrischen Staatskanzlei. Vor allem dann nicht, wenn diese Anweisungen persönlich und nicht auf dem üblichen Dienstweg übermittelt wurden. So etwas passierte schließlich nicht jeden Tag. Genau genommen war es Götz Flößer noch nie passiert.

»Mit Ihrer vorgsetztn Dienststölln und Ihrm Schäf is alles abgsprochen«, hatte der Oberbayer noch hinzugefügt.

Das hatte sich Götz natürlich bestätigen lassen. Seltsamerweise stellte sich die Sache nicht als Kollegenscherz heraus, auch wenn er nicht wusste, worum es wirklich ging.

»Ist Götz Ihr Vor- oder der Familienname?«, riss Yildiz ihn aus seiner Erinnerung und lächelte bei der Frage.

Ihr Deutsch war bis auf einen schwachen Akzent perfekt. Hätte er nicht gewusst, dass sie Türkin war, hätte er wahrscheinlich Österreich als ihr Heimatland vermutet. Auf jeden Fall war ihre Aussprache korrekter als die des Staatssekretärs.

»Vorname«, antwortete er schnell.

Irgendwie stimmte ihn ihre Frage dankbar. Sie hatte also ein ähnliches Namensproblem wie er.

»Schön.« Ihr Lächeln verstärkte sich.

Götz hob fragend die Augenbrauen.

»Also wie der Götz von Berlichingen. Dessen berühmt-berüchtigter Ausspruch fast immer falsch zitiert wird.«

»Wieso falsch zitiert?«, fragte Götz und bemühte sich um ein freundliches Gesicht. Die Anspielung auf seinen Vornamen hatte er schon unendlich oft gehört, allerdings noch nie von einer Türkin.

»Weil es im Originalzitat ›im‹ und nicht ›am‹ heißt.«

Götz sah sie verwirrt an. Mit einer jungen Ausländerin, und sie war seiner Schätzung nach etwa zehn Jahre jünger als er, über die Feinheiten der deutschen Sprache zu diskutieren, noch dazu am Beispiel des drastischen Zitates des Götz von Berlichingen, darauf war er nicht eingestellt. Außerdem musste er zugeben, dass ihm der genaue Wortlaut des Götzzitats nicht nur unbekannt, sondern auch ziemlich egal war. Wenn jemand zu ihm sagte »Leck mich am Arsch«, war das ebenso eine Beleidigung als würde er »im« sagen. Da war die Gesetzeslage eindeutig.

»Was wollen Sie denn zuerst sehen?«, fragte er, um sich keine literarische Blöße zu geben.

Die Antwort verstand sich zwar von selbst, aber da er noch nie mit dem Vertreter oder der Vertreterin einer ausländischen Behörde zu tun gehabt hatte, konnte es nicht schaden,

Deutschland, insbesondere Franken und Kronach, als Hort besonderer Freundlichkeit und Hilfsbereitschaft auszuweisen.

Was ja meist auch stimmte. Denn wo in aller Welt, zumindest traf das auf den Rest von Deutschland zu, bekam man in einer Metzgerei oft noch ein Stück Wurst zugepackt, wenn man mehr als nur eine Leberkässemmel kaufte?

Außerdem waren die Türken, nach dem, was er aus der Tagespresse und den Fernsehnachrichten kannte, ziemlich empfindlich und obendrein mit einem oft überschäumenden Temperament ausgestattet. Angeblich schlimmer als die Italiener. Sich Mühe zu geben, konnte also nichts schaden. Deshalb unterdrückte er auch den Wunsch, sich den Ausweis der Dame zeigen zu lassen. Das konnte leicht als Polizeischikane ausgelegt werden.

Die Sache mit dem Familiennamen wurmte ihn noch immer. Er hatte sich Yildiz' Nachnamen während des Telefonates aufgeschrieben und mindestens ein Dutzend Male gelesen, um ihn sich einzuprägen. Aber ausgerechnet bei der Begrüßung hatten sich die Konsonanten und unzähligen »Üs« in ein unaussprechliches Codewort verwandelt. Selbst jetzt war er nicht ganz sicher. Hieß sie nun Mürdürlüglü oder Müdürlürgü?

Als Kind hatte Götz unter einer leichten Legasthenie gelitten. Aber das hatte sich längst ausgewachsen. Zumindest bei Namen wie Bantzer, Greiner, Keller oder Röckelein unterlief ihm nie ein Fehler.

»Den Ort«, sagte Yildiz.

»Sie meinen den Fundort?«

Die »Fast-Kollegin« überraschte ihn. Nach dem, was er sich nach der dubiosen Dienstanweisung aus München und dem ziemlich undurchsichtigen Status seiner Besucherin zusammengereimt hatte, war er mit absoluter Sicherheit davon ausgegangen, ihr Interesse gälte ausschließlich den Fundgegenständen.

Die lagen noch immer, trotz mehrfacher Prüfung durch verschiedene Experten, im Tresor der Kronacher Polizeiinspektion am Kaulanger. Auch das war ein Punkt, den er nicht verstand. Warum hatten die Spezialisten, die extra aus München angereist waren, das Zeug nicht einfach mitgenommen? Die Münchner waren doch sonst nicht so sensibel, wenn es um lokale, vor allem fränkische Belange ging.

»Ja«, sagte sie. »Wenn es Ihnen nichts ausmacht.«

»Absolut nicht«, antwortete Götz eingedenk der Anweisung des Staatssekretärs.

Wenn er an den dachte, drängte sich ihm immer der gleiche Gedanke auf.

Als Ausländer hätte der Mann keine Chance auf Einbürgerung in Deutschland gehabt. Zumindest nicht außerhalb Bayerns. In jedem anderen Bundesland wäre er beim Einbürgerungstest mangels ausreichender Beherrschung der deutschen Sprache durchgefallen. Zumindest dann, wenn man unter ausreichenden Sprachkenntnissen das Hochdeutsche verstand.

Götz Flößer musste grinsen.

»Ist mit meinem Deutsch etwas nicht in Ordnung?«, fragte Yildiz und sah ihn mit besorgt gerunzelter Stirn an.

Das sah lustig aus, weil sie dabei die »nicht-typisch-türkischen« Blaugrauaugen weit aufriss, was ihrem Gesicht den Ausdruck absoluter Unschuld verlieh, der gar nicht zu ihrem selbstsicheren Auftritt passte.

»Nein, nein, Ihr Deutsch ist bestens. Besser sogar als das vieler Deutscher«, beeilte sich Götz zu versichern. »Sind Sie denn mit dem Hotel zufrieden? Als Einheimischer hat man ja kaum Gelegenheit, das selbst auszuprobieren«, fragte er in seiner Rolle als Fremdenführer, Betreuer und Interface zwischen Kronach und Istanbul.

»Wunderbar. Alles bestens. Das Hotel ist super und der Service ist perfekt«, antwortete Yildiz und lächelte ihn an.

Götz zeigte auf die Ausgangstür. »Mein Wagen steht direkt vor dem Hotel. Wir können gleich fahren.«

Auf dem Podest, dessen Stufen hinunter auf die Amtgerichtsstraße führten, blieb Yildiz stehen, öffnete ihre Handtasche und setzte eine Sonnenbrille auf.

Von Dior, wie Götz an dem Schriftzug auf dem Gestell feststellte.

»Ist es in Istanbul auch so heiß?«, fragte er, um höfliche Konversation bemüht.

»Deutlich heißer, vor allem aber staubiger, jetzt im Hochsommer«, sagte sie und ging die Stufen hinter. »Wenn es Ihnen nichts ausmacht, nehmen wir lieber mein Auto.«

Sie wies mit dem Finger auf einen Wagen, der Götz bereits aufgefallen war, als er den Streifenwagen vor dem Hotel geparkt hatte.

Bonzenauto, war es ihm durch den Kopf geschossen, als er den Audi SUV mit Frankfurter Nummernschild gesehen hatte.

Dass dieses Auto ganz zufällig – wenn auch in einer anderen Farbe – sein persönlicher Traumwagen war, den er sich nie würde leisten können, verstärkte eher seine Missbilligung für den Parksünder. Das Kennzeichen hatte er sich selbstverständlich eingeprägt. Irgend so ein fauler Sack, der meinte, weil er einen dicken Schlitten fuhr, sei die auf fünfzehn Minuten begrenzte Kurzparkerzone direkt vor dem Hotel als Dauerabstellplatz für ihn reserviert. Er hatte mit der Versuchung gekämpft, die Kollegen von der Streife anzurufen, denn natürlich hatte er keinen Block mit Strafzetteln dabei. Die zu verteilen gehörte nicht zu den Aufgaben eines Kriminaloberkommissars.

»Ein wenig unauffälliger in der Farbe als Ihr Polizeiauto«, begründete Yildiz ihren Wunsch und ging zu dem Audi. Dessen

Türen öffneten sich mit hörbarem Knacken, obwohl Yildiz keinen Schlüssel in der Hand hatte.

Als er die Beifahrertür öffnete, schlug Götz der typische Geruch eines Neuwagens entgegen.

Fast wie ein Parfüm. Neu und luxuriös. Wobei die voluminöse Herznote »Luxus« deutlich über die einfacher strukturierte Kopfnote »Neu« dominierte.

Götz hoffte, »Neu« und »Luxus« würden zusammen den leichten Schweißgeruch übertönen, von dem er sich plötzlich umgeben fühlte.

Kein Staubkörnchen verunstaltete das vornehme Dunkelgrau der Armaturenanlage. Vorsichtig ließ er sich auf das safrangelbe Leder des Beifahrersitzes gleiten und schnallte sich an.

Die türkische Regierung war offensichtlich sehr großzügig, wenn sie ihre Leute ins Ausland schickte. Ihm als deutschem Oberkommissar stünde laut Reisekostenregelung im Falle eines Auslandseinsatzes bestenfalls ein gehobener Kleinwagen zu.

Aber dieser Fall würde kaum eintreten. Mangels Karriereorientierung und zu großer Detailverliebtheit konnte er allenfalls damit rechnen, irgendwann die Leitung der Kronacher Inspektion zu übernehmen, gestand er sich ein. Und das frühestens in zehn oder fünfzehn Jahren. Er unterdrückte einen Seufzer.

Yildiz ließ sich auf den Fahrersitz plumpsen. Sie hatte anscheinend keinen Respekt vor Luxus.

»Nur ein Mietwagen«, sagte sie, als würde das die Notwendigkeit des Audis mit der eindrucksvollen Typenkennzeichnung »Q7« entschuldigen. »Bei uns zu Hause wäre mir ein solcher Schlitten zu unhandlich. Die Straßen unserer Altstadt sind eng und«, sie lachte, »man muss schon fast ein geübter Bergsteiger sein, um sich dort sicher bewegen zu können. So gewagt sind manchmal die Konstruktionen der Treppen und Bürgersteige.

Vor allem in den Seitenstraßen. Waren sie schon einmal in Istanbul?«

Götz schüttelte den Kopf.

Er verbrachte seinen Urlaub, wenn es das Wetter zuließ, im Lucas-Cranach-Bad am Kreuzberg, aber das musste er seiner türkischen Kollegin ja nicht auf die Nase binden.

Yildiz drückte einen Knopf. Der Motor des SUV erwachte mit dumpfem Brummen und schon nach wenigen Sekunden entströmte den Schlitzen im Frontbereich ein kühler Luftstrom.

Bei meinem Dienstwagen, dachte Götz, dauert es ewig, bis es der Klimaanlage gelingt, so etwas wie eine erträgliche Innentemperatur zu erzeugen.

»Ihr Deutschen baut klasse Autos«, sagte Yildiz und drehte mit einer Hand spielerisch das Lenkrad, als wolle sie die Leichtgängigkeit der Servolenkung prüfen. Den warnenden Gong und das Blinken einer Anzeige, die sie wohl für bedeutungslos hielt, ignorierte sie.

»Wohin?«, fragte sie.

»Immer bergauf, bis zur Festung«, antwortete Götz und fügte hinzu: »Bei uns in Deutschland herrscht übrigens Anschnallpflicht.« Er bemühte sich, nicht allzu schulmeisterlich zu klingen.

»Oh«, sagte Yildiz, griff nach dem Gurt und ließ ihn einrasten. Der Gong verklang und die Anzeige erlosch.

Ihr Druck auf das Gaspedal fiel ein wenig heftig aus. Mit quietschenden Reifen schoss der Wagen auf die Fahrbahn.

»Da lang« schnaufte Götz, deutete am Stadtturm nach links, während er sich mit der rechten Hand am Haltegriff über der Tür festklammerte.

Er versuchte, einen Blick auf den Tachometer zu erhaschen. Vergeblich. Das Kriegerdenkmal huschte an ihm vorbei, die Mauer der Festungsbastion schien auf ihn zuzustürzen, das Tor mit der geknickten Durchfahrt verschluckte sie, es wurde dunkel und gleich wieder hell.

Götz stemmte die Füße gegen den Teppichboden und wurde in den Sicherheitsgurt gepresst, als der Audi mit einem Ruck wenige Zentimeter vor den Planken eines Holztores zur Ruhe kam. Er taste nach dem Öffnungsmechanismus der Tür. Seine Hand war schweißnass.

»Bei uns in Deutschland gilt in Städten eine Höchstgeschwindigkeit von fünfzig Stundenkilometern«, sagte er mit rauer Stimme. Diesmal war es ihm egal, wie es klang. Er versuchte, das Zittern seiner Knie zu ignorieren, und ließ die Tür des Audis ins Schloss fallen.

»Oh«, sagte Yildiz, deren Kopf auf der anderen Wagenseite auftauchte.

Eine Maske der Unschuld, wie Götz feststellte. Trotz Sonnengläsern von Dior, groß und dunkelbraun wie das Innere einer Sonnenblumenblüte.

Selbst im gedämpften Licht des Burghofes erkannte er, dass Yildiz kein sichtbares Make-up verwendete und auch keinen Lippenstift aufgetragen hatte. Ihr Mund war zu einem perfekten Rund geformt und das »Oh« klang, als sei diese Geschwindigkeitsregelung eine exotische Ausnahme, die nur auf Deutschland zutraf. Da sie nicht einmal richtig über das Dach ihres Riesenschlittens gucken konnte, schätzte Götz Yildiz' Körpergröße auf einhundertzweiundsechzig bis maximal einhundertvierundsechzig Zentimeter. Fährt aber wie eine gesengte Sau, fasste er seine Beobachtungen zusammen.

»Wir sind da«, sagte Götz Flößer und wies auf das verschlossene Tor.

2

Kronach im Juni 1629

»Mama, sie kumma«, schrie Hannes vom Dachboden.

Magdalena stellte den letzten der umgefallenen Stühle ordentlich an den Tisch.

Durch das geöffnete Fenster hörte sie einen Trommelwirbel, der das Raunen der Menschenmenge übertönte. Ganz Kronach hatte sich anscheinend auf dem Marktplatz versammelt. Beißender Geruch von Pferdeschweiß und Mist wehte durch das geöffnete Fenster herein und mischte sich mit dem schalen Bierdunst in der Gaststube. Schnell wischte Magdalena eine Bierlache vom Tisch und ließ den Lappen achtlos in einen Eimer fallen.

Als die Trommeln den Einzug der Verstärkung aus Bamberg ankündigten, hatten alle Gäste die Wirtsstube fluchtartig verlassen. Nur sie hatte gemeint, ihrem Ordnungssinn folgend erst das Chaos in der Gaststube beseitigen zu müssen, das diese Schlawiner hinterlassen hatten. Einer hatte sogar vergessen zu bezahlen.

»Schö blöd und selber schuld«, murmelte sie.

»Mama kum endlich«, rief Hannes von oben.

Die Anfeuerungsschreie von Fuhrknechten, der scharfe Klang eisenbeschlagener Pferde und das Poltern der Wagenräder auf dem Kopfsteinpflaster machten deutlich, dass sich der Zug, nach kurzem Halt auf dem Marktplatz, wieder in Bewegung setzte.

Magdalena eilte nach oben in den ersten Stock, wo die Schlafkammern lagen. Vor der Leiter, die zum Dachboden des Hauses hinaufführte, ließ sie ihre Holzpantoffeln stehen und erklomm barfuß die von zahllosen Füßen rund geschliffenen Sprossen.

Der Dachboden des Hauses »Scharfes Eck« war düster. Schwarze Schleier uralter Spinnweben verliehen der Holzbalkenkonstruktion den Eindruck eines Labyrinthes, das nur einen Ausgang hatte, ein kleines Giebelfenster in Richtung Marktplatz. Nur von dort drang Licht herein, großteils verdeckt von der Silhouette ihres zehnjährigen Sohnes. Hannes hing halb aus dem Fenster, damit ihm ja nichts entging, was sich auf dem Marktplatz und der Straße unter ihm abspielte.

»Mit dem Kind is mer gstroft«, stieß Magdalena angstvoll hervor, packte Hannes an der Schulter und zog ihn zurück. Er zappelte unter ihrem Griff wie ein Karpfen.

»Ich seh doch nix«, schrie er und beruhigte sich erst, als sie sich neben ihm über den Fenstersims beugte. Mit der rechten Hand hielt sie seine Schulter umklammert. Hannes war ihr einziger Sohn.

Sie wischte die Spinnweben beiseite, die sich in ihrem Gesicht und den Locken verfangen hatten.

Unter ihnen rumpelte ein Wagen um die Kurve. Acht Pferde waren vorgespannt und nahmen, angetrieben von den knallenden Peitschen der Fuhrknechte, Anlauf, um die Steigung der Straße hinauf zur Festung zu meistern.

»Warum is denn die Plona nass, es hot doch gor net geregnt?«, fragte Hannes und wies auf das feucht glänzende Leder, das über den Wagen gespannt war.

»Wal sa do des Schwarzpulver für die Kanona in dem Wogn ham und damit des net aus Versegn obrennt und in die Luft fliecht«, antwortete Magdalena.

Wie alle Kronacher wartete sie schon lange auf den vom Bamberger Bischof versprochenen Nachschub an Verteidigern. Vor allem auf das Pulver für die Kanonen in der Stadt und oben auf der Festung.

In ihren Augen war der Bischof ein Feigling und Nichtsnutz. Aber das durfte man natürlich nicht laut sagen. Schon lange hatte er sich aus Bamberg davongemacht und überließ es den Kronacher Bürgern, den ersten Ansturm der protestantischen Ketzer aufzufangen. Aber nicht nur feige war der Bischof, er war auch bigott.

Ihr hatte der Kronacher Pfarrer wegen des Bildes, das in der Gaststube hing, ständig Vorhaltungen gemacht. Dabei hatte sie schon oft gehört, dass auch der Bischof zu den eifrigsten Sammlern der Bilder von Lucas Cranach gehörte. Ganz besonders solcher, die mit den Inhalten der Heiligen Schrift überhaupt nichts zu tun hatten.

Sie liebte ihr Bild aus zwei Gründen. Die nackte Frauengestalt hielt ein Schwert in der Hand, und manchmal wünschte sie sich auch eines, um sich gegen die versteckten Anfeindungen, Verachtung und Anspielungen, die sie als ledige Mutter erleben musste, zur Wehr setzen zu können. Und die Waage in der anderen Hand war für sie das Symbol, dass sich Frauen durchaus in der Welt der Kaufleute, Händler und Gastwirte behaupten konnten. Lucas Cranach hatte eine Frau gemalt, die ihr Schicksal aus eigener Kraft meisterte. Genau wie sie. Ohne männlichen Beistand, der doch meist nur eine Bevormundung darstellte. Das war die Gerechtigkeit, die sie sich vorstellte, und nicht das Geschwätz des Pfarrers, der, wenn er sich unbeobachtet glaubte, allen Weibspersonen lüsterne Blicke nachwarf.

In Kronach war der Name des berühmten Sohnes der Stadt inzwischen fast ein Tabu. Obwohl er schon lange tot war. Lucas Cranach hatte, nachdem er von Kronach weggezogen war, den

Fehler begangen, sich mit den ketzerischen Protestanten einzulassen. Vor allem mit deren Anführer, dem Martin Luther, wie zahllose Portraits des ehemaligen Mönchs bewiesen. Das wusste sie aber nur vom Hörensagen. Als gute Katholiken hatten ihm die Kronacher das übel genommen. Deshalb war Magdalena auch nie sicher, was der Pfarrer meinte, wenn er mit abgewandtem Kopf auf das Bild zeigte und sie anfuhr.

»Des Bild is a Sünd!«

»Warum? Wall a nackerts Weibsbild drauf is oder walls der Lucas gemolt hot?«

»A Sünd is a Sünd«, hatte der Pfarrer nur geantwortet und war nicht mehr in ihrer Gaststube erschienen, sondern trank sein Bier woanders. Um des lieben Friedens willen hatte sie das Bild in ihre Schlafstube gehängt. Seither hatte sie den Eindruck, die Zahl ihrer Gäste sei zurückgegangen.

»Mama, is des der neue Soldodenhauptmonn aus Bamberch?«, fragte Hannes und deutete mit dem Finger auf die kleine Gruppe Berittener, die dem zweiten Wagen folgte.

»Ich denk scho«, sagte Magdalena, denn Offiziere kamen immer zu Pferde.

Die sieben Reiter wiesen eine auffällige Besonderheit auf. Weiße Umhänge, die lose über den Schultern hingen, und eine ebenso auffällige weiße Schärpe um den Bauch. Bis auf einen. Der trug eine grüne Schärpe, in der zwei Reiterpistolen steckten. So etwas hatte sie noch nie gesehen.

»Mama, der Mo is ja fast schwarz«, krähte Hannes, als die Reiter beinahe unter ihrem Fenster angekommen waren.

»Red ka blöds Zeuch«, sagte sie lachend, denn mit Hannes ging oft die Fantasie durch.

Schließlich hatte er unter den Gästen auch das Gerücht verbreitet: »Die do auf dem Bild, des is mei Urururoma.«

Die meisten glaubten es, denn Magdalenas Haarfarbe und Gesichtsschnitt glichen dem der Frau auf dem Bild. Allerdings waren es weniger die rotgoldenen Haare, die die Männer interessierten.

Magdalena beugte sich weiter vor. Ganz unrecht hatte Hannes nicht. Die Gesichter der Reiter mit den Umhängen und den Schärpen waren zwar nicht schwarz, aber scharfkantig mit vorspringenden Nasen. »Adlernousen«, wie es die Kronacher bezeichnen würden, und von der Farbe dunkel gegerbten Leders.

Der mit der grünen Schärpe sah herauf. Die hellen Augen in dem dunklen Gesicht erschienen ihr wie glitzernde Eisbrocken auf dunklem Ackerboden.

Einen Augenblick lang glaubte Magdalena, er mustere sie und ihren rot gelockten Sohn mit besonderem Interesse, einer Intensität, die sie wie eine Berührung spürte. Einem unerklärlichen Impuls folgend hob sie die Hand und winkte zu ihm hinunter.

Auch unten am Straßenrand winkten die Kronacher. Einige hüpften sogar neben dem Zug her, obwohl sie dabei Gefahr liefen, von den Pferden gegen die Hauswände gedrückt oder von einem Peitschenschlag der Fuhrknechte getroffen zu werden. Das alles schien der Dunkelhäutige mit der grünen Schärpe kaum zu beachten.

Ihr und Hannes lächelte er jedoch zu. Schneeweiße Zähne blitzten auf. Er hob die rechte Hand, zog den Handschuh aus, der fast bis zum Ellenbogen reichte, und erwiderte Magdalenas Gruß.

Dann senkte er den Kopf, nahm die Zügel wieder auf und ritt weiter.

❁❁

Zwei Wochen später waren Stadt und Festung von den Feinden eingeschlossen. Die Belagerung Kronachs durch die »Schweden« hatte begonnen.

3

Götz stellte den Dienstwagen auf dem Parkplatz vor der Wohnanlage am Kreuzberg ab, in der seine Dreizimmerwohnung mit Balkon und Blick auf die Feste Rosenberg lag. Normalerweise blieb das Fahrzeug in den Garagen der Fahrbereitschaft und den Heimweg vom Kaulanger zum Kreuzberg ging er zu Fuß.

Aber jetzt hatte er den Status EmV. So hatte er selbst seinen Auftrag definiert. Einsatz mit besonderer Verwendung. Der Status EmV verlieh ihm besondere Privilegien. Er konnte den Dienstwagen uneingeschränkt nutzen und ob und wann er in seinem Dienstzimmer in der Polizeiinspektion auftauchte, hing ganz von der jeweiligen Lage ab. Die Verantwortung für die jeweilige Lage lag jedoch nicht bei ihm. Die bestimmte sein Gast aus der Türkei. Weisungsgemäß. Direkt aus dem bayrischen Innenministerium und abgesegnet von Hans Kräutlein, seinem ehemaligen Kollegen und jetzigen Dienststellenleiter.

Yildiz hatte er wieder im Stadthotel abgeliefert. Genauer gesagt, sie hatte ihn dort abgesetzt.

Die Rückfahrt von der Feste Rosenberg zum Stadthotel war, trotz der kurzen Strecke, ähnlich nervenaufreibend gewesen. Den ungewohnten Luxus des Audis, dessen Federung das holperige Kopfsteinpflaster kaum spüren ließ, hatte er nicht genießen können.

Aber momentan plagten ihn andere Sorgen.

Erstens: Was sollte er heute Abend anziehen? Eine Frage, die er sich sonst nie stellte.

Zweitens: In welches Lokal sollte er Yildiz einladen? Wobei zweitens möglicherweise die Entscheidung für erstens beeinflusste.

Drittens: War Yildiz eine strenggläubige Muslima? Das wiederum würde die Auswahl für zweitens einengen.

Und viertens: Welcher Spesensatz stand ihm zur Bewirtung einer Kollegin aus dem Ausland zur Verfügung?

Also gleich vier Probleme, wobei er das fünfte, das er auf sich zukommen sah, zumindest im Kopf bereits gelöst hatte. Er plante eine Unterlassung, die Yildiz nicht überprüfen konnte, solange er sich nicht verplapperte.

Es war achtzehn Uhr dreißig. Er hatte noch eineinhalb Stunden Zeit. Duschen musste er auf jeden Fall.

Problem Nummer vier hatte er schnell gelöst.

Der Inspektionsleiter Hauptkommissar Hans Kräutlein, mit dem er trotz jahrelanger Zusammenarbeit immer noch per Sie war, zeigte sich am Telefon ungewohnt flexibel. Anscheinend hatte das Führungsseminar, das er vor seiner Beförderung zum Inspektionsleiter besucht hatte, Früchte getragen.

»Also die Münchner ham gsacht, Sie sollen die Dame rund um die Uhr bewachen. Ich man natürlich betreun. Aber des is ja in dem Fall fast desselbe. Also wermer scho an Weg finden, wie mer Ihre Spesen verbuchen.« Er lachte. »Kronach is ja net so teuer wie München und an Nachtglub, wo Sa a Riesenrechnung machen könnten, hamer aach net.« Dann wurde er neugierig. »Wie isa denn so, die Kollechin aus der Dürkei, die Frau Müdürtürglü?«

»Anstrengend. Sehr anstrengend sogar«, sagte Götz, ohne auf Yildiz' neueste Namens-Variante einzugehen. Dabei hatte er nicht das Gefühl, er würde übertreiben oder gar lügen. Außerdem wollte er bei seinem Vorgesetzten nicht das Gefühl auslösen, er habe so eine Art Betreuungsurlaub und sei deshalb zu beneiden.

Warum hatte eigentlich der Staatssekretär ihm und nicht dem Inspektionsleiter diesen anscheinend staatstragenden Auftrag erteilt? Und die drei Stunden, die er heute Nachmittag mit Yildiz im inneren Burghof verbracht hatte, waren keineswegs urlaubsmäßig entspannt gewesen. Schließlich hatte er genau überlegen müssen, wie viel er ihr erzählen durfte und was er, eingedenk der Ermahnung des Staatssekretärs, auf jeden Fall für sich behalten sollte.

Die Umstände des Tatortes, so nannte er es der Einfachheit halber, waren auch keineswegs dazu angetan, die Sache, gleich was die Ermittlungen noch bringen würden, im hellen Licht der Erkenntnis oder gar der Erfahrung »das hatten wir schon mal«, erscheinen zu lassen.

»Hier wurden also die Gegenstände gefunden?«, fragte Yildiz, nachdem er das Holztor des inneren Burghofs geöffnet und hinter ihnen beiden wieder verschlossen hatte.

Normale Besucher hatten zu diesem Teil der Festung keinen Zutritt.

Götz besaß seit einigen Tagen einen Satz Schlüssel, mit dem man, so war ihm versichert worden, jede Tür auf der Feste Rosenberg öffnen und verschließen konnte. Natürlich gegen eine Quittung, die er dem Stadtkämmerer hatte übergeben müssen.

Bei den Proportionen des Schlüsselbundes kam er sich fast wie der Kerkermeister eines altertümlichen Gefängnisses vor. Fast jedes denkbare Schlüsselformat war in der Sammlung vertreten. Die Zahl der sich ähnelnden Standardsicherheitsschlüssel hatte allerdings ein deutliches Übergewicht, was die Orientierung erschwerte. Deshalb hatte Götz die drei, die er für die bisherigen Untersuchungen gebraucht hatte, mit unterschiedlichen Farben markiert. Schließlich wollte er sich vor seinem Gast aus der Türkei nicht damit blamieren, eine halbe Stunde lang nach dem passenden Schlüssel zu suchen.

»Wo genau?«, präzisierte Yildiz ihre Frage und sah sich mit gerunzelter Stirn im Burghof um.

Rasenflächen rechts und links des Kiesweges. Die waren jetzt wegen der Dauerhitze notleidend braun. Meterhohe Mauern und die Vorwölbung des Magazinturms. Nichts, was sich auf Anhieb als Versteck geeignet hätte.

Aber die Fundgegenstände waren hervorragend versteckt gewesen und nach Götz' Meinung war es entweder ein sehr glücklicher Zufall oder eine Fügung des Himmels gewesen, dass man sie überhaupt entdeckt hatte. Denn niemand hatte danach gesucht.

Der Zufall war Götz lieber als der Himmel. Zufall war, wenn auch unvorhersehbar, etwas Reales, insbesondere dann, wenn er durch einen Polizeihund repräsentiert wurde. Dieser Hund, unbestimmter Rasse, aber polizeidienstlich ausgebildet, war bei der Erstermittlung dabei gewesen. Zufällig, denn bei ihm und dem Hundeführer waren Gassi gehen und Einsatzorder miteinander kollidiert. Ausgelöst durch einen anderen Kollegen, der seinen Dienst nicht hatte antreten können, weil ihm vor der Nachtschicht schlecht geworden war.

Der Anlass des Einsatzes?

»Do hod sich a ganzer Haufn Füchs im Innahof von der Fesdung zamgerodded. Mindesdens a halbs Dutzend. Und zahm worn sa wie die Meerschweinla vo meiner Engelin. A sicherer Hinweis auf a Dollwudinfegzion. Des hod mer ja scho ofd ghörd, wenn die Viecher die Dollwud ham, dann sind sa nimmer scheu. Die wardn dann bloß drauf, dass mer sa streichld, und dann beißn sa zu. Und zag, hod mer selbsd die Dollwud. Do müssn Sa unbedingd agdiv wern, zum Schudz der Bevölgerung.«

So hatte die Einsatzzentrale den Inhalt des Anrufes festgehalten.

Eigentlich war das eher eine Sache für den Bezirksförster.

Das, was die Füchse angelockt hatte, war inzwischen auf natürlichem Wege mehr oder weniger verschwunden, aber die Beamten hatten während des Einsatzes pflichtgemäß eine Probe genommen und in das Untersuchungslabor nach Bayreuth geschickt. Nicht wegen des Tollwutverdachtes. Den hatte der Bezirksförster nachträglich, mit dem Hinweis auf eine durchgeführte Schluckimpfung mittels Ködern, ausgeräumt, sondern für eine »genmolekulare Untersuchung«, wie die DNS-Bestimmung auf dem offiziellen Anforderungsbogen hieß. Ergebnis gab es noch keines. Damit hatte es auch keine Eile. Die Auswertung dieser DNS-Untersuchung würde ihnen vorerst nichts nützen, solange sie keine Ahnung hatten, zu wem die Körperflüssigkeit gehörte. Ebenfalls unbekannt war die Ursache des Blutverlustes, wann dieser eingetreten oder, dem Sinn folgend besser formuliert, wann das Blut ausgetreten war und in welcher Menge.

Über diese Menge gab es unterschiedliche Auffassungen. Darüber hätte nur ein größerer Erdaushub Auskunft geben können. Das wiederum war als »nicht verhältnismäßig« eingeschätzt worden und deshalb schwankten die Volumenschätzungen für das im Kies versickerte Blut zwischen hundert Millilitern und eineinhalb Litern. Letzteres wäre lebensbedrohlich.

Ein Anruf im Kronacher Kreiskrankenhaus hatte nichts ergeben. Dort war weder ein Verletzter eingeliefert worden, noch hatte sich einer zur Wundbehandlung hinbegeben. Einen Toten oder Vermissten für den in Frage kommenden Zeitraum gab es auch nicht. Das hätte Götz gewusst.

Im Landkreis Kronach wurde relativ selten gemordet. Sie lieferten einen Positivbeitrag für die bayrische Verbrechensstatistik.

Aber, und das war das Kuriose, eine Blutspur hatte sie vom Kiesweg zum Brunnen und damit zu den Fundgegenständen geführt. Genau genommen wieder der Hund, der keine Ruhe gegeben hatte. Erst hatten sie gedacht, er habe nur Durst.

Ob allerdings der Fundort der Gegenstände oder der Kiesweg den Tatort darstellte, das ließ sich weder aus dem Verhalten der Füchse noch aus dem des Hundes herauslesen. Aus den Ergebnissen der Spurensicherung auch nicht.

Diesen Aspekt der Ermittlungen sollte Götz Flößer seiner »Kollegin« aus der Türkei verschweigen, auch wenn er den Sinn dieses Gebotes nicht einsah.

Da Yildiz immer von »Gegenständen« sprach, blieb auch Götz bei diesem Begriff. Obwohl diese Gegenstände kein Geheimnis sein sollten. Sie musste ja wissen, worum es sich handelte. Schließlich war sie deswegen hier. Sogar im Auftrag der türkischen Regierung. Und spätestens morgen würde er ihr die Gegenstände zeigen. Das war gewünscht und vom bayrischen Staat erlaubt.

»Da vorne«, sagte Götz und wies auf die Mauern des Magazinturmes.

Yildiz marschierte los. Er folgte ihr und war gespannt auf ihre Reaktion. Sie umrundete den Turm zur Hälfte, nahm eine Nische in der Mitte der Mauer in Augenschein und ging weiter.

»Halt«, rief Götz und wies mit dem Finger in das Innere der Nische. »Der Brunnen hier drin ist erst später angelegt worden. Etwa im 17. Jahrhundert, nach dem Bau der äußeren Bastionen, und diente wahrscheinlich zum Tränken der Pferde und anderer Tiere, die innerhalb der Burg gehalten wurden. Vorher befand er sich wahrscheinlich im Inneren des Turmes und war Teil der Wasserversorgung im Falle von Belagerungen«, erzählte er und fühlte sich fast wie ein echter Fremdenführer. »Das Gitter als Abdeckung soll nur verhindern, dass der Brunnen durch hineingeworfene Gegenstände verschmutzt wird. Von hier bis zur Wasseroberfläche sind es fast sechzig Meter.«

»Oh«, gab Yildiz ihrer Bewunderung für die damaligen Brunnenbauer angemessen Ausdruck. Diesmal passte das »Oh«, fand Götz.

»Und da waren die Gegenstände drin?«

»Nicht ganz, aber fast. Sie waren zusammengerollt, befanden sich in einer Kartusche aus Pappkarton und die war mit einer Schnur am Gitter festgebunden.« Götz überlegte. »Die Länge der Schnur betrug genau zehn Meter dreißig. Aber das ist wahrscheinlich ohne Bedeutung.«

»Sind sie beschädigt oder nass geworden?«

»Nach Meinung der Experten nicht. Es gibt nicht einmal Knick- oder Bruchverletzungen, sagen die Fachleute. Die Kartusche hatte einen Innendurchmesser von neun Komma fünf Zentimetern und diejenigen, die die Gegenstände in diese Papphülse gesteckt haben, waren sehr vorsichtig. Sie haben genau darauf geachtet, dass nichts kaputtgeht.«

Eigentlich hätte Yildiz jetzt erleichtert sein müssen. Sie ließ sich aber nichts anmerken. Fast schien es Götz so, als habe sie mit diesem Ergebnis gerechnet.

»Gut«, sagte sie. »Wir werden ja sehen. Morgen, wenn das geht?«

Götz nickte.

Dann sah Yildiz an der Außenmauer des Turms empor. Der Fundort schien sie nicht weiter zu interessieren. »Wäre es möglich die Wohnung des Festungskommandanten anzuschauen? Also, ich meine nicht die des heutigen, falls es heute noch einen gibt, sondern die des früheren Kommandanten?«

Götz war überrascht. Obwohl er nicht hätte überrascht sein sollen. Denn schließlich stammten die Fundgegenstände nach Meinung der Experten aus einer sehr bewegten Zeit der Stadt Kronach. »Sie meinen während des Dreißigjährigen Krieges?«

»Ja. Während des Jahres 1629, um genau zu sein.«

»Warum nicht. Ich habe für alle Gebäude einen Schlüssel. Es kann nur eine Weile dauern, den richtigen zu finden.« Götz hob demonstrativ den Schlüsselbund hoch, den ihm der Stadtkämmerer ausgehändigt hatte.

»Kein Problem. Wir haben doch Zeit. Oder?«

Götz nickte wieder und winkte Yildiz zum Tor, das in das Innere der alten Burg führte.

Natürlich hatte er Zeit. Nicht nur das, sondern auch klare Anweisungen. Und ob er nun seine Dienstbezüge für die Tätigkeit als Fremdenführer oder als Polizeiermittler erhielt, war dem bayrischen Steuerzahler wahrscheinlich egal.

Ganz anders sah es seiner Meinung nach bei Yildiz aus. Er versuchte im Kopf zu überschlagen, was ihr Aufenthalt in Kronach den türkischen Staat kostete. Gleichzeitig suchte er nach dem passenden Schlüssel für das Tor.

Der war leider nicht farbig markiert.

Also, da waren erst einmal die Flugkosten von Istanbul nach Frankfurt und irgendwann wieder zurück.

Götz probierte den ersten der nicht markierten Schlüssel. Er erwies sich als Fehlanzeige.

Der Audi Q7 gehörte ganz sicher zur obersten Preisklasse dessen, was ein Autovermieter anzubieten hatte.

Der zweite Schlüssel passte auch nicht.

Den Sprit, den dieses eindrucksvolle Monsterauto soff, sollte man auch nicht vernachlässigen.

Den nächsten Schlüssel überging Götz wegen seiner unpassenden Proportionen. Er gehörte wahrscheinlich zu irgendeinem Uraltvorhängeschloss.

Dann waren da die Übernachtungskosten im Stadthotel. Die waren zwar moderat, dem Kronacher Preisniveau angepasst, aber auch das läpperte sich im Laufe mehrerer Nächte zu einem anständigen Sümmchen zusammen.

Schlüssel Nummer vier ließ sich gar nicht erst in das Schloss einführen, obwohl er nach seiner äußeren Form durchaus mit einem Standardsicherheitsschloss hätte harmonieren können.

In der Türkei, überlegte Götz, gab es sicher auch eine Tagesspesenregelung für Auslandsaufenthalte von Staatsbediensteten.

Fünf passte ebenso wenig wie seine Vorgänger.

Die Oberfläche von Schlüssel Nummer sechs hatte ihre normale metallische Struktur verloren und sich mit der glitschigen Haut eines Aals umkleidet, der sich seinen Fingern zu entwinden suchte. Außerdem war Götz plötzlich nicht mehr sicher, welche Reisekostenpositionen er bereits berücksichtigt hatte und welche noch offenstanden. Abgesehen davon, dass die ganze Überlegung nur dann Sinn machte, wenn er sie mit halbwegs konkreten Zahlen hinterfütterte, und die fehlten ihm größtenteils.

»Darf ich mal probieren?«, fragte Yildiz.

Ihre Stimme klang sanft. Sie enthielt kein Drängen oder gar Spott. Dennoch fühlte sich Götz provoziert.

»Bitte, wenn Sie meinen.« Er ärgerte sich, dass es ihm nicht gelang, den sarkastischen Unterton in seiner Stimme zu unterdrücken. Er reichte Yildiz den Schlüsselbund. Ganz zufällig mischten sich dabei die bereits ausprobierten mit den noch jungfräulichen Exemplaren.

Yildiz bückte sich und starrte auf das Schloss.

Nach Götz' Meinung gab es da absolut nichts Aufschlussreiches zu sehen. Außer vielleicht, dass ihm Yildiz in dieser Position ein ausgesprochen wohlgeformtes Hinterteil entgegenreckte. Bei der Suche nach dem passenden Schlüssel würde das aber auch nicht weiterhelfen.

Sie richtete sich auf, hob den Schlüsselbund ins Sonnenlicht und ließ die einzelnen Schlüssel durch die Finger gleiten. Sie wählte einen, scheinbar völlig zufällig, aus, der sich durch nichts von den anderen unterschied, wenn man davon absah, dass er widerstandslos ins Schloss glitt, sich drehen ließ und das Tor wie von Zauberhand aufging. Es knarrte nicht einmal in den Scharnieren. Kommentarlos reichte Yildiz Götz den Schlüsselbund. Götz merkte, wie ihm das Blut ins Gesicht stieg.

Zwar war er als Polizeioberkommissar kein gelernter Einbrecher, aber schließlich hatte auch niemand von ihm verlangt, er solle das Schloss mit einem Dietrich öffnen. Nur mit dem passenden Schlüssel, was keinerlei besondere Fingerfertigkeit erforderte. Noch mehr aber ärgerte ihn, dass ihm absolut kein passender Kommentar einfiel, der ihn nicht noch dümmer hätte dastehen lassen. Und da fragte Hans Kräutlein »Wie sie wohl so sei, die Kollegin aus der Türkei«.

Der hatte auch schon mal intelligentere Fragen gestellt.

Das Kommandantenzimmer schien Yildiz ganz besonders zu interessieren. Götz hatte allerdings den Eindruck, dass sie bei dessen Besichtigung lieber alleine gewesen wäre.

4

Götz Flößer ließ das verschwitzte Hemd achtlos auf den Korb fallen, der ihm als Aufbewahrungsort für getragene Wäsche diente. Bevor er unter die Dusche ging, warf er sich im Spiegel einen kritischen Blick zu.

Der leichte Bauchansatz ließ sich meist noch kaschieren. Dem Alter, in dem ein Waschbrettbauch den Gebrauch hautenger Ringershirts zuließ, war er glücklicherweise entwachsen. Das Zurückweichen des Haaransatzes versuchte er zwar mit unterschiedlichen Shampoos zu bekämpfen, aber Koffein schien, entgegen den Werbeansagen, bei ihm nur oral wirksam zu sein. Zumindest stellte sich der versprochene subkutane Erfolg der Haarwurzelstärkung nicht ein. Und sein Dreitagebart, dessen Stoppeln er pünktlich jeden Montag- und Donnerstagmorgen zu Leibe rückte, hatte seinen Ursprung nicht in einem Hang zur Verwegenheit, sondern ökonomische Gründe. Das Wort Faulheit hörte er in diesem Zusammenhang nicht so gern. Summa summarum blickte ihm aus dem Spiegel jemand entgegen, dem man trotz brauner Augen und ungleichmäßig über den Kopf verteilter, dunkler Haare, eher die deutsche Herkunft zutraute als Yildiz die türkische.

So richtig germanische oder teutonische Typen waren in Franken sowieso eher selten anzutreffen. Zumindest statistisch betrachtet. Das hing wohl mit der wechselvollen Geschichte dieses Landstrichs zusammen.

Götz nahm sein bestes, kurzärmeliges Hemd aus dem Schrank.

❀ ❀

»Ich habe schon ein Lokal für uns ausgesucht«, sagte Yildiz, als sie gemeinsam das Hotel »Pfarrhof« verließen. »Eines, wo wir uns in Ruhe unterhalten können und außerdem will ich nur eine Kleinigkeit essen.«

»Gut, und wo gehen wir hin?«, fragte Götz und überlegte, wer von ihnen beiden eigentlich die Rolle des Fremdenführers oder Betreuers innehatte.

Zielsicher wandte sich Yildiz in Richtung des Bamberger Tores. Auf Anhieb fand sie die Treppen in die Unterstadt, überquerte die Schwedenstraße, und wenige Minuten später standen sie vor der Gaststätte »Appel's Max«.

»Hier gibt es doch eines eurer berühmten fränkischen Biere. Oder?«

»Ja, das Bamberger Rauchbier, auch Schlenkerla genannt«, antwortete Götz verwundert.

Yildiz schien ihren Kronachaufenthalt bis ins Kleinste vorbereitet zu haben, wenn sie selbst solche gastronomischen Details kannte.

»Außerdem kann man hier draußen sitzen und …«, sie ließ sich ganz selbstverständlich auf einer der einfachen Holzbänke des überdachten Freisitzes nieder, öffnete ihre Handtasche und zog eine Packung Zigaretten hervor.

»… ist deshalb ein Ort, wo man in Deutschland noch rauchen darf, ohne gleich im Knast zu landen«. Götz lachte ein wenig gezwungen und gleichzeitig erleichtert.

Er war zwar kein starker Raucher, aber abends zum Bier und nach dem Essen mochte er trotz aller halbherzigen guten

Vorsätze auf eine Zigarette nicht verzichten. Er gab Yildiz Feuer und zündete sich die Zigarette an, die sie ihm angeboten hatte.

»Gut«, sagte er und betrachtete den ungewöhnlichen Filter der Zigarette.

Die Gemeinsamkeit des verpönten Lasters entspannte ihn. Und seine Erleichterung nahm im Laufe des Abends noch zu, denn alle Probleme lösten sich wie von selbst.

Die Spesenfrage stellte sich beim »Appel's Max« nicht. Es gab kaum Gerichte auf der Karte, die die Zehn-Euro-Grenze überstiegen.

Das mit der strenggläubigen Muslima klärte sich bei der Bestellung des Getränkes. Yildiz bat um ein Rauchbier im Glas.

»Die Farbe erinnert mich an dunklen Bernstein«, begründete sie ihre Wahl.

Normalerweise wurde das Rauchbier im Steinkrug serviert.

Götz' Warnung, die Kronacher Bratwürste würden seines Wissens nach ausschließlich aus Schweinefleisch hergestellt und seien deshalb nicht islamkompatibel, beantwortete Yildiz mit ihrem typischen: »Oh?«

Kreisrunder Mund, gerunzelte Stirn und weit aufgerissene Augen, die sie so unschuldig aussehen ließen.

Inzwischen hatte sich Götz schon beinahe an diesen universellen Kommentar gewöhnt.

Yildiz zögerte einen Moment, zuckte dann die Achseln und sagte: »In der Fremde ist dem Reisenden so manches erlaubt. Die Regeln des Korans sind weitaus flexibler als die meisten Leute glauben.«

Und obwohl sie angeblich keinen Hunger gehabt hatte, blieb nichts von den zwei Paar Kronacher Bratwürsten übrig.

Problem Nummer fünf oder war es Nummer vier gewesen, die Fundumstände, löste Götz nach dem dritten Schlenkerla in der Form, dass er die Weisung des bayrischen Staatssekretärs einfach ignorierte. Schließlich war er eine Führungskraft mit eigenen Entscheidungsbefugnissen und Yildiz war ein sehr dankbares Publikum. Sie belohnte seine Schilderung der Vorgänge mit blitzenden Zähnen und ansteckendem Gelächter. Besonders die Geschichte mit den Füchsen amüsierte sie. Fast ein bisschen zu sehr. Vor lauter Lachen bekam sie Schluckauf, aber das mochte daran liegen, dass Götz die Größe der Fuchsfamilie übertrieben hatte. Als er Yildiz nach dem fünften und letzten Schlenkerla im Stadthotel ablieferte, war er froh, dass er sich mit einem einfachen: »Bis morgen, Yildiz« verabschieden konnte. »Frau Müdürlügü« wäre jetzt ein Problem gewesen.

Ungelöst blieb allerdings das neu aufgetretene Problem Nummer sechs.

Das hatte ihn auf dem Rückweg vom »Appel's Max« zum Hotel beschäftigt.

Wie passten zweieinhalb Liter Rauchbier, mit fünf Komma eins Volumenprozenten Alkohol, in einen Körper, der selbst nur eine geschätzte Masse von maximal fünfzig Kilogramm aufwies? Und das, ohne dort eine sicht- oder hörbare Wirkung zu hinterlassen. Hochgerechnet bedeutete das immerhin null Komma fünfundzwanzig Gramm Alkohol pro Liter Körpervolumen, also zweihundertfünfzig ppm. Wobei Götz hoffte, sich bei den »parts per million« nicht um eine Kommastelle vertan zu haben. Die circa zehnprozentige Differenz zwischen Volumen und Masse des Alkohols ignorierte Götz in seinen Berechnungen, ebenso wie den Schluckauf. Der zählte nicht, denn Götz' Empfehlung: »Luft anhalten und dreimal schlucken« hatte unmittelbar gewirkt.

Yildiz' Abschiedsworte unterbrachen seine Volumenapproximation.

»Gute Nacht, Götz, und ich freu mich scho auf morgen.«

Das klang freundlich, völlig nüchtern und förderte nur einen Hauch Österreich zu Tage.

Kein Wunder, hatte Yildiz doch in Istanbul die Österreichische Schule auf der Galataseite besucht. Dort hatten sich früher, ihrer Schilderung zu Folge, alle Ausländer angesiedelt. Vor allem italienische Kaufleute aus Genua. Sie selbst bezeichnete sich aber als »waschechte Türkin«.

Dem mochte Götz, sowohl aus emotionalen Gründen, als auch wegen seines beschränkten Erfahrungshorizontes darüber, was in der Türkei als »waschecht« galt, nicht widersprechen.

Viel mehr Persönliches hatte er nicht von ihr erfahren. Schon gar nicht, für welche Behörde oder für wen auch immer sie in Istanbul tätig war.

Bei Götz waren die Auswirkungen anders. Die fünf Schlenkerla hatten ihn beflügelt. Er schwebte leichten Schrittes in Richtung Kreuzberg und summte vor sich hin. Seltsamerweise reimte sich nur ein einziger Refrain, noch dazu ein sehr einfacher, auf die Melodie.

»Müdürlügü, Müdürlügü, Müdürlügü, dadamm, dadamm, dadamm …«

5

Pünktlichkeit war anscheinend keine rein deutsche Tugend, stellte Götz Flößer fest, als er den Dienstwagen am nächsten Morgen, um fünf Minuten vor neun, auf einem der markierten Parkplätze abstellte. Der Audi stand schon da, obwohl er mit Yildiz »Neun Uhr, vor der Polizeiinspektion« vereinbart hatte. Den Weg hatte er ihr nicht beschreiben müssen.

»Mein Navigationsgerät hat mich vom Frankfurter Flughafen ohne Umwege ins Stadthotel nach Kronach gelotst. Da wird es ja wohl auch den Weg zur Polizei finden«, hatte sie behauptet.

Dem hatte Götz nichts entgegenzusetzen. Außer vielleicht, dass diesem Gerät, obwohl mit großer Sicherheit deutscher Bauart und Herkunft, Geschwindigkeitsbeschränkungen im innerstädtischen Verkehr unbekannt zu sein schienen. Aber das behielt er für sich.

Der Q7 vor ihm parkte ebenfalls auf einem für Einsatzfahrzeuge der Polizei reservierten Stellplatz. Deren Zahl war auf drei beschränkt, was manchmal beim Schichtwechsel zu Parkproblemen führte. Das Delikt des »temporären Parkraumdiebstahls« gab es zwar nicht im Verkehrsrecht, wäre aber für Kronach eine durchaus sinnvolle Ergänzung. Das würde die stetig steigende Zahl der Falschparker vielleicht eindämmen, überlegte Götz.

Die Heckklappe des Audi war geöffnet und Yildiz ins Innere gebeugt. Erneut bewunderte Götz die Rundungen ihrer Rückseite und verwarf gleichzeitig seine Idee zur Novellierung des

Verkehrsrechtes mittels eines neuen Paragraphen zur Regelung des stehenden Verkehrs.

Heute trug Yildiz keine blassblauen Designerjeans wie gestern, bei der die hinten aufgenähten Strasssteine genau der oberen Linienführung des Gluteus Maximus gefolgt waren. Dem Muskel, der gemeinhin als Arschbacke bezeichnet wurde. Diese Bezeichnung war zwar richtig, auf jeden Fall fränkisch korrekt, erschien ihm aber im Zusammenhang mit Yildiz irgendwie unpassend.

Schurwollmischgewebe, riet Götz angesichts der heutigen dunkelblauen Hose mit breitem, schwarzem Ledergürtel. Eigentlich zu warm für die Jahreszeit. Aber, wenn es eine Uniformhose war, bewies die türkische Regierung in seinen Augen mehr Modebewusstsein als die deutschen Uniformschneider. Yildiz' Kleidungsstück fiel erheblich formzeichnender aus, obwohl es ihm an direkten Vergleichsmöglichkeiten mangelte. Es gab keine Kolleginnen in der Kronacher Inspektion.

Götz stieg aus und stellte sich neben sie. »Guten Morgen. Haben Sie gut geschlafen?«

Yildiz fuhr hoch. »Meine Güte, hast du mich erschreckt.«

»Entschuldigung, das wollte ich nicht«, sagte Götz und überlegte, nach welchem Glas Schlenkerla er sich mit Yildiz auf das Du geeinigt haben könnte.

Neugierig sah er in den Kofferraum des Audis. So riesig schien der gar nicht zu sein. Zumindest war er gut gefüllt und verlieh damit der Größe des Wagens eine gewisse Berechtigung.

Wahrscheinlich waren die Aluminiumboxen nicht mit Designerjeans und knitterfreien Blusen gefüllt, obwohl auch die heutige, hellblau mit einem Wappen und Schriftzug, frisch gebügelt und ohne jede Falte war. Ein zusammenklappbares

Bügelbrett und ein Dampfbügeleisen könnte man leicht in einer der Boxen unterbringen, schoss es Götz durch den Kopf.

Den Schriftzug unter dem Wappen auf Yildiz' Bluse konnte er nicht lesen. Dazu hätte er sich zu ihr herunterbeugen müssen und die Position des Wappens auf ihrer rechten Brust hätte diese Geste missverständlich aussehen lassen.

In einem original bayrischen Dirndl hätte Yildiz' Oberweite zwar reichlich Platz gehabt, aber das war es nicht, was ihm ein Problem bereitete, sondern das Ergebnis seiner Internetrecherche beim Frühstück. Zumindest teilweise.

»Yildiz« bedeutete in der deutschen Übersetzung »Stern«. Das schien ihm sehr passend, obwohl er astronomisch nicht so bewandert war, um ganz genau sagen zu können, ob es einen blaugrau leuchtenden Stern gab, dessen Farbe mit der ihrer Augen korrespondierte.

Der Sirius vielleicht, hatte er überlegt. Dessen Licht wurde als blau-weiß beschrieben. Der war auch der hellste Stern am Himmel, wenn man von der Sonne, dem Mond und einigen Planeten des eigenen Sonnensystems absah. Außerdem war der Sirius nur acht Komma sieben Lichtjahre von der Erde entfernt. Also ziemlich nahe für astronomische Verhältnisse. Auf die Maßstäbe der Erde übertragen, könnte man sagen, dass dies etwa der Entfernung zwischen Istanbul und Kronach entsprach.

Aber der Familienname von Yildiz? Mit dem stimmte etwas nicht, und demzufolge war auch mit seiner Trägerin etwas faul. Aus dem Türkischen ins Deutsche übertragen, bedeutete Müdürlügü nämlich …

»Ob uns vielleicht jemand beim Transport der Kisten helfen könnte? Die sind nämlich ziemlich schwer«, fragte Yildiz.

»Selbstverständlich. Ich wollte dir ohnehin meine Kollegen vorstellen, die heute Dienst haben, und die helfen uns sicher beim Ausladen«, sagte Götz und verschob die Namensklärung auf später.

Die Begrüßung durch Hans Kräutlein, den Dienststellenleiter, und die beiden uniformierten Beamten, die gerade Dienst taten, fiel unerwartet herzlich aus.

Götz merkte, wie etwas in ihm nagte, als Yildiz ohne Ausnahme allen ihren Vornamen nannte. Beim Transport der Kisten in einen der Besprechungsräume im zweiten Stock der Polizeiinspektion überschlugen sich die Kollegen beinahe. Als Möbelpacker hätten sie Furore gemacht. Selbst Hans Kräutlein, der sich sonst immer, wie ein Walross schnaufend, darüber beschwerte, dass es in der Inspektion keinen Aufzug gab, meinte, den starken Mann markieren zu müssen, und fasste mit an.

»Klassisches Türkensyndrom«, analysierte Götz sein Gefühl. Er reagierte wie ein Türke, der es als anstößig empfand, wenn eine Frau, für die er sich verantwortlich fühlte, ihren Vornamen gegenüber anderen Männern entblößte.

In Deutschland nannte man das schlicht Eifersucht. Das war auch nicht besser.

Das nagende Gefühl verschwand erst, als er feststellte, dass Yildiz keinem der Kollegen, auch nicht dem Inspektionsleiter, das Du anbot und alle, Götz ausgenommen, sehr freundlich, aber bestimmt aus dem Besprechungsraum komplimentierte. Den hatte man ihr, aufgrund der Anweisung des Staatssekretärs aus München, als Arbeitsraum zur Verfügung gestellt.

Sie schien es gewohnt zu sein, sich an fremden Orten sofort heimisch zu fühlen und das Kommando zu übernehmen. Das mochte mit der nomadischen Vergangenheit der Türken zusammenhängen, vermutete Götz. Da waren solche schnellen Anpassungsprozesse von Vorteil.

Im Rahmen seiner morgendlichen Internetrecherche hatte er, unter anderem, eine einseitige Zusammenfassung der türkischen

Geschichte inhaliert, war also mit deren wichtigsten Eckpunkten vertraut. In einem Bericht könnte er das unter »Polizeiliche Erkenntnisse« zusammenfassen. Aber das würde wohl kaum notwendig werden.

Götz sah auf Yildiz' Hände. Weder rechts noch links trug sie einen Ring, den er als Ehe- oder Verlobungsring identifiziert hätte. Aber er wusste nicht, ob es in der Türkei den Brauch des Ringtauschs überhaupt gab. Nur, dass man dort Frauen auch heute noch zwangsverheiratete. Manchmal wenigstens.

Ob sich Yildiz so etwas gefallen lassen würde?

Ehe er hinauskomplimentiert wurde, servierte Hans Kräutlein, der Inspektionsleiter, eine Thermoskanne mit Kaffee, die Tassen vom guten Geschirr, wie sie das Service für Besucher nannten, und einen Teller mit Keksen. Eigenhändig.

Das machte normalerweise Frau Hängerla. Die hielt sich, per Selbstdefinition, für die rechte Hand des Inspektionsleiters, obwohl sie nicht verbeamtet, sondern nur angestellt war. Sie war auch die Einzige, die sich bei Yildiz' Begrüßung nicht vor Freundlichkeit überschlug und überaus wortkarg reagierte.

Ungewöhnlich, denn sonst war ihr Redeschwall, ob gefragt oder unerwünscht, kaum zu bremsen. Wobei sie eine Vorliebe für bestimmte Redewendungen zeigte.

»A Waahnsinn«, sollte den Aufmerksamkeitswert dessen steigern, was sie gerade von sich gab, und mit der Satzendung »wast scho«, der fränkischen Kurzformel für »Du weißt schon«, buhlte sie um die Zustimmung ihrer Zuhörer. Seltsamerweise funktionierte das meistens sogar.

Vielleicht war Frau Hängerla ebenfalls eifersüchtig, überlegte Götz. Schließlich besetzte sie als einzige Frau die ansonsten verwaiste weibliche Domäne in der Kronacher Inspektion. Gegen die Zuweisung einer weiblichen Verstärkung, sowohl bei den uniformierten, als auch den zivilen Kollegen, hatte sich Hans

Kräutlein bisher immer erfolgreich zur Wehr gesetzt. Und Götz hatte sich nie Gedanken darüber gemacht, ob dies auch in seinem Sinne war. Denn Personalentscheidungen waren ohnehin Sache des Inspektionsleiters oder dessen »rechter Hand«.

Und natürlich hatte Hans Kräutlein die flachen Papierboxen aus dem Tresor geholt. Er stellte sie so vorsichtig auf den Tisch des Besprechungsraumes, als enthielten sie eine Bombe mit Erschütterungszünder.

Drei flache Boxen, hergestellt aus speziellem Karton. Säurefrei, absolut licht- und wegen ihrer äußeren Beschichtung auch weitgehend luftundurchlässig. Außerdem schützten sie den ihnen anvertrauten Inhalt, dank einer antihygroskopischen und antimykotischen Ausstattung, gegen Angriffe durch Feuchtigkeit und Schimmel. Als zusätzliche Sicherheitsbarriere gab es noch einen Aufkleber. Der besagte: »Nur für autorisierte Personen«. Wer diese Personen waren, wurde nicht erklärt, auch nicht in der kleiner geschriebenen englischen Textausführung. »For authorized personnel only« stand da. »Personnel« bedeutete aber nicht Person, sondern Personal im Sinne einer Belegschaft und war also genauso unpräzise wie die deutsche Anweisung, dachte Götz, fühlte sich aber mit dieser Erkenntnis allein.

Die Boxen hatten die Münchner Experten mitgebracht, um die Fundgegenstände sachgerecht unterzubringen. Schließlich wollte man sich in München nicht mit der Türkei anlegen.

Die Kartusche, das ursprüngliche Behältnis aus einfachem Pappkarton, ohne irgendwelche High-Tech-Zusätze, und die zehn Meter dreißig lange Schnur, eine handelsübliche Paketschnur unbekannter Herkunft, lagen in der Asservatenkammer.

Fingerabdrücke hatten sie auch gefunden. Einen vollständigen Daumenabdruck und den Teilabdruck eines Mittel- oder Zeigefingers. Der automatisierte Vergleich mit der Datenbank hatte keinerlei Treffer ergeben. Die Person, die die Abdrücke hinterlassen hatte, war also in Deutschland nie erkennungsdienstlich behandelt worden. Ob noch eine DNS-Spurenuntersuchung der Fingerabdrücke durchgeführt werden würde, wollte Hans Kräutlein nach Kosten- und sich entwickelnder Sachlage entscheiden. Schließlich lagen die Staatsaufwendungen für eine solche Bestimmung bei etwa dreihundert Euro und die waren bereits für die Untersuchung des auf der Festung gefundenen Blutes fällig.

Weitaus mehr als dreihundert Euro hatte der Inhalt der Aluminiumkisten gekostet. Wahrscheinlich reichten tausende nicht aus, um das zu bezahlen, was Yildiz auspackte und auf dem Tisch des Besprechungsraumes platzierte, als sie mit Götz alleine war.

Eine Art Lampe, wie er vermutete. Ein großformatiger Flachbettscanner, eine Stativkamera, natürlich eine Leica, denn die Türken liebten anscheinend deutsche Nobelprodukte, und mehrere Ordner.

»Hast du überhaupt Zeit, um mir zu helfen?«, fragte Yildiz, nachdem alles aufgebaut war.

»Auf jeden Fall«, sagte Götz.

Selbst wenn es keine ministerielle Anweisung gegeben hätte, nach diesen Vorbereitungen, denen trotz aller Moderne etwas Geheimnisvolles anhaftete, hätte ihn nichts, noch nicht einmal Hans Kräutlein oder Frau Hängerla, aus dem Raum entfernen können.

»Gut, dann lass bitte die Jalousien herunter und zieh dir diese Handschuhe an.« Yildiz hielt ihm ein Paar dünner, weißer Stoffhandschuhe hin. Götz folgte ihren Anweisungen. Der Raum wurde dunkel. Gerade so, dass man noch vage die Umrisse der einzelnen Gegenstände erkennen konnte.

Die Jalousien schlossen nicht ganz dicht. Kleine Lücken zwischen den Lamellen schnitten das Tageslicht in schmale Bänder, in denen Staubkörnchen tanzten.

Dem Handwerker, der die Jalousien montiert hat, müsste man eigentlich zeigen, was für einen Murks er da fabriziert hat, dachte Götz. Die umfangreiche Renovierung des Gebäudes lag erst wenige Jahre zurück und neue Rollläden müssten den Raum komplett abdunkeln. Aber das hatte bisher offensichtlich noch nie jemand ausprobiert.

»Das reicht«, sagte Yildiz und schaltete die Lampe ein. Der Raum wurde zwar nicht heller, aber die Handschuhe, die sich Götz übergezogen hatte, leuchteten in einem blendenden Weiß mit Blauschimmer.

»Diskobeleuchtung«, sagte er, weil er nicht ganz sicher war, welchen Anteil des Lichtspektrums die Lampe aussandte.

»So ungefähr«, kicherte Yildiz.

Jetzt verstand Götz auch, warum sie heute keine weiße Bluse trug. Die hätte im Licht der Lampe geleuchtet wie ein Scheinwerfer. So aber hatte sich Yildiz in ein Gespenst verwandelt.

Weiße Hände bewegten sich körperlos im Dämmerlicht und darüber schwebte ein makellos weißes Gebiss.

Eine hervorragende Zahnpastawerbung, stellte sich Götz vor.

Und noch etwas verstärkte den Eindruck des Körperlosen. Ein kleiner, weiß leuchtender Schriftzug unter dem im Dunkel verborgenen Wappen auf Yildiz' rechter Brust. Götz war fast sicher, dort stand so etwas Ähnliches wie Müdürlügü.

Inzwischen glaubte er auch nicht mehr, mit Yildiz sei etwas nicht in Ordnung, sondern war fest davon überzeugt, der des Hochdeutschen unkundige Staatssekretär war, trotz seiner gehobenen Beamtenposition, ganz schlicht und einfach ein Depp und hatte einige einfachen Dinge miteinander verwechselt.

»So, jetzt können wir die Dokumentenboxen öffnen«, sagte das Gebiss. Für ein Gespenst hat es eigentlich eine sehr angenehme Stimme, dachte Götz und tastete sich durch den Raum.

Yildiz hatte inzwischen den ersten Karton geöffnet und unter die Schwarzlichtlampe gelegt.

Neugierig sah Götz auf den Inhalt.

Er kannte die Gegenstände bisher nur in zusammengerolltem Zustand und aus den Beschreibungen der Experten. Irgendwann würde er in den sauren Apfel beißen müssen und einen verständlichen Bericht über Art, Herkunft und geistigen Inhalt der Gegenstände verfassen.

Dass es sich um Schriftstücke oder Ähnliches handelte, hatten sie schon vermutet, als sie die Kartusche öffneten. Auch, dass der Fund möglicherweise alt und vielleicht sogar historisch wertvoll sein könnte, denn die drei zusammengerollten Bögen waren mit einem Papier moderner Art umhüllt gewesen, das auf den wahrscheinlichen Ursprung des Inhaltes hinwies.

Obwohl niemand die Sprache auf dem Verpackungspapier entziffern konnte, hatten die hinzugezogenen Münchner Experten die Annahme von Hans Kräutlein bestätigt.

Der hatte in einem Anfall von Scharfsinn seine Eignung zum Inspektionsleiter bewiesen.

Das gab Götz unumwunden zu. Obwohl auch da wieder ein Zufall im Spiel gewesen war.

In dem ganzen Fall häuften sich, seiner Meinung nach, inzwischen die Zufälle in einem Maße, das jeder statistischen Erwartung widersprach. Fast bildeten sie eine Gaußkurve und nicht, wie es normal wäre, eine unregelmäßige Streuverteilung. Und Götz hatte keine Ahnung, ob er sich mit seinen Erkenntnissen noch auf dem ansteigenden Ast der Kurve befand oder bereits deren Scheitelpunkt erreicht hatte. So etwas sollte es in polizeilichen Ermittlungen nicht geben. Gediegene Recherche und nicht Zufall, darauf vertraute er.

Hätte er zum Beispiel seinen letzten Urlaub in Antalya an der türkischen Riviera verbracht, wäre ihm vielleicht der Ruhm der ersten Erkenntnis zugute gekommen. Aber wie es der Zufall wollte, diesmal war es ein unglücklicher, zumindest für ihn, hatte er seinen Urlaub im Lucas-Cranach-Bad verbracht. Wie immer.

Der Inspektionsleiter war mit seiner Frau und den beiden Kindern in Antalya gewesen.

Das Papier der Umhüllung zeigte ein Wappen. Und Hans Kräutlein hatte behauptet, so ein Wappen schon einmal gesehen zu haben. In einem türkischen Museum.

Götz war allerdings selbstkritisch genug, um sich einzugestehen, er hätte wahrscheinlich während eines All-Inclusive-Badeurlaubs an der türkischen Riviera kein Museum besucht. Geschichte interessierte ihn schon, aber da bot Kronach genug, da musste man nicht extra in die Türkei reisen.

Wenn er allerdings jetzt das Gespenst betrachtete, dessen Profil sich in der Düsternis schwach abzeichnete, kamen ihm Zweifel an seiner bisherigen Einstellung. So uninteressant waren die Türkei, Istanbul und die türkische Geschichte anscheinend gar nicht, wenn dort selbst Gespenster einen ausgesprochen verführerischen Duft verströmten. Zumindest das neben ihm.

Zwar kannte er sich mit Damenparfüms nicht aus, aber das, was ihm aus den Kupferlocken in die Nase stieg, war eindeutig eine orientalische Komposition. Das merkte er an der Vorstellung, die der Exotenduft bei ihm auslöste.

Ein sich wiegender weiblicher Körper. Ein flacher Bauch, im Nabel ein glitzerndes Schmuckstück, dessen Anhänger im Rhythmus der Musik hin und her schwang und die Blicke des Betrachters hypnotisch auf sich zog.

Was er unter der Lampe wahrnahm, mutete dagegen weniger hypnotisch an.

Zwar waren da ebenfalls schwungvolle Bögen, energisch auf- und abwärts führende Geraden, präzise Linienführungen und eine geometrisch anmutende Choreographie zu sehen, aber mit den Bildern in seinem Kopf konnten sie nicht konkurrieren.

»Eine wunderschöne Handschrift. Nicht wahr?«

Eigentlich müsste ich jetzt »Oh« sagen, dachte Götz, nickte aber nur.

»Der Schreiber hat eine hervorragende Ausbildung und Erziehung genossen.« Yildiz' Stimme war voller Bewunderung. Fast meinte er, Ehrfurcht herauszuhören. Und so ähnlich hatte sich auch einer der Münchner Experten geäußert, als er das Schriftstück zum ersten Mal gesehen hatte.

Allerdings hielt Götz die Schlussfolgerung: »Eine schöne Schrift bedeutet automatisch eine hervorragende Bildung« für eine unerlaubte Verallgemeinerung. Schließlich hätte das im Umkehrschluss bedeutet: Wer eine etwas krakelige Handschrift hatte, der war dumm oder zumindest ungebildet.

Die meisten Ärzte, die er kannte, hatten eine ziemlich unleserliche Klaue. Zumindest auf den Rezepten, die sie ausstellten. Und so fand er es durchaus normal, dass ihm der Inhalt seiner eigenen handschriftlichen Aufzeichnungen manchmal Kopfzerbrechen bereitete.

»Hast du dir das Material angesehen?«, fragte Yildiz und ihr weiß leuchtender Finger deutete auf das Papier unter der Lampe.

»Na«, sagte Götz und verbesserte sich gleich. »Nein.« Er beugte sich über das Schriftstück.

Die dunklen Flecken mochten eine Alterserscheinung sein oder aber das Papier war der Hitze ausgesetzt gewesen, die es zwar an einigen Stellen gebräunt, aber nicht zerstört hatte. Die Maserung war ungewöhnlich und das Papier leuchtete nicht im ultravioletten Licht. Der Kontrast zu seinen und Yildiz' Handschuhen war auffällig.

»Hm«, brummte er. Bevor er eine falsche Vermutung äußerte, dass es sich vielleicht um ein handgeschöpftes, ungebleichtes

Papier handeln könnte, wie zum Beispiel das der Urkunden, auf denen der Bamberger Bischof den Kronachern bestimmte Privilegien eingeräumt hatte, und dass diese Art von Papier kein Schwarzlicht reflektierte, sagte er lieber gar nichts. Die bischöflichen Urkunden hatte er schließlich auch nur in normalem Kunstlicht einer Ausstellung des Vereins »1000 Jahre Kronach« gesehen. Aber zumindest stammten sie aus der gleichen Epoche, wie die Münchner Experten festgestellt hatten.

»Das ist ein Pergamentbogen.«

»Ja und? Ist das sooo ein besonderes Papier?«, fragte Götz, der nicht wusste, worauf Yildiz hinauswollte. Papier war für ihn erst einmal Papier, auch wenn Pergamentpapier vielleicht etwas Besonderes darstellte. Aber schließlich ging es hier nicht um Banknotenfälschungen. Da spielte die Papierqualität natürlich eine ganz entscheidende Rolle.

»Pergament ist kein Papier, sondern eine sehr aufwändig zubereitete Tierhaut. Meist Ziegenleder, aber auch Schafs- und Kalbshäute wurden manchmal dafür verwendet.«

Götz war froh, dass Yildiz wegen der Dunkelheit seinen ratlosen Gesichtsausdruck nicht sehen konnte.

Natürlich hatte er schon von Pergament gehört. Schließlich war er Polizeiermittler mit normaler Allgemeinbildung. Und außerdem wurden von ihm Antworten auf ungeklärte Fragen und kein unwissendes Schafsgesicht erwartet. Wozu allerdings, nach seiner Einschätzung, nicht unbedingt Spezialkenntnisse über Papier oder Pergament aus Ziegenhaut gehörten.

Wieder fiel ihm die Frage ein. Für wen arbeitete Yildiz, die garantiert nicht Müdürlügü hieß, eigentlich?

»Im siebzehnten Jahrhundert, also der Zeit des Dreißigjährigen Krieges, hat aber niemand mehr Pergament verwendet. Zumindest nicht für Briefe. Bereits zum Ende des Mittelalters, mehr als zweihundert Jahre zuvor, hatte Papier das teure und aufwändig herzustellende Pergament schon lange verdrängt. Es sei denn …«

Yildiz machte eine Pause und hob den Finger, was Götz wegen der leuchtend weißen Handschuhe als besonders eindrucksvoll empfand.

»… der Schreiber verfolgte einen ganz bestimmten, vielleicht sogar einen geheimen Zweck.«

Der weiße Finger sank herab.

»Welchen, das weiß ich allerdings nicht«, gab das Gebiss kleinlaut zu.

Das gefiel Götz. Menschen die zugaben, etwas nicht zu wissen, mochte er. Die waren keine Klugscheißer.

Und über diesen angeblich »geheimen Zweck«, falls es ihn überhaupt gab, dachte er nach. Schließlich war er Polizist und gewohnt, nach Lösungen zu suchen, selbst dann, wenn sie nicht in seinen Fachbereich fielen.

»Teuer, nicht zeitgemäß, schwierig herzustellen …«, murmelte er, hob das Pergament an einer Ecke hoch und begutachtete es genau im weißblauen Licht. »… und unpraktisch.« Er stutzte. »Des is ja so dick wie a Schweinsschwarden und genauso zäh. Des lässt sich nur schwer biegen.« Unwillkürlich war Götz in seinen heimatlichen Dialekt verfallen.

»Schweinsschwarden?«, fragte Yildiz und sah ihn mit gerunzelter Stirn an. Vermutete er wenigstens, denn sehen konnte er das in der Dunkelheit nicht.

»Die Haut vom Schwein«, übersetzte Götz, denn alles, was mit Schweinen zu tun hatte, konnte für Yildiz als Muslima ein unbekanntes, wenn nicht gar verbotenes Terrain sein. Von Ausnahmen wie Kronacher Bratwürsten abgesehen.

»Ziegenleder müsste doch viel dünner und elastischer sein«, behauptete Götz, obwohl sich seine Kenntnisse über den Vergleich von Schweineschwarte und Ziegenleder nur auf eine, noch dazu nicht ganz legitime Erfahrung stützten. Nämlich den Vergleich der Haut einer kross gebratenen Schweinshaxe und des Polsterüberzugs eines alten Stuhls in seiner Wohnung.

Vom Letzteren hatte der Antiquitätenhändler behauptet, es handele sich um Ziegenleder, das trotz seiner Elastizität nahezu unzerstörbar sei. Bisher hatte der Antiquitätenhändler recht behalten.

»So ein gigantischer Unterschied müsste doch jedem Historiker sofort auffallen. Sogar in der Türkei«, tönte Götz und bemerkte gleich, wie vollmundig sich seine Behauptung anhörte. Stellte sie doch eine pauschale Diskriminierung des akademischen Berufsstandes derer dar, die sich mit der Vergangenheit beschäftigten und besonders derer in der Türkei. Erst jetzt fiel ihm ein, auch die Münchner Experten hatten an dem Pergament nichts auszusetzen gehabt. Und streng genommen tat er als Polizeiermittler auch nichts anderes, als die Vergangenheit, mehr oder weniger erfolgreich, unter die Lupe zu nehmen.

Anscheinend hatte er damit bei Yildiz einen wunden Punkt berührt. Zwar beäugte sie nun ebenfalls kritisch das Pergament und schüttelte dabei sogar den Kopf, aber Götz' Zweifel an der Kompetenz türkischer Historiker schien ihr tief unter die Haut gegangen zu sein.

Der vernichtende Blick, den sie ihm zuwarf, blieb zwar wie die gerunzelte Stirn unsichtbar, aber Götz konnte ihn deutlich spüren.

Yildiz' Vortrag über die Schwierigkeiten der Herstellung von Pergament – detailgenau erklärte sie ihm das Gerben des Leders, dessen Reinigung von alkalischen Materialien und zum Schluss den Aufwand des Schleifens und Glättens mit Bimsstein – wurde von den Bewegungen eines einzigen Fingers unterstützt. Des erhobenen Zeigefingers. Und dessen Bewegungen waren recht monoton. Drohend wie Götz fand. Eine ziemlich international verständliche Form der Kommunikation. Daran änderten auch die Inhalte von Yildiz' Erklärung nichts.

Zwar war »Kompetenzüberschreitung« kein etablierter Straftatbestand, wie Götz wusste, gehörte aber zu den Handlungen, die, gleich wo sie ausgeführt wurden, die unkontrollierbarsten Folgen und oft sogar drakonische Strafen nach sich zogen, die in keinem Verhältnis zum Anlass standen. Götz unterdrückte einen Seufzer. Das hätte ihm nicht passieren dürfen. Ein klassischer Anfängerfehler.

Yildiz' Zähne, die bisher im Dunkel so verführerisch geleuchtet hatten, schienen ihm plötzlich spitz und angriffslustig.

Die sachlichen Aspekte, dass Pergament im Gegensatz zu Papier nahezu unverwüstlich war, dass Tusche tief in das Leder eindrang und einen solchen Brief, der nachträglich auch noch mit Bienenwachs behandelt worden war, resistent gegen Wind, Regen, Schnee oder Sonnenhitze machte, traten neben dem Gefühl, sich Yildiz' Sympathie verscherzt zu haben, ziemlich in den Hintergrund. War sie vielleicht selbst Historikerin und reagierte deshalb auf seinen unbedachten Ausspruch so empfindlich?

Mit seinen folgenden Fragen wollte Götz ihr Gelegenheit geben, die Reputation türkischer Geschichtsforscher wieder herzustellen.

»Die drei Briefe wurden in Kronach geschrieben?«

»Ja.«

»Von einem Mann namens Johann Rudolph Mayer?«

»Ja.«

»Und dieser Johann Rudolph Mayer war, während der Belagerung von Kronach durch die Schweden, Festungskommandant?«

»Ja.«

»Diese Briefe von ihm dienten der Berichterstattung an den Bamberger Bischof?«

»Ja.«

»Der war der Vorgesetzte von Mayer?«

»Ja.«

Bisher erfüllte die Befragung zwar ihren inhaltlichen Zweck, lief aber dennoch nicht erwartungsgemäß, stellte Götz fest und versuchte seine Fragetaktik zu ändern.

»Der damalige Bischof von Bamberg war Johannes Georg II. Fuchs von Dornheim? Wobei ›Fuchs‹ ein Spitzname ist und ›von Dornheim‹ auf seine adelige Herkunft hinweist?«

Götz war stolz darauf, dass er sich jedes Detail, das die Münchner Experten über die Schriftstücke von sich gegeben hatten, genau gemerkt hatte. Auf sein Gedächtnis konnte er sich verlassen.

Yildiz lächelte kurz, glaubte er wenigstens, antwortete aber einsilbig mit einem weiteren »Ja.«

»Diese Briefe wurden wahrscheinlich durch Boten überbracht?«

»Ja. Das war damals so üblich.«

Nun wähnte sich Götz endlich auf dem richtigen Weg.

Wer nicht nur mit »Ja« oder »Nein« antwortete, der signalisierte seine Bereitschaft, den Widerstand aufzugeben. Das kannte er aus dem Fortbildungsseminar der Polizei über »Authentische Kommunikation in Befragungen und Vernehmungen von Zeugen und Verdächtigen«.

»Und all diese drei Boten haben sich auf dem Weg nach Bamberg verirrt?«, fuhr er fort.

Keine Antwort. Leider konnte er das Gesicht des Gespenstes nicht sehen. Auch die Finger blieben bewegungslos, aber das bemerkte Götz nicht, denn er versuchte gerade, sich eine Landkarte Europas vorzustellen.

»Bamberg liegt, von Kronach aus gesehen, im Westen und ist ungefähr achtzig Kilometer entfernt. Istanbul aber …« Er machte eine kleine Pause, richtete seine imaginäre Landkarte nach Norden aus und versah sie mit einem Maßstab, der eine Distanzangabe in Kilometern zuließ. »… Istanbul liegt aber im Südosten und außerdem wäre da noch der Entfernungsunterschied von geschätzten zweitausend Kilometern. Ein ganz schöner Um- oder Irrweg für einen Postboten. Nicht wahr? Da stellt sich schon die Frage, wie und warum die Briefe nach Istanbul gelangt sind? Hat vielleicht irgendjemand, egal ob in Deutschland oder der Türkei, die fantasievolle Idee entwickelt, der katholische Bischof aus Bamberg habe beim türkischen Sultan Zuflucht vor den heranrückenden Protestanten gesucht? Das wäre doch selbst in der Zeit und den Wirren des Dreißigjährigen Krieges ein höchst ungewöhnlicher Vorgang, würde aber erklären, dass diese Briefe nicht nach Bamberg, sondern nach Istanbul geschickt wurden. Oder?« Götz sah gespannt ins Dunkel.

Seine letzte Frage hatte alle denkbaren Möglichkeiten angedeutet, ohne gleich einen hundertprozentigen Ausschluss nach Wahrscheinlichkeitskriterien vorzunehmen. Außerdem ließ sich eine »offene Frage« nicht mit einem einfachen »Ja« oder »Nein« beantworten. Damit hatte er, laut Seminar, den Schweigepanzer aufgebrochen, mit dem sich ein Delinquent umgeben konnte, um der Feststellung der Wahrheit zu entgehen.

Leider reagierte Yildiz anders, als die Übungsperson in dem Befragungsseminar und auch die anderen Personen, die Götz bisher befragt oder verhört hatte.

❁ ❁

Von allen Kollegen, sogar von Frau Hängerla, verabschiedete sich Yildiz mit Handschlag.

Als Götz sie fragte: »Und wo gehen wir heute Abend zum Essen hin?«

Ebenfalls eine Frage, die sich nicht mit »Ja« oder »Nein« beantworten ließ, erhielt er eine präzise, jedoch wenig zufriedenstellende Antwort.

»Keine Zeit, ich muss noch arbeiten.«

Dann stieg sie in den Audi und winkte ihm kurz durch das geöffnete Wagenfenster zu.

Schlecht gelaunt trat Götz die Heimfahrt zum Kreuzberg an.

Ihm war der Appetit vergangen. Eine Leberkässemmel würde als Abendessenersatz dienen.

Missmutig beäugte er die Metzgereiverkäuferin. Die Leberkässcheibe, die sie zwischen die schon weich aussehenden Hälften der Semmel legte, war hauchdünn. Kaum dicker als die Alufolie, mit der sie das Ganze einwickeln wollte.

»A wengla weng«, sagte Götz. Zu einer schärferen Kritik mochte er sich nicht aufraffen, geschweige denn zu einer freundlich-ironischen Bemerkung, die der Verkäuferin, ohne Gesichtsverlust, Gelegenheit zur Nachbesserung gegeben hätte.

Ohne ihn einer Antwort zu würdigen, schnitt diese eine weitere Scheibe ab, legte sie auf die erste und erfüllte damit wenigstens den normalen Kronacher Standard. Nicht was Freundlichkeit anging, aber zumindest bezüglich der Leberkäsquantität. Anscheinend waren heute alle Menschen ein wenig dünnhäutig, dachte Götz.

Ganz im Gegensatz zu dem Pergament.

Als Götz zu Hause die Leberkässemmel aus der Folie wickelte, hatte sich das ohnehin schon fragwürdige Brötchen in eine lauwarme Teigmasse verwandelt. Dazwischen hingen, traurig, wie braune Herbstblätter nach dem ersten Frost, die dünnen Scheiben des Leberkäses.

Alles andere als eine Verlockung, dachte Götz wehmütig bei dem Gedanken an das entgangene Abendessen mit Yildiz.

»Der Schreiber benutzte Pergament, weil er einen uns unbekannten, vielleicht sogar geheimen Zweck verfolgte«, hatte sie behauptet, bevor sie sich auf eine emotionale Distanz von ziemlich genau acht Komma sieben Lichtjahren begeben hatte.

Vielleicht hatte sie ja recht. Er wusste nur noch nicht genau, womit und warum.

6

Kronach im Juni 1629

Magdalena rutschte unruhig auf der Wandbank ihrer Gaststube hin und her.

Das ferne Krachen ließ sie zusammenfahren. Sie hob den Kopf, lauschte und zählte bis vier. Bei fünf fing das Heulen und Rauschen an, bei sieben erfolgte der Rums. Oft spürte man ein Beben und Sand rieselte von der Decke.

Manchmal rumste es erst bei acht. Je nachdem, wie die feindlichen Kanoniere ihr Geschütz ausgerichtet hatten.

Aber anstatt die Verteidigung der Stadt Kronach und der Festung zu leiten, saß der Sequestor, der »Soldodenhauptmonn aus Bamberch«, wie ihn Hannes nannte, ihr gegenüber und redete übers Essen.

Aber Magdalena musste zugeben, das Leben ging weiter. Essen und Trinken waren wichtige Teile des Lebens. Trotz der Belagerung, die nun schon drei Tage andauerte. Noch nie hatte sie so viel Bier ausgeschenkt wie jetzt. Erst am späten Abend, nach Sonnenuntergang, kehrte Ruhe ein. Auf beiden Seiten. Nachts mussten sich sowohl Verteidiger als auch Belagerer von ihrem anstrengenden Tagesgeschäft erholen.

Gleich würde ein Kronacher Geschütz antworten. Das Krachen war dann lauter, aber das Heulen und Rauschen der herannahenden Kanonenkugel und den Rums des Einschlags hörten nur die Feinde.

Wer genau die Feinde waren, wusste sie nicht. Von Schweden und kroatischen Reitern war die Rede. Andere behaupteten, die meisten der Belagerer seien erst in Coburg rekrutiert worden und hätten das Land der Schweden nie zu Gesicht bekommen. Der Anführer dieser »Schweden« sei sogar ein Herzog. Einer aus Weimar. Und das lag auch nicht in Schweden.

Auf jeden Fall sahen die Belagerer nicht anders aus als die Männer aus Bamberg, die zur Verstärkung gekommen waren, oder die einheimischen Kronacher Verteidiger.

Zumindest aus der Ferne. Wenn man überhaupt einen zu Gesicht bekam. Von den Feinden.

»Also …«, fasste Niklas Hümmer, Obmann der Kronacher Metzgerzunft, die Wünsche des Obristwachtmeisters Johann Rudolph Mayer zusammen. Er und der Gerber waren heute vom Verteidigungsdienst freigestellt.

Vorher nahm er noch einen tiefen Zug aus dem Bierkrug, wischte sich den Mund ab und rückte unauffällig ein wenig von seinem Banknachbarn ab.

Das konnte Magdalena verstehen. Karl Heinlein, der Gerbermeister, roch fast genauso wie die eingeweichten Tierhäute in seinen Bottichen.

Der »Fremde«, so nannte sie ihn, ließ sich nichts anmerken, obwohl er selbst, im Gegensatz zu Niklas Hümmer, nicht nach Schweiß stank.

»… jeda Wochen a Ziegn oder a Schof. Die Magdalena brät des für euch und lässt's nochert auf die Festung bringa. Und der Karl gerbt die Haut, so wie ihr ihm des gsocht hobt.« Mayer nickte.

Der Name Johann Rudolph Mayer passt gar nicht zu ihm, dachte Magdalena. Den übrigen Bambergern glich er jedenfalls nicht. Zu dunkel die Haut, welche die hellen, graublauen Augen ganz besonders leuchten ließ. Angeblich war er früher, bevor er in den Dienst des Bamberger Bischofs getreten war, Offizier beim Sultan gewesen. Zumindest ging dieses Gerücht in Kronach um.

Was genau ein Sultan war, wusste Magdalena nicht. Sie hielt ihn für eine Art König, der über ein fernes, aber kleines Land Osmanien und einen Harem herrschte. Wie es in einem Harem zuging, davon hatte sie allerdings schon gelesen. Da liefen ganze Frauenscharen nackt herum, bewacht von Männern, denen man, wie den Jungebern vor der Mast, die Eier, vielleicht sogar den Schwanz abgeschnitten hatte. Bei den Ebern machte man das, weil sonst das Fleisch so streng schmeckte und roch und außerdem setzten sie so schneller Speck an.

Ungewöhnlich war auf jeden Fall der weiße Umhang. Vielleicht eine Art Abzeichen, denn nur der Hauptmann und seine sechs ebenfalls fremd aussehenden Begleiter trugen einen solchen Mantel. Höchst unpraktisch für einen Soldaten, fand sie, obwohl sie keine Schmutzflecke auf dem Kleidungsstück entdecken konnte. Deshalb war sie froh, dass sie vor seiner Ankunft eine frische Schürze umgebunden hatte.

»Mama, zwa Stück hob ich heut aufglesen.« Hannes stürmte herein. Als er die Männer bei seiner Mutter am Tisch sitzen sah, stockte er. Magdalena winkte ihn heran.

Ihr war es egal, was die Männer dachten; dass Kinder bei Erwachsenengesprächen nichts zu suchen hatten. Schließlich würde Hannes eines Tages das »Scharfe Eck« übernehmen. Bruch einer Tradition von mehreren Generationen. Immer hatten Frauen das »Scharfe Eck« geführt. Gleich, welche Männer sie geheiratet hatten. Dieser Geschlechterwechsel war nicht geplant, sondern Hannes war der erste männliche Nachfolger. Magdalenas Mutter, die Großmutter, die Ur- und die Ururoma hatten immer nur Töchter geboren. Alle mit dem gleichen Markenzeichen: Locken, die aussahen, als seien sie aus dünnem Draht gezogen. Einer Legierung aus Kupfer und Gold.

Sie merkte, wie die Augen des Obristwachtmeisters zwischen dem Bild an der Wand und ihr hin- und herwanderten.

Da der Pfarrer nicht mehr kam, hatte sie es wieder an seinen früheren Platz in der Gaststube gehängt.

Hannes war neben ihr auf die Bank geklettert und hatte sich an sie geschmiegt.

Vielleicht hat er Angst vor dem dunkelhäutigen Gegenüber, dachte Magdalena. Aber die Reaktion ihres Sohnes bewies das Gegenteil. Auch Hannes hatte den vergleichenden Blick des »Soldodnhauptmonns« bemerkt.

»Die do auf dem Bild, des is mei Urururoma«, sagte er mit verschwörerischer Stimme und hob dabei den Zeigefinger, um seiner Behauptung den nötigen Nachdruck zu verleihen. Der erhoffte Erfolg blieb nicht aus. Gerbermeister Heinlein quiekte wie ein Schwein, was bei ihm wohl ein Lachen bedeuten sollte, und Metzgermeister Hümmer schnaufte stoßweise durch die Nase, als habe er sich verschluckt.

Zum Glück, dachte Magdalena, enthielten sich beide einer ihrer üblichen anzüglichen Bemerkung. Die war sie zwar gewohnt, aber in Anwesenheit eines Fremden, noch dazu eines Offiziers, den der Bischof geschickt hatte, wäre ihr das doch unangenehm gewesen.

Der Fremde lachte nicht. Zumindest erreichte sein angedeutetes Lächeln kaum die Augen. »Ein aufgeweckter Junge«, sagte er und musterte Hannes, als sei der ein Pferd, das es zu begutachten galt. Er streckte die Hand über den Tisch und fuhr Hannes durch die Locken.

Seine dunkelbraune Hand zögerte einen Moment, als überlege sie, ob sie den rot gelockten Schopf streicheln oder fest zupacken sollte. Dann zog sie sich unvermutet zurück und verschwand unter dem Tisch. An jedem Finger steckte ein dicker goldener Ring. Einer sogar mit einem blutroten Edelstein. Nicht einmal der Kronacher Bürgermeister konnte sich so einen Ring leisten, dachte Magdalena.

Erst jetzt erreichte das Lächeln die Augenwinkel des Fremden.

Magdalena drückte Hannes an sich. Es war ihr fast so, als sei die Hand des Offiziers nicht durch Hannes Haar gefahren, sondern durch ihres. Und sie wusste nicht, ob sie die Berührung als angenehm oder störend empfunden hatte.

Unvermutet stand Johann Rudolph Mayer auf. Unter der grünen Schärpe zog er einen Beutel hervor.

Es krachte erneut. Diesmal lauter. Sie fuhr zusammen. Der Gerber und der Metzgermeister neben ihr zogen die Köpfe ein.

Rudolph Mayer hatte nicht einmal mit den Wimpern gezuckt. Er schien das Abfeuern der Kronacher Kanone gar nicht wahrgenommen zu haben.

Er öffnete den Beutel, griff hinein und zog drei Goldmünzen hervor. Jeweils eine legte er vor Magdalena, den Metzger und den Gerber.

Magdalena hielt einen Moment die Luft an. Es war lange her, dass sie ein Goldstück zu Gesicht bekommen hatte und dass jemand im Voraus bezahlte.

Der Metzger und der Gerber neben ihr verneigten sich vor dem Offizier. Auch sie machten nicht jeden Tag ein solch gutes Geschäft.

Das wusste sie, denn viele Geheimnisse gab es nicht in Kronach.

Es war auch kein Geheimnis, dass Bäcker, Metzger und viele andere Geschäftsleute die Belagerung zu ihrem Vorteil nutzten. Jeden Tag stiegen die Preise, obwohl es dafür keinen Grund gab. Zumindest jetzt noch nicht. Massen von Ziegen, Schafen und Rindern füllten die Stadt mit ihrem Muhen, Meckern, Blöcken und vor allem mit ihrem Mist und Gestank.

Damit sie nicht zur Beute des Feindes würden, hatte man sie in die Stadt getrieben. Irgendwann würde das Futter für die

Tiere innerhalb der Stadtmauern knapp werden und sie mussten geschlachtet werden. Also sollten die Preise wegen des hohen Angebotes eher sinken, denn von einer Mangelsituation oder gar Hungersnot war man weit entfernt.

Johann Rudolph Mayer zögerte einen Moment, dann griff er erneut in den Beutel.

Diesmal förderten seine Finger eine kleine Silbermünze zu Tage.

Anhand der Größe schätzte Magdalena, dass deren Wert beinahe gereicht hätte, um eine Ziege oder ein Schaf zu kaufen. Zumindest vor der Belagerung.

»Für dich«, sagte der Fremde und schob die Münze über den Tisch. Genau vor Hannes.

Der riss die Augen auf. Seine Hände zuckten, doch er wagte es nicht, die Münze zu berühren.

Ein fremdes Geldstück, wie Magdalena feststellte. Keines, das sie kannte. Eines mit dem Abbild eines Mannes, mit einer seltsamen, kugelförmigen Kopfbedeckung, umgeben von fremdartig geschwungenen Zeichen.

»Wofür?«, fragte sie anstelle ihres Sohnes. Der Mann lächelte.

»Für die Kanonenkugeln, die du eingesammelt hast. Die können wir gut gebrauchen. Heute waren es zwei. Oder?«

Er sprach direkt zu Hannes und der nickte eifrig. Langsam schoben sich seine Finger in Richtung der Münze, betasteten sie, als fürchte er, sie sei heiß. Dann griff er zu und ließ das Silberstück mit breitem Grinsen in seiner Faust verschwinden.

»Dangschön«, sagte er artig. Mayer nickte ihm zu und wandte sich dann an den Gerber.

»Wichtig ist das Leder. So dünn wie Papier muss es sein. Am besten noch dünner«, betonte er, winkte seinen Begleitern am Nebentisch. Gemeinsam verließen sie den Gastraum des »Scharfen Eck«.

Trotz der Hitze trugen auch sie die weißen Umhänge, die Magdalena bereits bei der Ankunft der Bamberger aufgefallen waren. Die ebenfalls dunkelhäutigen Männer schienen sich immer in der Nähe ihres Hauptmanns aufzuhalten. Allerdings waren sie heute nur zu fünft. Der sechste, den sie bei der Ankunft in Kronach gesehen hatte, fehlte.

»A guts Gschäft«, sagte Hümmer, steckte das Goldstück ein und hob den Bierkrug an die Lippen.

Draußen verklang der Hufschlag auf dem Pflaster.

Magdalena und Gerber Heinlein nickten.

Plötzlich wurde die Tür zur Gaststube aufgerissen. Ein Mann stürzte herein.

»Grod hams den Büchsenmacher Zitzmann mit aner Kannonakugl erschossen«, rief er. »Ich brauch unbedingt a Bier. Des ganze Blud. Des könnt ihr euch gor net vorstelln.«

7

Götz rückte den Liegestuhl auf dem Balkon seiner Wohnung zurecht und streckte sich darauf aus. Jetzt hatte er die Festung genau im Blick. Das half ihm beim Nachdenken.

Das weiß-rote Fahnentuch auf der Spitze des Burgfrieds wies nach links. Sie hatten also »Schönwetterwind« und es würde noch eine Weile heiß und trocken bleiben. Er öffnete die Flasche Kaiserhof Pils, nahm einen tiefen Zug und spülte die Reste der Leberkässemmel hinunter.

Eine seltsame Geschichte war das.

Ob er Hans Kräutlein mit all den Details belasten sollte? Der Staatssekretär hatte zwar ihn damit beauftragt, Yildiz zu unterstützen, die Berichterstattung sollte aber auf dem üblichen Dienstweg, also über den Inspektionsleiter erfolgen. Und eigentlich gab es bisher nichts Neues.

Von Yildiz hatte er jede Menge historischer Fakten gehört, die mit den drei Briefen in Zusammenhang standen. Aber das hatte sich vor fast vierhundert Jahren abgespielt und wies keinen erkennbaren Bezug zur Gegenwart auf. Wenn man von der Blutlache absah. Das »Blutbad auf der Festung«, wie er dieses Detail nannte. Allerdings nur aus persönlichen, motivationsfördernden Gründen.

Auch ein heftiger Anfall von Nasenbluten könnte diese unbekannte Menge an rotem Körpersaft auf den Kiesweg befördert haben. Das würde aber weder eine polizeiliche Untersuchung rechtfertigen, noch die Forderung nach der dafür notwendigen Eigenmotivation erfüllen, gestand sich Götz ein.

Und dann war da das geheimnisvolle Auftauchen der Dokumente in Kronach. Die stammten aus dem Topkapipalast in Istanbul. Dem Regierungssitz der osmanischen Sultane im siebzehnten Jahrhundert, wie er inzwischen von Yildiz wusste. Die, also die Dokumente, nicht die Sultane, hatten offensichtlich eine Kontaktaufnahme zwischen der bayrischen Staatsregierung und der Türkei ausgelöst.

Das wiederum hatte Yildiz nach Kronach geführt.

Bei Weitem der positivste Aspekt an der ganzen Sache, fand Götz, auch wenn der heutige Nachmittag nicht den allerbesten Ausgang genommen hatte.

Aber diese Fakten waren sowohl Hans Kräutlein, als auch dem Staatssekretär bekannt. Auch die Besitzverhältnisse der Dokumente, obwohl es keine Erklärung dafür gab, wie und warum sie nach Istanbul geraten waren. Denn was hatte eine Korrespondenz aus dem Dreißigjährigen Krieg zwischen dem Kronacher Festungskommandanten und dem Bamberger Bischof in der Türkei verloren? Ihr Auftauchen in Kronach, und seien die Umstände auch völlig mysteriös, erschien ihm viel logischer, selbst wenn die Einzelumstände noch der Aufklärung harrten.

Wie Yildiz' wirklicher Familienname lautete, war daneben eigentlich eher bedeutungslos. Außer für ihn vielleicht. Ebenso die Frage, für welche Behörde sie arbeitete. Wahrscheinlich wusste es der Staatssekretär, hatte aber vergessen, ihm das mitzuteilen. Oder der »Depp«, wie ihn Götz inzwischen insgeheim titulierte, hatte es nicht für wichtig gehalten.

Zwar konnte sich Götz inzwischen einiges zusammenreimen, aber ob das am Ende eine Rolle spielen würde oder nicht, das würde sich erst dann zeigen, wenn alle Ergebnisse auf dem Tisch lagen. Und davon sah er sich noch weit entfernt.

Götz klappte sein Notebook auf und gab den Begriff »Müdürlügü« in die Suchmaschine ein. Das hatte er heute Morgen schon einmal getan. Das Ergebnis war identisch.

»Maliye Müdürlügü« bedeutete ganz schlicht und einfach Finanzamt oder Finanzbehörde. Das war, seiner Meinung nach, selbst in der Türkei kein üblicher Familienname.

Yildiz hatte ihm erzählt, im osmanischen Reich seien »Oberer Suppenkoch« oder »Oberster Doggenaufseher« nicht die Bezeichnungen irgendwelcher Hausdiener gewesen, sondern die Dienstränge hochrangiger Militärs. Sie entsprachen etwa dem eines Oberstleutnants oder gar eines Generals in einer modernen Armee. Das war für sich betrachtet schon ungewöhnlich, aber die osmanische Armee der damaligen Zeit wies noch ganz andere Besonderheiten auf. Kein Angehöriger der Kerntruppe, auf die sich der Sultan stützte, gleich ob einfacher Soldat oder Offizier, war Türke gewesen. Sie waren auch keine angeworbenen Söldner, wie das bei den meisten europäischen Armeen der damaligen Zeit häufig der Fall war. Vielmehr hatte man die späteren Soldaten als Kinder ihren Familien weggenommen und zu sultantreuen Kämpfern erzogen. Verblüffenderweise, wie Götz fand, wurden nur Kinder christlicher Familien zu Waffensklaven, den todesmutigen Janitscharen, ausgebildet. Ziel der islamischen Erziehung war es unter anderem, die Erinnerung an Eltern und Geschwister auszulöschen. Die Armee wurde zum Familienersatz, der Sultan an der Spitze eine überragende Vaterfigur. Das gleiche galt für die Siphahi. Eine berittene Einheit, deren höchster Offizier dem Sultan den Steigbügel halten durfte, damit der sicher sein Pferd besteigen konnte. Dieser Oberkommandierende der Siphahi trug folgerichtig den Titel

»Oberster Steigbügelhalter«. Dazu musste er natürlich selbst erst vom Pferd absteigen.

Mit solchen Besonderheiten konnte heutzutage noch nicht einmal die Fremdenlegion dienen, Frankreichs militärisches Elitekorps. Da waren zumindest die Offiziere französischer Nationalität.

Götz überlegte, was dieses damalige »Osmanische Konzept« für die deutsche Bundeswehr bedeuten würde? Lebten überhaupt genug Italiener, Griechen, Jugoslawen und Türken in Deutschland, um zukünftig den Bedarf an Freiwilligen in der Bundeswehr zu decken? Und hätten die Lust, in deutschen Uniformen ihre darunterliegende Haut irgendwo zu Markte zu tragen?

Aber diese Überlegung brachte ihn nicht weiter. Die Blütezeit der Janitscharen und Siphahi lag schon lange zurück und erlaubte nicht die Annahme, dass heute, in der modernen Türkei, jemand »Finanzamt« hieß.

Götz dachte nach, wie wohl sein Rang als Polizeioberkommissar damals bei den Osmanen gelautet hätte. Falls es in jener Zeit überhaupt schon so etwas wie eine Polizei gegeben hatte.

»Unterer oder mittlerer Schöpfkellenbewahrer« vielleicht?

Aber so interessant oder amüsant diese historischen Forschungsergebnisse auch sein mochten, sie halfen ihm noch nicht einmal bei der Klärung der einfachsten Frage, mit der er in diesem Fall konfrontiert wurde.

Wer oder was war Yildiz?

Die zweite Variante, die das Internet für Müdürlügü anzeigte war: Emniyet Müdürlügü. Das hieß nichts anderes als Polizeipräsidium.

Warum ihm Polizeipräsidium, obwohl als Familienname ebenfalls völlig ungeeignet, sympathischer war als Finanzamt, vermochte Götz nicht zu begründen.

Auf jeden Fall wertete er beide Begriffe als Indiz dafür, dass Yildiz keine Hochstaplerin war.

Diese gut begründete Annahme führte allerdings zu einer wenig schmeichelhaften Erkenntnis über die bayrische Staatsregierung. Götz hielt es für immer wahrscheinlicher, dass der Staatssekretär Yildiz den Titel der Behörde, für die sie arbeitete, als Familiennamen angehängt hatte.

Dieser Irrtum verstieß zwar gegen kein Gesetz, hatte wahrscheinlich auch keine negativen politischen oder diplomatischen Folgen, bewies aber in seinen Augen, die immer noch fehlende göttliche Erleuchtung dieser Münchner Institution. Aber an die glaubten ohnehin nur die »echten« Bayern, zu denen die Franken nicht zählten.

Auf jeden Fall war es wohl besser, er hielt sich bei zukünftigen Entscheidungen eher an seinen gesunden Menschenverstand als an die Anweisungen aus der bayrischen Staatskanzlei.

Er sah hinauf zur Festung. Die Sonne war untergegangen. Der Bergfried leuchtete gelblich warm im Schein der tourismusfördernden Beleuchtung. Daneben wirkten die diamantartig funkelnden Sterne am Nachthimmel, eindeutig graublau.

Alle!

Das war ihm bisher noch nie aufgefallen.

Was wohl Yildiz gerade machte? Ob sie sich inzwischen wieder beruhigt hatte? So gemütlich wie er auf seinem geräumigen Balkon hatte sie es im »Pfarrhof« sicher nicht. Sie müsse noch arbeiten, hatte sie gesagt. Vielleicht war sie gerade dabei, ihre Blusen zu bügeln, dachte er melancholisch und trank den letzten Schluck Kaiserhofbier.

❁ ❁

»Merhaba, Baba? Bist du noch im Büro?«

»Merhaba, mein Stern. Schön dass du dich meldest. Du weißt doch, dass ich am liebsten abends arbeite. Da wird man nicht dauernd gestört.«

Yildiz seufzte.

Als Kind hatte sie ihren Vater oft vermisst. Manchmal war sie sich wie eine Halbwaise vorgekommen, weil sie ihn tagelang kaum zu Gesicht bekam.

»Tilki«, der Fuchs, wie ihr Vater genannt wurde, war vor allem dann aktiv, wenn sich andere Familien zum Abendessen oder vor dem Fernseher versammelten.

Und wegen dieses Spitznamens ihres Vaters hatte sie auch bei Götz Flößers Schilderung so lachen müssen. Den Grund ihrer Erheiterung hatte sie ihrem deutschen Dienstpartner auf Zeit natürlich nicht genannt.

Dass es ausgerechnet Füchse waren, die die deutschen Behörden aufmerksam gemacht hatten, war ein amüsanter Zufall. Und schließlich verdankte sie dieser Tatsache ihre Anwesenheit in Kronach.

Ihr erster Auslandseinsatz. Endlich.

Bisher war es immer anders gelaufen.

Einfach, mehrfach erprobt und fast immer erfolgreich, wie Yildiz zugeben musste.

Es war schließlich nicht das erste Mal, dass türkisches Kulturgut entwendet und ins Ausland gebracht worden war.

Aber es war das erste Mal, dass sie die ebenso ehrenvolle wie knifflige Aufgabe der Rückführung übernehmen durfte. Leider gab es dabei einen kleinen Schönheitsfehler.

»Warum hast du mich nicht von Anfang an mit dieser Sache betraut?«, klagte sie, obwohl sie die Antwort ihres Vaters bereits kannte.

»Weil es dir an praktischer Erfahrung fehlt. Das weißt du doch.«

»Aber *er* hat diese Erfahrung?«, schnaubte Yildiz verächtlich.

»Ja natürlich. Schließlich hat er sich in der Vergangenheit schon oft bewährt.«

»Ich möchte nicht wissen wie, Baba.«

»Seine Ergebnisse sprechen für sich. Bisher wenigstens.«

»Ergebnisse? Die Sache hier in Kronach hat *er* so gründlich vermasselt, wie man eine Sache nur vermasseln kann.«

»Ja, er hat einen Fehler gemacht und jetzt müssen wir versuchen, das Ganze auf einer anderen Ebene zu regeln. Das ist deine große Chance. Jetzt kannst du beweisen, was in dir steckt. Schließlich will ich mir nicht vorwerfen lassen, ich hätte meine eigene Tochter protegiert. Du weißt, wie schnell solche Vorwürfe auftauchen.«

»Oh, ich darf jetzt retten, was dein besonderer Liebling verpatzt hat.« Yildiz schnaufte, war aber durch den Vertrauensbeweis und die Sorge ihres Vaters ein wenig besänftigt.

»Wo steckt er überhaupt? Er müsste längst zurück sein. Sein Mobile Phone ist abgeschaltet und ich habe keine Ahnung, was wirklich schiefgelaufen ist. Hätte mich nicht mein ehemaliger deutscher Studienkollege aus München angerufen und mir vom Auftauchen der gestohlenen Papiere in einer Kleinstadt in Bayern erzählt, dann hätte ich keine Ahnung von der Sache und du säßest heute in deiner Dienststelle in Istanbul.«

Yildiz tat so, als habe sie den ersten Teil seiner Frage nicht gehört. »Du kannst froh sein, dass *ihn* die hiesige Polizei nicht kassiert hat. *Er* ist ein Macho der übelsten Art. Noch dazu einer, der meint, alles ließe sich unter der Hand und mit Geld regeln. Aber diesmal hat das überhaupt nicht funktioniert.«

»Jetzt tust du ihm aber unrecht. Schließlich ist es ihm in der Vergangenheit fast immer gelungen, Polizei und andere offizielle Stellen in den jeweiligen Ländern draußen zu halten, wenn auch manchmal mit erheblichen Kosten.«

Yildiz kicherte.

Abhandengekommene Kulturgüter aufzuspüren und zurückzukaufen, bevor sie in irgendwelchen Privatsammlungen verschwanden, war nicht ein Hobby ihres Vaters, sondern die etablierte Vorgehensweise, wenn es nicht anders ging. Versicherungen handelten oft ähnlich. Das kostete zwar Geld, dennoch war der finanzielle und zeitliche Aufwand meist geringer als ewig dauernde Verhandlungen mit den staatlichen Stellen der jeweils betroffenen Länder, in denen das türkische Kulturgut wieder aufgetaucht war.

Aber sie kannte auch den Schwachpunkt oder die Stärke ihres Vaters. Je nachdem, wie man es betrachtete. Er war großzügig, aber alles, was er als Verschwendung ansah, erregte seinen Zorn. Und wenn jemand mit dem Geld türkischer Steuerzahler zu großzügig umging, dann hörte bei ihm der Spaß auf.

»Dann bin ich aber auf dein Gesicht gespannt, wenn du meine Spesenabrechnung siehst.«

»Wieso?«

»Ich musste seine Hotelrechnung bezahlen nachdem *er* einfach abgehauen ist, und seinen Mietwagen übernehmen.«

»Ja und?«

»Das Auto ist ein Riesenluxusschlitten. Frag nicht, was der am Tag kostet.«

»Und warum hast du dir nicht einen kleineren, günstigeren Wagen gemietet?«

»Er hatte doch die ganze Ausrüstung im Wagen, um die Echtheit der Funde zu überprüfen. Und außerdem hat *er* das Luxusgefährt direkt vor dem Hotel abgestellt. In einer Kurzparkerzone. Dümmer ging es nicht. Ein Glück, dass die hiesige Polizei das Fahrzeug nicht abgeschleppt hat. Das konnte ich gerade noch verhindern«, übertrieb sie.

»Hm.«

Es war selten, dass Yildiz ihren Vater sprachlos erlebte.

»Aber das Wichtigste, Baba. Die Papiere sind unbeschädigt.«

»Gut. Ich hatte schon die Befürchtung, mein Studienkollege wollte mich nur beruhigen.« Er zögerte, bevor er seine nächste Frage aussprach. »Und hast du schon die Rückgabe der Dokumente angesprochen?«

»Nein. Schließlich musste ich erst einmal klären, ob sie echt sind. Aber offensichtlich gibt es Schwierigkeiten.«

»Wieso?«

»Momentan gelten die Dokumente noch als Beweismittel in einem ungeklärten Kriminalfall. Auch das hat *er* uns eingebrockt.« Aufgebracht schilderte Yildiz ihrem Vater, unter welchen Umständen die Dokumente gefunden worden waren.

»Das hört sich nicht gut an und außerdem kann es ewig dauern, bis das mit der Blutspur aufgeklärt ist«, bestätigte Tilki ihre Bedenken. »Und hoffentlich ist ihm nichts passiert.«

»*Dem* doch nicht«, giftete Yildiz und hoffte, ihr Vater würde nicht noch mehr Vermutungen über das Schicksal seines Lieblings äußern. Sie musste ihn ablenken. »Es kommt noch schlimmer. Der Polizist, mit dem ich zusammenarbeite, hat Probleme angedeutet.«

»Welcher Art?«

»Er hat mich gefragt, wie denn diese Briefe nach Istanbul gelangt seien. Schließlich wurden sie in Deutschland geschrieben und sind an einen deutschen Adressaten gerichtet. Aus seiner Sicht gibt es keinen Grund, warum sie türkisches Kulturgut sein sollten. Man könnte ebenso gut behaupten, sie seien irgendwo und irgendwann in Deutschland gestohlen worden und dann erst in die Türkei gelangt. Und ganz unrecht hat er damit nicht. Schließlich haben unsere Historiker auch keine nachvollziehbare Erklärung dafür gefunden, wie und warum diese Briefe in die Korrespondenz des osmanischen Großwesirs gelangt sind.«

»Hast du ihm nicht gesagt, dass der Verfasser, dieser Obristwachtmeister Johann Rudolph Mayer, ursprünglich osmanischer, also türkischer Herkunft ist? Das ist durch mehrere namhafte, unter anderem auch deutsche Historiker belegt. Einer davon sogar aus Kronach, wo du gerade bist.«

»Baba! Weder die Janitscharen noch die Siphahi waren gebürtige Türken. Das weiß doch jedes Kind. Zumindest in der Türkei. Und du solltest es am besten wissen. Aber selbst wenn Mayer osmanischer Herkunft gewesen wäre, für die Geschichtsforscher ist er nichts anderes als ein wenig interessanter Überläufer, auch wenn du das anders siehst. Einer, der, nachdem er in Kriegsgefangenschaft geriet, zum katholischen Glauben konvertierte und sich einen neuen, christlichen Namen zugelegt hat. Diese Überläufer, vor allem Offiziere, die in Gefangenschaft geraten waren, stellten doch während des Dreißigjährigen Krieges in Europa keine Seltenheit dar. Da haben dann Protestanten für die Katholiken gekämpft und Katholiken für die Protestanten. Meinst du, da interessiert sich jemand für einen einzelnen übergelaufenen Türkenoffizier, der am Ende ein Kommando in einer Provinzstadt erhalten hat, bevor er für immer von der Bildfläche verschwand?«

»Aber das kann doch den Deutschen völlig egal sein. Für uns ist es aber wichtig. Vor allem für unsere Familie. Und damit auch für dich. Das weißt du doch.«

»Ja, Baba, ich weiß«, seufzte Yildiz.

»Also erzähle der deutschen Polizei nicht zu viel. Das verwirrt sie höchstens. Schließlich sind sie keine Historiker, die komplexe Sachverhalte einer komplizierten Vergangenheit miteinander verknüpfen können.«

»Das nicht. Aber ich habe leider das Pech, an einen geraten zu sein, der zumindest ein guter Beobachter ist. Und obendrein stellt er die richtigen – für uns aber leider die falschen Fragen.

Noch dazu ist ihm etwas aufgefallen, was bisher noch niemand bemerkt hat. Auch nicht unsere Historiker. Und das, obwohl er keine Ahnung von der Materie hat.«

»Und was ist ihm aufgefallen?«

»Weiß ich noch nicht genau.«

»Hat er es denn nicht gesagt?«

»Nicht direkt. Er hat nur so eine Bemerkung gemacht. Die aber leider stimmt.« Sie seufzte erneut. »Vielleicht hat es gar nichts zu bedeuten und die Sache hat eine völlig harmlose Ursache.«

»Du machst dir aber Sorgen? Brauchst du vielleicht Unterstützung?«

»Nein Baba. Mir wird schon was einfallen. Aber …«, sie holte tief Luft, »… wenn dein besonderer Liebling hier noch einmal auftauchen sollte und mir in die Quere kommt, dann schieße ich *ihn* zum Mond. Das verspreche ich dir.«

Yildiz legte auf, bevor ihr Vater antworten konnte.

8

Götz hatte unruhig geschlafen. Das passierte ihm selten. Und wenn, dann waren es üblicherweise keine angenehmen, wenn nicht gar aufregenden Träume, die seinen Schlaf störten, so wie in dieser Nacht.

Die Fahne auf dem Burgfried der Feste Rosenberg verhieß noch immer gutes Wetter. Von morgendlichem Tatendrang und Lernwillen beseelt, bearbeitete Götz Flößer die Tastatur seines Notebooks.

So schwierig konnte es nicht sein, sich zumindest ein paar Redewendungen in einer fremden Sprache anzueignen.

Sozusagen als Geste der Wiedergutmachung und zur Überwindung der astronomischen Entfernung zwischen Erde und Sirius.

Götz hielt sich absolut nicht für ein Fremdsprachengenie. Eine Begabung wie diese wäre hier in Kronach auch ein ziemlicher Luxus, um nicht zu sagen fast überflüssig, zumindest was die Polizei anging. Schließlich war seine Heimatstadt, trotz ihrer Einzigartigkeit und aller Bemühungen des Fremdenverkehrsbüros, nicht gerade das Pflaster, auf dem sich der internationale Tourismus tummelte.

Sein halbwegs flüssiges Englisch hatte bisher immer gereicht, wenn sich ein nicht-deutschsprachiger Ausländer bei ihnen in der Inspektion meldete. Mangels Übung und Nachfrage waren von seinem ohnehin kärglichen Schulfranzösisch nur ein paar Brocken übrig geblieben und Latein sprachen nicht einmal mehr die Italiener. Doch das machte nichts. Als vordringliche Fremdsprache wurde in Kronach Hochdeutsch nachgefragt. Und das beherrschte er, im Gegensatz zu den meisten Kollegen und seinem Vorgesetzten.

Bereits nach einigen Minuten Internetstudium musste Götz feststellen, dass er die türkische Sprache deutlich unterschätzt hatte. Da hätte er auch versuchen können, Mandarinchinesisch zu lernen. Die Ferne zum Deutschen oder Englischen konnte dort auch nicht größer sein, wenn man die Schrift außer Acht ließ. Vermutete er wenigstens.

Umgekehrt, dachte Götz, musste für einen Türken oder eine Türkin die deutsche Sprache genauso fremdartig und deshalb schwierig erlernbar sein. Seine Hochachtung vor Yildiz wuchs.

Die sprach fließend Deutsch und zwar akzentfrei, obwohl sie es von Österreichern gelernt hatte.

Er schloss seinen zehnminütigen Lernversuch mit der Erkenntnis, dass es wohl kaum eine Sprache gab, in der statistisch betrachtet der Umlaut »ü« eine so dominante Rolle spielte. Aber das hatte er ja schon vorher gewusst. Müdürlügü war dafür das beste Beispiel.

Trotz aller Schwierigkeiten waren seine Bemühungen nicht völlig erfolglos geblieben.

Er griff zum Telefon. Yildiz' Handynummer hatte er gespeichert. Gespannt wartete er auf das Freizeichen. Nach dem fünften Ton nahm jemand ab und meldete sich.

»Hallo?«

»Merhaba, Yildiz«, sagte Götz und hoffte, dass seine Aussprache korrekt war.

»Oh.«

Er sah ihr Gesicht genau vor sich. Die Augen mit dem Ausdruck der Überraschung weit aufgerissen, die Stirn leicht gerunzelt und die Lippen zu einem Kreis geformt.

»Merhaba, Götz.«

Das klang so, als würde sie dabei lächeln. Allerdings wusste Götz nicht, ob dieses Lächeln aus der Quelle des Spotts oder der Anerkennung gespeist wurde. Entsprechend seiner Stimmung entschied er sich für die zweite Variante.

Damit würde der neue Tag besser anfangen. Besser als der gestrige geendet hatte.

»Merhaba, Yildiz«, das klang irgendwie gut. Noch besser hatte sich allerdings das »Merhaba, Götz« angehört.

Die leicht kehlige Betonung des »hs« in der Mitte verlieh dem türkischen »Merhaba« im Gegensatz zu dem eher simplen deutschen »Hallo« etwas Intimes. Fast schon etwas Erotisches. Obwohl, musste Götz zugeben, auch Yildiz fragendes »Hallo?« eine ähnliche Wirkung auf ihn gehabt hatte.

Es gelang ihm nur unzureichend, die Fortsetzung seiner nächtlichen Träume zu unterdrücken.

Yildiz, die beim Klingeln des Telefons den Kopf aus dem Kissen hob. Ihr Arm streckte sich, um nach dem Handy zu greifen. Dabei rutschte die Steppdecke nach unten und …

Götz schluckte.

»Bist du noch beleidigt?«, fragte er und wurde gleich belehrt, dass dies eine falsche Frage war.

»Beleidigt? Warum um alles in der Welt sollte ich beleidigt sein, Götz?«

Das wurde in einem Ton geäußert, als wäre nichts undenkbarer als ausgerechnet dieser Seelenzustand.

Götz schwieg einfach.

Angebranntes aufzurühren konnte nur bitteren Geschmack auslösen. Und wer wusste schon, welche Fettnäpfchen in welchen ihm unbekannten Ecken von Yildiz' türkischer Seele lauerten. An den Reibungsflächen kultureller Unterschiede hatte sich schon manch ungewolltes Feuer entzündet. Noch nicht einmal den Franken und den Restbayern gelang es immer, sich ohne Reibungshitze miteinander zu verständigen.

»Ich hatte heute Nacht eine Idee«, sagte Yildiz nach einer Weile.

Götz schluckte das »ich auch« hinunter. Seine und Yildiz' nächtlichen Ideen waren garantiert verschiedener Natur. Da war er sich ziemlich sicher.

»Ich möchte einer Sache auf den Grund gehen, die du gestern angesprochen hast.«

»Gern«, sagte Götz, zwischen Vorsicht und Hoffnung hin und her schwankend. Wusste er doch gar nicht genau, welcher Sache Yildiz auf den Grund gehen wollte.

Ihre schon fast gemeingefährliche Freundlichkeit heute Morgen war zwar Balsam für seine Seele, stand aber in schärfstem Kontrast zu ihrem gestrigen frostigen Abschied. Er hatte nicht vergessen, wie sie sich von dem gesamten Kronacher Polizeiapparat mit Handschlag verabschiedet, ihm aber nur ein lapidares Winken durch das Autofenster gegönnt hatte. Nicht einmal umgedreht hatte sie sich dabei. Hatte sie jetzt ein schlechtes Gewissen?

»Um was geht es denn?«, fragte er geradeheraus.

Bei Fragen ohne jeden Unterstellungscharakter konnte man nicht allzu viel falsch machen. Das traf wahrscheinlich auch für die Kommunikation mit jungen türkischen Frauen zu, hoffte er.

»Das zeige ich dir bei euch auf dem Polizeirevier.«

Götz verzichtete darauf, ihr den Unterschied zwischen einer Polizeiinspektion und einem Polizeirevier zu erklären.

»Könntest du mich vielleicht abholen?«

»Aber gerne«, sagte er ein wenig erstaunt. Dann fiel ihm ein, dass er sie gerade geweckt hatte, und vielleicht hatte sie den Audi inzwischen vorschriftsmäßig, also nicht direkt vor dem Hotel, geparkt. Das Thermometer seiner Wetterstation zeigte schon jetzt sechsundzwanzig Grad. Keine Einladung für lange Spaziergänge.

»Sagen wir in einer Stunde?«, bot er an.

Schließlich brauchte Yildiz noch Zeit für ihre Morgentoilette, auch wenn sie sich nicht schminkte und keinen Lippenstift benutzte. Aber vielleicht musste sie noch eine Bluse bügeln und frühstücken. Dafür hätte selbst er fast eine Stunde gebraucht.

»In fünfzehn Minuten wäre mir lieber. Wenn du das schaffst, ohne gegen die deutschen Geschwindigkeitsregeln zu verstoßen.«

»Klar«, sagte Götz.

Das Bild von Yildiz unter der Bettdecke zerstob.

Genau vierzehn Minuten später stellte Götz den Dienstwagen vor dem Hotel ab. In der Kurzparkerzone, direkt hinter dem schwarzen Q7.

Kopfschüttelnd betrat er die Lobby. Die war leer. Auch die Rezeption war nicht besetzt. Das Gästebuch lag auf der Theke. Sehr schön, dachte Götz. Endlich konnte er etwas nachholen, was er ganz zu Anfang hätte tun sollen. Jetzt sogar, ohne gegen irgendwelche Höflichkeitsregeln zu verstoßen, irgendeinen Verdacht zu erregen oder, was manchmal noch problematischer war, einen zu erzeugen.

In Fragen der Polizei wurde immer alles Mögliche hineininterpretiert und manch braver Bürger war allein deswegen bei seiner Umwelt in Verdacht geraten.

Türkische Namen waren ja leicht zu erkennen. Schnell überflog er die Namensspalte. Alle waren eindeutig deutscher Herkunft. Bis auf einen – Jablonski. Aber auch der kam nicht aus Polen, sondern aus Castrop-Rauxel.

Götz' Augen wanderten in der Spalte nach oben.

Da war es, was er gesucht hatte.

Jilderim.

Das war eindeutig. Selbst für jemanden, der der türkischen Sprache völlig ohnmächtig gegenüberstand. Sein Blick glitt zur Seite, zum Ankunftsdatum, und er stutzte.

»Ich hoffe, du wartest noch nicht lange«, erklang Yildiz' Stimme hinter ihm. Götz schob das Gästebuch beiseite und tat so, als interessiere es ihn nicht und wäre rein zufällig zwischen seine Finger geraten. Er merkte, wie er rot wurde. Eine Körperreaktion, die er selbst nach fast zwanzig Jahren Polizeidienst nicht völlig unter Kontrolle gebracht hatte. Zum Glück sah man das bei dem gedämpften Licht in der Hotellobby nicht.

Warum fühlte er sich eigentlich ertappt? Schließlich war er Polizist und die Einsichtnahme in das Gästebuch des Stadthotels war keinerlei Regelverstoß. Auch nicht bei strenger Auslegung der Datenschutzbestimmungen.

Yildiz sah aus wie am ersten Tag. Die aufregenden, störrischen Locken von der halbmondförmigen Silberspange gebändigt, Designerjeans und weiße Bluse. Knitterfrei. In ihrem Ausschnitt nahm er eine Kette wahr. Ebenfalls aus Silber. Der Anhänger war eine Münze. Türkisch wahrscheinlich. Zumindest deutete die Kopfbedeckung des darauf abgebildeten Mannes in diese Richtung.

»Machen wir heute einen Diskobesuch mit Schwarzlicht?«, wagte Götz einen Scherz.

»Oh«, sagte Yildiz mit kreisrundem Mund ohne Lippenstift, gerunzelter Stirn ohne Make-up und unschuldigem Blick aus graublauen Augen.

Die Beleuchtung in der Lobby ist anscheinend doch besser, als ich geglaubt habe, dachte Götz, sonst könnten mir solche Details nicht auffallen.

»Gibt es hier in der Stadt eine Diskothek? Ich meine, wo wir heute Abend hingehen könnten?«, fragte Yildiz und ihr Lächeln glättete die Stirn.

Humor ist – dachte Götz in einem Anfall aufkeimender Panik – nicht der Versuch der Erheiterung, sondern das Erreichen des angepeilten Ergebnisses, ohne sich dabei selbst eine Falle zu stellen.

Jetzt hatte er ein Problem, obwohl Yildiz sehr vergnügt aussah.

»Sicher, aber selbstverständlich doch«, sagte er, obwohl er sich keineswegs so sicher fühlte, wie er sich gab.

Gab es überhaupt noch eine Diskothek in Kronach? Eigentlich sollte er das wissen, auch wenn es schon Jahre her war, dass er eine besucht hatte. Privat natürlich, nicht dienstlich. Das wäre etwas anderes gewesen.

Schon damals hatte er befürchtet, man könne ihm, wegen des Durchschnittsalters der Diskobesucher, pädophile Neigungen unterstellen. Seine damalige Begleiterin, in ähnlich unpassendem Alter wie er, wäre da nur ein unzureichendes Alibi gewesen.

»Gut. Dann können wir ja loslegen.«

Götz nickte nur. Da war er sicher, nichts Falsches zu sagen oder falsche Erwartungen zu wecken.

❁ ❁

Frau Hängerla gab sich souverän. Ganz die »rechte Hand«, vertrat sie den Inspektionsleiter. Man sah ihr das Hausrecht deutlich an. Gesichtsausdruck, Körperhaltung, Gestik, selbst die Sprache stimmte.

Götz hatte dieses Gefühl der Stellvertretermacht noch nie empfunden.

Frau Hängerla versorgte sie mit Kaffee, Keksen und hatte, im Gegensatz zu dem echten Inspektionsleiter, auch keine Angst vor möglichen Erschütterungszündern, die selbst auf feine seismische Impulse ihrer Umwelt reagierten. Mangels Erfurcht oder

Sensibilität gegenüber der Vergangenheit knallte Frau Hängerla die Dokumentenboxen mit solchem Elan auf den Tisch des Besprechungszimmers, dass man meinen konnte, es handele es sich um einen Putzeimer.

Warum die »rechte Hand« - vorschriftswidrig - den Schlüssel zum Tresor besaß, wollte Götz in Yildiz' Anwesenheit nicht klären.

Es gab nur zwei Schlüssel für den Panzerschrank. Einen besaß der Inspektionsleiter, den anderen Götz als sein Stellvertreter; und er vergaß ihn meist zu Hause.

Anders als Hans Kräutlein verließ Frau Hängerla auch nicht freiwillig den Besprechungsraum, nachdem sich Yildiz bei ihr bedankt hatte.

Entweder ein Mangel an Empathie, überlegte Götz, oder Frau Hängerla besaß einfach ein größeres Durchsetzungsvermögen als der Inspektionsleiter.

»Derf mer denn vielleicht amol gucken, wos in die Schachteln drin is?«, fragte sie. Bezeichnenderweis stellte sie diese Frage nicht Götz, sondern Yildiz.

»Natürlich«, antwortete die, mit einer Selbstverständlichkeit, die Götz überraschte. Zum einen, weil der fränkische Dialekt anscheinend selbst Fremdsprachlern nicht so unverständlich war wie er geglaubt hatte; er demzufolge als »Übersetzer« nur von untergeordnetem Wert war, und zum anderen, weil Yildiz ohne zu zögern eine der Boxen öffnete und zu Frau Hängerla hinschob.

War das gestern mit der Verdunkelung des Raumes, dem Schwarzlicht und den Handschuhen alles bloß Show gewesen?

Frau Hängerla beugte sich über den beschriebenen Pergamentbogen. Allerdings nicht lange, dann war ihr Interesse erschöpft.

»Is auf der Rückseidn a wos?«, fragte sie und griff nach dem Blatt, um es umzudrehen.

»Nicht anfassen«, zischte Yildiz. Frau Hängerlas Hand zuckte zurück. Mit einer Geschwindigkeit, die Götz überraschte.

Wenn er Frau Hängerla sonst um etwas bat, hatte er immer den Eindruck, dass zumindest ein Teil der Menschheit, und dem ordnete er Frau Hängerla zu, nicht vom Affen, sondern von den Schnecken abstammte.

»Solche Dokumente dürfen nur mit Handschuhen berührt werden. Der Schweiß der Finger könnte sie sonst beschädigen«, erklärte Yildiz ihre Anordnung.

»Meina Händ schwitzen net«, murrte Frau Hängerla, warf Yildiz einen bösen Blick zu und stapfte aus dem Raum.

»Wegen so an Gschreibsel wird a su a Gewes gemacht«, murmelte sie, bevor sie die Tür hinter sich zuzog.

Ihre Stimmlage erübrigte eine Transformation ins Hochdeutsche. Yildiz grinste die geschlossene Tür an.

Nichts ist so unverfälscht wie Schadenfreude. Die natürlichste und irrtumsfreieste Form des Humors, dachte Götz, der Frau Hängerlas Abgang mit großem Vergnügen verfolgt hatte. Yildiz hatte Mut. Sich offen gegen Frau Hängerla zu stellen, das wagte nicht einmal Hans Kräutlein.

Yildiz reichte Götz die Handschuhe.

Also doch nicht alles Show.

»Infrarotes Licht, als Bestandteil des Tageslichts, wirkt auf die Dauer sehr zerstörerisch. Wenn wir von unserem Archivmaterial Fotos machen, verwenden wir kein normales Blitzlicht, sondern ausschließlich Lampen ohne infrarote Strahlungsanteile. Aber heute machen wir eine Ausnahme«, erklärte Yildiz und klappte eine kleine Tasche auf.

Skalpelle in unterschiedlichen Größen und Klingenformen, Pinsel mit dunklen und hellen Haaren, aber auch Messinstrumente wie eine Schieblehre und Mikrometerschraube kamen zum Vorschein. Letztere setzte Yildiz an den Pergamentbogen an. Das Ergebnis überraschte sie anscheinend nicht. Götz übrigens auch nicht, denn bereits mit bloßem Auge hatte er gestern erkannt, dass das Ziegenleder relativ dick war. Genau vier Komma acht Millimeter, die Yildiz von dem Messgerät ablas. Das war zwar weniger, als Götz einer Schweineschwarte zugeordnet hätte, aber er freute sich, dass Yildiz seinem gestrigen Einwand mit so großer Akribie nachging. Anscheinend war auch sie bereit, große Distanzen, wie die zwischen Sirius und Erde, zu überwinden. Ihre zögerlichen Bewegungen und die gerunzelte Stirn bewiesen höchste Konzentration. Anscheinend ohne Ergebnis. Ihre Hand tastete nach dem Münzanhänger an der Halskette, als erwarte sie von dort eine Antwort.

Götz hütete sich vor jedem Kommentar oder einer Äußerung, die auf Freude oder gar Stolz hinweisen könnten. Jetzt, wo sich alles wieder einzurenken schien, wollte er keinesfalls als Rechthaber dastehen.

»Was nun?«, stellte er die klassische Frage des zwar Aktionswilligen, aber ansonsten völlig passiven Befehlsempfängers.

»Wenn ich das wüsste«, seufzte Yildiz und hob den Bogen aus seinem gegen alles schützenden bayrischen Karton und hielt ihn gegen das als zerstörerisch beschriebene Tageslicht.

Die braunen Altersflecke wirkten dadurch etwas dunkler. Die Maserung des Leders trat im schwach durchscheinenden Licht etwas stärker hervor. Der unbeschriebene Rand des Briefes wurde etwas durchsichtiger und zeigte ein paar milchige Zonen.

Alles ließ sich nur mit dem vagen Begriff »etwas« beschreiben, dachte Götz. Aber da war nichts substanziell Greifbares, wie er oder Yildiz gehofft hatten.

Außer vielleicht?

Es war nicht so, dass sich Yildiz gegen ihn lehnte, nachdem er hinter sie getreten war, um den Brief bei Tageslicht in

Augenschein zu nehmen. Aber sie wich der entstandenen Nähe auch nicht aus.

Die physikalische Entfernung zwischen Yildiz und ihm musste jetzt im untersten Messbereich der Mikrometerschraube liegen. Oder noch darunter. Etwa im monomolekularen Abstand.

Götz konnte eindeutig das Kribbeln der rotierenden, sich für die menschliche Wahrnehmung auf ungeordnet erscheinenden Bahnen bewegenden, Elektronen spüren. Energetische Schübe, ausgelöst durch subatomare Teilchen, die ihre Wechselbeziehung zwischen zwei Körpern unterschiedlicher Oberflächengestaltung und Ladung aufnahmen.

Dabei war Physik in der Schule nicht wirklich Götz' Lieblingsfach gewesen.

9

Yildiz hatte entweder keine Antenne für filigrane physikalische Phänomene im subatomaren Bereich oder sie hatte diese Funktion gerade abgeschaltet oder, auch das wollte Götz mangels Erfahrung nicht ausschließen, Türkinnen funktionierten grundsätzlich ganz anders.

Sie ließ die Hand mit dem Pergament sinken. Der Seufzer, den sie dabei ausstieß, entsprach so gar nicht der Tonlage, die Götz sich wünschte. Statt schmelzend hörte er sich eher enttäuscht bis hoffnungslos an.

Doch so leicht wollte Götz nicht aufgeben.

Wer nach Erkenntnissen und Ergebnissen strebte, brauchte manchmal Geduld. Es gab im Leben immer eine Alternative. Man musste nur danach suchen.

Genau das hatte er heute Morgen seinem Spiegelbild eingeprägt, während der Elektrorasierer, laut brummend, die Bartstoppeln auf Wangen, Kinn und Hals von drei auf eins Komma fünf Millimeter Länge kappte.

»Denk positiv, Götz«, hatte er sein Spiegelbild ermuntert. Verblüffenderweise hatte sein Gegenüber genickt. Vielleicht deshalb, weil er üblicherweise keine Selbstgespräche führte.

»Das Pergament ist eindeutig zu dick. Zumindest im mittleren Teil. Oder etwa nicht?«, fragte Götz.

Yildiz nickte.

»Mit ultraviolettem Licht sieht man nichts Auffälliges und bei Tageslicht auch nicht.«

Wieder nickte Yildiz. Und, als würde sie sich der intimen Nähe erst jetzt bewusst, trat sie einen Schritt beiseite.

Mit Bedauern nahm Götz wahr, wie der fruchtbare Elektronenstrom abriss. Fast wäre dadurch auch sein Gedankenfluss, der zwar nicht von Elektronen, sondern nur von einfacher Logik gespeist wurde, unterbrochen worden.

Er rieb sich das Kinn. »Trotzdem vermutest du, dass diese Briefe etwas Außergewöhnliches enthalten. Da gibt es eigentlich nur zwei Möglichkeiten. Entweder du hast recht und wir können es nicht sehen, oder …«, er zögerte, »… dieses Außergewöhnliche existiert überhaupt nicht.«

Götz hoffte, diese bemüht vorsichtige Formulierung seines Zweifels, würde diesmal keinen türkisch-fränkischen Konflikt auslösen, der in einer emotionalen Entfernung von Lichtjahren mündete. Schließlich war er Ermittler im Dienst des bayrischen Staates und kein Weltraumreisender.

Yildiz nickte mit gesenktem Kopf.

Das empfand er als positives Zeichen.

»Vertraust du mir?«, fragte er und hoffte, dass dies nicht zu pathetisch klang.

»Selbstverständlich«, antwortete Yildiz, hob den Kopf und sah ihn aus siriusblauen Augen an.

Götz schwieg einen Moment lang verblüfft.

Niemand den er kannte, hätte diese Frage mit »selbstverständlich« beantwortet. Zumindest nicht, ohne sich vorher genau zu erkundigen, worauf dieser Vertrauensvorschuss beruhen solle. Und wenn er ehrlich war, hätte Yildiz ihm diese Frage gestellt, er hätte nicht gewusst, welche Antwort er gegeben hätte. »Selbstverständlich« wohl kaum. Dazu warf der Eintrag im Gästebuch des »Pfarrhofs« zu viele Fragen auf. Erschwerend kam hinzu, dass er seine eigene Idee, »das möglicherweise existente

Außergewöhnliche« sichtbar zu machen, für recht vage hielt. Da war es nur ein geringer Trost, dass dieser Gedanke keiner genialen Intuition entsprang – der hätte er auf jeden Fall misstraut –, sondern das Ergebnis einer Reihe logischer Schlussfolgerungen darstellte. Aber nach dieser Vertrauensfrage war es zu spät, um einen Rückzieher zu machen.

Er griff zum Telefonhörer. Jetzt würde sich beweisen, ob seine Mitgliedschaft im Verein »1000 Jahre Kronach« etwas wert war.

Bisher hatte sich sein Engagement im Verein auf das Entrichten des Mitgliedsbeitrages und das auszugsweise Lesen der Zeitschrift beschränkt, die in unregelmäßigen Abständen erschien. Den Einladungen zu gemeinsamen Unternehmungen mit anderen Mitgliedern des Vereins war er nie gefolgt. Nicht aus Zeitmangel oder Desinteresse, sondern weil Frau Hängerla im Vereinsgeschehen ebenfalls die Rolle der »rechten Hand« an sich gerissen hatte. Weder vom Vorstand noch den Mitgliedern gewählt oder autorisiert, vertrat sie unangefochten ihre selbstbestimmten Befugnisse, die darin bestanden, sich überall mit ihrem nicht zu bremsenden Wortschwall einzumischen. Da gerieten selbst die einfachsten Dinge zum »Waahnsinn« und die Zustimmung anderer Vereinsmitglieder, die gar nicht existierte, wurde einfach mit »wast scho« zementiert.

Die Person, die Götz anrief, war zwar im Verein »1000 Jahre Kronach« ebenfalls nur ein einfaches Mitglied, also ohne besondere Vorrechte, im normalen Berufsleben jedoch eine Art Zerberus. Nur viel freundlicher. Wie sich das unter Vereinskollegen gehörte und wenn man Frau Hängerla als die nach den Gesetzen der Wahrscheinlichkeit fast zwingend vorhandene Ausnahme betrachtete.

Ralf Schnitzler konnte einem den Zugang zu einem mehrere Millionen teuren High-Tech-Gerät innerhalb von wenigen

Stunden oder gar Minuten verschaffen oder den Anfragenden tage- bis wochenlang warten lassen; je nach Einschätzung der Lage. Bei dem Anliegen, das ihm Götz vortrug, bestand keinerlei Notlage, die zur Eile drängte; streng genommen noch nicht einmal eine Notwendigkeit, es sei denn, man berief sich auf Vereinsinteresse. Was Götz tat.

Ralf Schnitzler sagte nicht nur »Ja«, sondern auch: »Am besten jetzt gleich.«

»Oh«, sagte Yildiz, als Götz den Hörer mit breitem Grinsen auflegte. Hätte sie »genial« gesagt, hätte sich Götz mehr in ihrer Bewunderung sonnen können, aber auch so war er mit ihrem Kommentar halbwegs zufrieden.

Außerdem fiel ihm auf, dass die kommunikative Bandbreite, die Yildiz' »Oh« nur durch eine geringfügige Änderung der Betonung erreichte, gewaltig war. Von abfälliger Belustigung über gelangweite Ignoranz, von zarter Anerkennung bis hin zu uneingeschränktem Lob, all das konnte Yildiz mit diesen zwei simplen Buchstaben ausdrücken.

Frau Hängerlas Kommunikation hingegen enthielt keine Überraschung für Götz, als er gefolgt von Yildiz, die drei Dokumentenboxen unter dem Arm, das Inspektionsgebäude verlassen wollte.

»Hom Sa denn den Herrn Hauptgommissar Gräutlein überhapst gfrocht, ob Sa die Dinger do einfach so mitnehma dörfen, Herr Flößer?«, fragte sie und unterschlug bei ihm gezielt den Titel des Oberkommissars. Als »rechter Hand« des Inspektionsleiters stand ihr das offenbar zu.

In einem Anfall von Todesmut gab ihr Götz nur eine kurze Antwort. »Na!«

Frau Hängerlas darauf folgenden Protest ignorierte Götz und trat aufatmend in die Sonnenhitze.

Yildiz grinste, enthielt sich jedoch jeglichen Kommentars.

Die Fahrt mit dem Dienstwagen dauerte, trotz Einhaltung der vorgeschriebenen Höchstgeschwindigkeit, nur wenige Minuten. Auf Blaulicht verzichtete Götz, denn ein Notfall oder eine Gefahrensituation, die den Einsatz der optischen und akustischen Signalanlage entsprechend der Dienstvorschrift gerechtfertigt hätte, lag nicht vor.

Manchmal ist die gemeinsame Mitgliedschaft in einem Verein mehr wert als eine Polizeimarke, dachte er, als er den Polizeiwagen in der mit einem roten Kreuz markierten Zone für Krankenwagen abstellte.

Dr. Ralf Schnitzler erwartete sie bereits am Eingang der Notaufnahme des Kronacher Krankenhauses. Der Blick, mit dem er Yildiz während der Vorstellung musterte, zeigte eindeutig eher männliches denn medizinisches Interesse. Aber das nahm Götz in Kauf, obwohl nicht Yildiz die Patientin war, sondern der Inhalt der Dokumentenboxen.

»Na, dann schau mer mal«, sagte Dr. Schnitzler, nahm die drei im Schutzkarton verpackten Patienten in Empfang und führte Götz und Yildiz durch ein Labyrinth von Gängen. Vor einer Tür, an der ein gelb leuchtendes Warnschild Unbefugten den Zutritt verwehrte, machte er halt.

»Eine halbe Stunde müsst ihr euch gedulden. Ich führe die Untersuchung lieber persönlich durch. Meinen Mitarbeiterinnen möchte ich den Gewissenskonflikt gegenüber unserem Arbeitgeber, der Rhönklinik AG, ersparen.« Er zwinkerte Götz verschwörerisch zu. »Aber schließlich dient das ja einem guten Zweck und da kann man die Arbeitsvorschriften schon mal großzügig auslegen.«

Dann verschwand er mit den Dokumentenboxen hinter der Tür mit dem Warnschild.

Götz sah sich um. Der Wartebereich für Patienten, mit fest montierten Stühlen, wirkte nicht gerade einladend. Daran konnten auch die Getränkeautomaten für Heiß- und Kaltgetränke nichts ändern. Sie signalisierten lediglich, dass sich Patienten möglicherweise auf eine längere Geduldsprobe einlassen mussten.

Die Maschinen spendeten Kaffee in allen möglichen Variationen. Mit und ohne Milch. Zucker oder Süßstoff boten weitere Wahlmöglichkeiten. Daneben gab es salzarme Hühnerbrühe, Tomatensuppe mit einer genauen Deklaration der Nährstoffe und Rinderbouillon, die nach dem Münzeinwurf diätgerecht und kochsalzarm aus dem Automaten floss. Bei Coca Cola hingegen vermisste Götz die Angabe der Konzentration an Phosphorsäure und bei der Limonade die des Zuckergehaltes. Zum Ausgleich dafür waren die im Wasser gelösten Mineralien des Sprudels nicht nur in positiv geladene Kationen und negative Anionen unterteilt, sondern der Gehalt an Natrium, Kalium, Calcium, Magnesium, Sulfat und Hydrogenkarbonat wurde, neben der korrekten chemischen Formel, auch noch präzise mit zwei Stellen hinter dem Komma ausgewiesen. Ein Etikett wies außerdem darauf hin, dass das Mineralwasser »zur Zubereitung von Babynahrung geeignet« sei. Möglicherweise rechnete der Krankenhausbetreiber damit, dass hier in der Wartezone die Herstellung einer Kleinkindmahlzeit notwendig wurde.

Aber Krankenhäuser waren Götz Flößer ohnehin suspekt.

Yildiz schien dieses Gefühl des Fremdelns in ungewohnter Umgebung nicht zu kennen; sie interessierte sich auch weniger für die Automaten und ihren Inhalt, sondern setzte sich neben eine Patientin.

Eine junge Frau, circa Mitte zwanzig, dunkel gekleidet. Ob nachtdunkelblau oder schwarz konnte Götz im Neonlicht nicht unterscheiden. Sie hatte ein kleines Mädchen auf dem Schoß. Etwa fünf oder sechs Jahre alt, schätzte Götz, obwohl er zugeben musste, dass es ihm mangels persönlicher Erfahrung schwerfiel, bei Kindern eine halbwegs präzise Altersangabe zu treffen.

Das lachsfarbene Kopftuch der jungen Mutter belebte als leuchtender Farbklecks die, trotz der Helligkeit, etwas trübselig wirkende Atmosphäre. Das Gesicht hatte sie, nachdem sie den Neuankömmlingen einen kurzen Blick zugeworfen hatte, zu Boden gesenkt.

Götz fühlte sich ein wenig an den Arrestbereich der Polizeiinspektion am Kaulanger erinnert, auch wenn es dort keine Getränkeautomaten gab. Aber auch die Leute, die dort saßen, mieden meist den Blickkontakt mit den Beamten.

Wie mochte diese Wartekatakombe ohne Tageslicht erst im Winter wirken, wenn die meisten Menschen dunkel gekleidet waren?, überlegte er, dankbar dafür, dass Yildiz und ihm, dank seiner Zugehörigkeit zum Verein »1000 Jahre Kronach«, eine lange Aufenthaltsdauer erspart bleiben würde.

Yildiz hatte mit der Kopftuchträgerin ein Gespräch begonnen. Deren Minenspiel war eindeutig. Erst zeigte sich Überraschung, als Yildiz sie ansprach, dann folgte ein Lächeln, als diese die Hand des kleinen Mädchens ergriff. Die schnellen Mundbewegungen der jungen Frau beantworteten anscheinend eine Frage, die Yildiz ihr gestellt hatte. Götz glaubte Erleichterung, wenn nicht gar Freude in ihrem Gesicht zu erkennen.

Das kleine Mädchen, das vorher apathisch auf dem Schoß seiner Mutter gesessen hatte, lachte und wirkte plötzlich hellwach.

Wahrscheinlich sind sie dankbar dafür, sich mit jemandem in ihrer Muttersprache unterhalten zu können, dachte er. Seinen Anfangsverdacht, die Frau sei wegen ihres Kopftuches türkischer Herkunft, sah er durch die Unterhaltung mit Yildiz bestätigt, obwohl er nicht hören konnte, in welcher Sprache sie sich verständigten.

Wie würde er sich wohl fühlen, wenn er in einem türkischen Krankenhaus säße? Umgeben von Menschen, deren Sprache ihm fremd war, oder die er auf Grund ihrer Andersartigkeit nur eingeschränkt beherrschte.

Wenn er das vorhandene Personenkollektiv der Wartenden als hundert Prozent der Durchschnittsbevölkerung des Landkreises Kronach zugrunde legte, dann war auch der Anteil türkischer Mitbürger deutlich größer, als er bisher angenommen hatte. Zumindest hier im Warteraum. Von den achtzehn anwesenden Personen beiderlei Geschlechtes waren zwei türkischer Herkunft. Hochgerechnet waren das immerhin elf Komma eins Prozent. Wobei allerdings die Einschränkung zu machen war, dass das vorhandene Gesamtpersonenkollektiv für eine zuverlässige statistische Erhebung nicht ganz ausreichte.

Dr. Schnitzlers Rückkehr erlöste Götz aus dem Dilemma statistischer Grundsatzüberlegungen.

Yildiz verabschiedete sich schnell von der Frau. Zwischen ihren Augen hatte sich eine steile Falte gebildet.

»Die Frau lebt seit fast zwei Jahren in Deutschland und spricht nur ein paar Brocken Deutsch. Wie glaubt sie eigentlich, hier zurechtzukommen, wenn sie ohne ihren Mann oder ihre kleine Tochter nicht einmal einkaufen gehen kann? Ein siebenjähriges Mädchen, das grade mal zwei Jahre zur Schule geht, aber für die Mutter als Dolmetscherin und Vorleserin herhalten muss«, flüsterte Yildiz und schnaufte wütend. »Anatolische Analphabetin.«

Damit war wohl die Mutter gemeint.

Die letzten Worte hatte Yildiz in einem Tonfall geäußert, der einer wütenden Tigerin alle Ehre gemacht hätte. Götz war froh, dass nicht er das Ziel dieser Beurteilung war und noch mehr, dass der Ausspruch von der »anatolische Analphabetin« nicht von ihm stammte. Er wollte sich gar nicht ausmalen, wie Yildiz' Zorn aussehen würde, wenn er jemanden türkischer Herkunft mit diesen Worten tituliert hätte. Wahrscheinlich wäre die Folge eine emotionale Entfernung, die sich nur noch in Parsec ausdrücken ließ.

Leider war Götz der Umrechnungsfaktor zwischen Lichtjahren und Parsec, der nächst höheren astronomischen Entfernungseinheit, entfallen, sodass seine Entfernungsschätzung etwas vage blieb.

Inzwischen waren sie in Dr. Schnitzlers Büro angelangt. Der knipste das Licht in einem fast zwei Meter breiten und einen halben Meter hohen Wandkasten mit Milchglasscheiben im Frontbereich an und schob einen der großformatigen Bögen in die Klemmleiste am oberen Rand. Einen ganzen Stapel davon hatte er unter den Arm geklemmt.

»Na, dann schau mer mal.«

Das schien seine Lieblingsredewendung zu sein. Kein Wunder, dachte Götz, schließlich war das »Anschauen« ein wesentlicher Bestandteil seines Berufes als Radiologe. Er stellte sich neben Dr. Schnitzler, um die Aufnahmen genau betrachten zu können. Das Bild war beinahe einen Viertelquadratmeter groß.

»Ich habe im Computertomographen drei unterschiedliche Sichtebenen von jedem der Dokumente darstellen lassen. Eine dorsale, also von der Rückseite, und zur Sicherheit, obwohl das bei einem so dünnen Körper wahrscheinlich überflüssig ist, eine ventrale, das bedeutet von der Schriftseite her, und noch eine seitliche. Die schauen wir uns zuerst an.« Er deutete auf die entsprechende Aufnahme.

Götz sah eigentlich bloß einen dicken Streifen. Trotz der vom Computer angelegten Vergrößerung. Schweineschwartenstark, wie er es definieren würde, durchzogen von hellen und dunklen Zonen.

Er spürte Yildiz an seiner Seite.

Der Elektronenstrom, den Götz durch ihre Nähe erwartete, blieb aus. Wahrscheinlich störte Dr. Schnitzlers Anwesenheit, denn »Elektronenfänger«, die den Fluss subatomarer Partikel unterbanden, waren schließlich in der Physik nichts Neues. Graphit hatte diese Eigenschaft, glaubte sich Götz zu erinnern, und tastete nach dem Bleistift in seiner Hemdtasche.

»Interessant«, murmelte der Arzt und deutet in die Mitte des Streifens. »Hier verläuft so etwas wie eine Trennlinie, zwischen zwei Gewebezonen. Zumindest würde man das an einem lebenden Objekt so interpretieren.«

»Und was bedeutet das?«, fragte Yildiz.

»Kann ich nicht genau sagen. Mit Untersuchungsmaterial wie diesem habe ich keinerlei Erfahrung. Aber …«, er zögerte, »… zumindest besteht die Möglichkeit, dass hier zwei, ursprünglich getrennte Hautschichten zusammengefügt wurden.«

»Vielleicht wurden sie zusammengeklebt und deswegen ist es so dick?«, fragte Götz hoffnungsvoll, um seine Ursprungstheorie über den Unterschied zwischen Schweineschwarte und Ziegenhaut bestätigt zu wissen.

»Möglich«, schränkte Dr. Schnitzler ein.

Typisch Mediziner, dachte Götz. Bloß keine eindeutige Diagnose stellen, dann legt man sich auch nicht fest.

»Wenn das so ist, dass also zwei Lederschichten zusammengeklebt oder sonst wie miteinander verbunden wurden, wie könnte man sie trennen?«, fragte Yildiz.

Die Aufregung in ihrer Stimme hätte sich Götz in einem ganz anderen Zusammenhang gewünscht.

»So weit sind wir ja noch nicht, lassen sie uns doch erst einmal einen Blick auf die anderen Aufnahmen werfen.« Dr. Schnitzler rückte ein Stück zur Seite.

Auf der nächsten Aufnahme konnte Götz nichts erkennen, was er nicht schon wusste. Die kalligraphisch kunstvoll ausgeführten Buchstaben der Handschrift traten zwar in der CT-Aufnahme weniger deutlich hervor, aber darüber hinaus gab es nichts Neues zu entdecken. Gleiches galt auch für die Maserung des Leders, das etwas deutlicher sichtbar wurde, aber das gesuchte bisher Unsichtbare, auf das Yildiz und er gehofft hatten, konnte er nicht entdecken.

Dr. Schnitzler wohl auch nicht.

Schweigend, den Kopf hin- und herwiegend, blickte er auf die Aufnahme.

Das klassische Verhalten eines Arztes, der seinem Patienten verheimlichen will, dass er keine Ahnung hat, wie es um ihn steht, dachte Götz. Ein sorgenvolles Gesicht machte sich da immer gut. Vermittelte es doch den Eindruck von Empathie. Selbst ein hundertprozentiger Hypochonder konnte dann zufrieden nach Hause gehen und sich dort ausmalen, von welchem schwerwiegenden, natürlich exotischen Leiden er befallen war, das sogar seinen Arzt in tiefe Besorgnis versetzte.

Die Bilder jedenfalls, welche die millionenteure Maschine unter dem Einsatz von Röntgenstrahlen und aufwändigen Computerberechnungen hergestellt hatte, gaben nach Götz' Meinung überhaupt nichts her. Blieb nur zu hoffen, dass dadurch keine unzumutbare Wartezeit für einen realen Patienten entstanden war. Über die Kosten, die dem Rhönklinik-Konzern für diese fachfremde Untersuchung entstanden war, machte er sich weniger Sorgen.

Götz war schlicht und einfach enttäuscht. Auch wenn seine Hoffnung, den Dokumenten etwas bisher Unbekanntes zu entreißen, eine andere Triebfeder hatte als bei Yildiz.

»Oh«, stieß Yildiz plötzlich hervor und ihr Zeigefinger schoss nach oben wie ein Pfeil.

Zum ersten Mal hatte Götz Flößer das Gefühl, dass Yildiz' türkisches »Oh« genau mit der normalen deutschen Bedeutung dieses Ausdrucks übereinstimmte.

Einfach nur Überraschung.

Das schien ihm als Reaktion auf einen verwaschenen, kaum erkennbaren, dünnen Schmierer deutlich übertrieben.

10

»Zwei Paar Bratwürste mit Kraut und Brot«, sagte Yildiz zur Bedienung.

Götz runzelte die Stirn, sagte aber nichts. Er hatte das »Antlabräu« für ihre gemeinsame Tagesabschlussbesprechung gewählt, weil als Spezialität heute Lammkoteletts angepriesen wurden. Das erschien ihm ausreichend türkisch, um etwaigen Gefühlen wie Heimweh oder anderen Entzugserscheinungen bei Yildiz entgegenzuwirken.

Dieser Empfehlung hatte Yildiz jedoch mit einem unschlagbaren Argument widerstanden.

»Mein Lieblingsgericht zu Hause sind Köfte in allen Variationen. Und was bei uns in der Türkei die Köfte sind, das sind bei euch in Franken die Bratwürste.«

Götz hatte zwar keine Ahnung, was Köfte waren, vermied aber die Frage nach dieser anscheinend weitverbreiteten Spezialität. Bisher hatte er Döner als typisch türkisch eingestuft.

Ihm brannten sowieso ganz andere Fragen auf der Seele und die waren nach dem mehrstündigen Aufenthalt im Kronacher Krankenhaus nicht weniger geworden, sondern hatten sich sogar vermehrt. Kein gutes Indiz für das Fortschreiten einer Ermittlung.

Von einem Erfolg konnte man ohnehin nicht sprechen, obwohl es auf den ersten Blick so aussah. Mit einer einzigen Ausnahme.

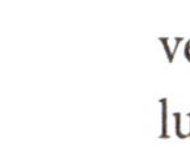

Als sich Götz mit Yildiz zum Abendessen verabredete, hatte er ganz gezielt den fragenden Blick Dr. Schnitzlers ignoriert. Die Frage: »Darf ich mich anschließen?« wurde zwar nicht ausgesprochen, war aber von den Augen des Radiologen eindeutig abzulesen. Beweis: Als sie sich am Spätnachmittag von ihm verabschiedeten, flüsterte Dr. Schnitzler mit einem eindeutigen Blick auf Yildiz: »Du hast vielleicht ein Glück, Götz.«

Endlich einmal eine klare Ansage, noch dazu eine, die Götz inhaltlich teilte, und deshalb war er froh, mit Yildiz allein zu sein.

Das Ergebnis der computertomografischen Untersuchung und die hervorragenden Beziehungen von Dr. Ralf Schnitzler hatte sie am Nachmittag noch in eine andere Abteilung des Krankenhauses geführt.

Unter normalen Umständen hätte Götz den gesamten Vorgang als Vetternwirtschaft, mit der Absicht und der Durchführung des Betruges zum Nachteil der Rhönklinik AG, bezeichnet. Schließlich hatten sie sowohl Arbeitszeit von hochqualifizierten und wahrscheinlich auch gut bezahlten Mitarbeitern, als auch teures Gerät für ihre Zwecke missbraucht.

Dennoch hielt sich Götz' schlechtes Gewissen in Grenzen.

Dr. Schnitzlers Vorschlag, die Pergamentblätter an der dunkel gefärbten Trennlinie durchzuschneiden, hatte bei Yildiz Bewunderung für die gesamte deutsche Ärzteschaft ausgelöst. Insbesondere, da der Radiologe sofort eine Lösung für das »Wie« anzubieten hatte.

Götz' Meinung dazu war zweigeteilt.

Er hielt Yildiz' Begeisterung für nicht ganz ausgewogen. Zwar leistete sein Vereinskollege mehr, als er ursprünglich erhofft hatte, und er wollte dessen Verdienst auch nicht schmälern, aber die eigentliche Idee, die Pergamentbögen mit modernsten naturwissenschaftlichen Methoden zu durchleuchten, stammte schließlich von ihm. Und das hatte Yildiz anscheinend vergessen.

Zum anderen mündete Dr. Schnitzlers Vorschlag in einer gravierenden Veränderung des Originalzustandes der Objekte. Und wie er diese Eigenmächtigkeit Hans Kräutlein erklären sollte, wusste er noch nicht. Zum Glück musste er sich wenigstens nicht gegenüber Frau Hängerla rechtfertigen, das wäre ihm noch schwerer gefallen. Dem Staatssekretär aus München hingegen konnte man ja den Erhalt guter fränkischer oder bayrisch-türkischer Beziehungen als Grund für seine unorthodoxe Vorgehensweise nennen. Aber diese Berichterstattung war, weisungsgemäß, ohnehin Hans Kräutleins Aufgabe.

»Ein Großteil der Mikrotomschnitte wird später eingefärbt und dient zur histologischen Differenzierung zwischen malignem und benignem Tumorgewebe«, erklärte Dr. Schnitzler, nachdem er sie in die neu eröffnete pathologische Abteilung des Kronacher Krankenhauses geführt hatte. Er zeigte auf ein Gerät, das für Götz wie die Kreuzung aus einem Mikroskop und einer per Handkurbel angetriebenen Messerschleifmaschine aussah.

Die medizinisch-technische Assistentin der pathologischen Abteilung nickte eifrig, als höre sie diese Erklärung zum ersten Mal.

»Das wäre aber für unseren Zweck völlig ungeeignet. Viel zu klein und außerdem muss das Untersuchungsgut vor dem Schnitt speziell vorbereitet werden.«

Yildiz nickte ebenso zustimmend und interessiert wie die MTA, die ihnen als Frau Koch vorgestellt worden war.

Yildiz schien sich auch an Dr. Schnitzlers Formulierung »für unseren Zweck« nicht zu stören. Anscheinend betrachtete der inzwischen die Untersuchung der Pergamentbögen als sein persönliches Projekt.

»Wir haben hier aber etwas ganz Besonderes. Etwas, worüber ein Krankenhaus normalerweise gar nicht verfügt.«

Frau Koch hatte wohl auf diesen Augenblick gewartet. Einer Enthüllungskünstlerin gleich, hob sie eine Plastikhaube in die Höhe und präsentierte ein Großgerät, das durch eine fast meterlange, quer liegende Klinge auffiel. Seltsamerweise war die aus Glas.

»Ein Großflächenmikrotom. Nicht mehr die neueste Technik, aber für unsere Zwecke reicht's allemal.«

Schon wieder dieses Besitz ergreifende »für unsere Zwecke«, dachte Götz.

»Stammt noch von einem Forschungsprojekt der Dendrochronologie. Aber das war, bevor wir den Rhönkliniken in die Hände gefallen sind. Heute gäbe es so etwas nicht mehr.«

Welche Krankheitsbilder der Dendrochronologie zuzuordnen waren, wollte Götz nicht fragen, denn Yildiz - wie er medizinischer Laie - nickte, als sei dieses Wissen völlig selbstverständlich. Es musste also etwas völlig Alltägliches sein und Götz wollte sich nicht blamieren. Und dass die Mitarbeiter des Krankenhauses ihrem neuen Arbeitgeber, der Rhönklinik AG, zumindest teilweise, kritisch gegenüberstanden, war ihm nicht neu. Der Wechsel vom Landesbediensteten zum privatwirtschaftlichen Angestellten war für viele schmerzhaft gewesen, obwohl sich weder ihr Gehalt noch die weiße Uniform verändert hatten. Was sollten da die uniformierten Kollegen der Polizei sagen? Die mussten sich an eine komplett neue Farbe gewöhnen. Bei Uniformen und Dienstwagen.

Das Auseinanderschneiden der drei Dokumente endete in einem Fiasko.

Zumindest in Götz' Augen. Technisch lief alles perfekt. Schon nach einer halben Stunde hielten sie anstelle von drei Pergamentblättern derer sechs in der Hand. Das Dumme war nur, die neu gewonnenen Blätter waren völlig leer.

Allerdings war deutlich zu erkennen, dass sie ursprünglich mit großer Sorgfalt auf die Rückseite der beschriebenen Seiten geklebt worden waren. So richtig genießen konnte Götz diesen Triumph nicht, denn Yildiz' Bewunderung galt eindeutig Dr. Schnitzler. Dabei hatte der doch lediglich die handwerklichen Arbeiten ausgeführt, streng genommen sogar nur ausführen lassen, die nichts als eine logische Konsequenz von Götz' Überlegungen darstellten.

Die Zusammensetzung des Klebers blieb unbekannt, das herauszufinden hätte eine spezielle chemische Analyse erfordert, und auch Dr. Schnitzlers Vorschlag: »Man könnte ja einen erfahrenen Veterinärmediziner hinzuziehen, um endgültig zu klären, ob es sich um Ziegenleder oder die Haut einer anderen Tierspezies handelt«, lehnte Götz dankend ab.

Yildiz schloss sich seiner Meinung an. Genauer gesagt, sie blieb bei diesem Angebot ungewohnt passiv. Anscheinend gingen ihre Gedanken in eine völlig neue Richtung.

Zwar hatte ihr überraschtes »Oh« bei Götz falsche Hoffnungen geweckt, aber seltsamerweise war Yildiz von dem niederschmetternden Ergebnis, drei zusätzliche, aber unbeschriebene Pergamentblätter vorzufinden, keineswegs so enttäuscht wie er. Im Gegenteil. Auf der Rückfahrt in die Polizeiinspektion war sie ausgesprochen munter. Vielleicht war sie aber auch nur überdreht, denn sie spielte ständig an ihrem Kettenanhänger herum. Das »Oh« wollte sie allerdings nicht erklären.

Auf dem Rückweg hielt Götz vor einem Papierladen, um mehrere große Briefumschläge zu erwerben.

Mit großen Augen verfolgte Yildiz seine Umverteilungsaktion und reklamierte nicht einmal, dass diese ohne schützende Handschuhe erfolgte.

In der Inspektion angekommen, überreichte Götz Frau Hängerla die drei Dokumentenboxen.

»Bitte den Inhalt kontrollieren, Frau Hängerla, und dann im Tresor einschließen. Wenn Sie wollen, können Sie ja noch einen kurzen Aktenvermerk mit folgendem Inhalt anlegen. Auf Wunsch unseres Gastes aus der Türkei haben wir die Briefe computertomografisch durchleuchten lassen. Diese Untersuchung hat jedoch leider zu keinen neuen polizeilich verwertbaren Erkenntnissen geführt.«

Frau Hängerlas' Gesichtsausdruck war eindeutig. Aber selbst als »rechte Hand« wagte sie es nicht, sich mit dem Zeigefinger gegen die Schläfe zu tippen. Nach einer kurzen, offenbar zufriedenstellend verlaufenden Sichtkontrolle schloss sie die Boxen im Tresor ein und setzte sich an ihren Computer, um den gewünschten Aktenvermerk zu erstellen.

Auch Götz war überaus zufrieden.

Niemand, noch nicht einmal die Münchner Experten, würden die Abspeckaktion bemerken. Von all den Fachleuten, gleich ob sie aus Istanbul oder München stammten, war nicht ein Einziger auf die Idee gekommen, sich mit der Stärke der Pergamentbögen auseinanderzusetzen.

Und die interkulturellen Beziehungen zwischen Kronach und der Türkei konnten nicht besser sein, wie ihm Yildiz' Gesichtsausdruck verriet.

Einen Gang zu seinem Schreibtisch, wo sich inzwischen garantiert ein Haufen Unerledigtes angesammelt hatte, ersparte sich Götz; schließlich war Dienstschluss und streng genommen war das geplante Abendessen mit Yildiz ebenfalls eine dienstliche Veranstaltung.

❁ ❁

»Wie bist du eigentlich auf die Idee gekommen, die Schriftstücke könnten noch etwas anderes als den sichtbaren Text enthalten oder gar aus zwei Seiten bestehen?«, fragte Götz und hob sein Glas, gefüllt mit hausgebrautem Weizenbier des »Antlabräu«.

Yildiz grinste, ließ dabei alle Zähne sehen, die auch ohne Schwarzlichtlampe weiß wie Perlmutt glänzten, hob ihr Glas und prostete Götz zu.

»Weißt du was? Wir sind ein perfektes Team. Wir zusammen sind unschlagbar. Auch wenn wir noch nicht alle Rätsel gelöst haben.«

»Meinst du wirklich?«, fragte Götz zweifelnd, denn den großen Durchbruch konnte er noch nicht erkennen.

Yildiz nahm einen Schluck und stellte das Glas ab.

Auf ihrer Oberlippe war etwas Schaum zurückgeblieben, was Götz keineswegs störte. Im Gegenteil, er fand diesen türkisch anmutenden Schnurrbart sogar äußerst appetitlich. So eine Art Sahnehäubchen, das auch einen normalen Kaffee in etwas Besonderes verwandelte. Und den Kaffee hatten auch die Türken nach Europa gebracht.

»Wir haben schon mehr herausgefunden, als alle Experten zusammen. Egal ob deutsche oder türkische«, sinnierte Yildiz und ein Lächeln spielte um ihren Mund.

Der Schaumrest auf ihrer Oberlippe verschwand unter dem Einfluss einer rosigen Zungenspitze.

Götz nickte, obwohl ihn immer noch Zweifel plagten. Außerdem waren das keine Antworten auf seine Frage, auch wenn er sich kein größeres Kompliment aus Yildiz' Mund hätte wünschen können. Zumindest nicht, was ihre Zusammenarbeit anging.

Als sie ihre Hand auf seinen Unterarm legte, spürte er wieder das Kribbeln fließender Elektronen. Es war ja kein

Elektronenfänger in der Nähe, der eine Unterbrechung auslösen konnte. Die Graphitmine des Bleistifts in seiner Hemdtasche reichte dafür garantiert nicht aus.

Zahlenmäßig und was ihre Fließgeschwindigkeit anging, übertrafen diese Elektronen sogar bei Weitem die Kohlensäurebläschen, die in dem dunkelfarbigen Weizenbier an die Oberfläche perlten. Der Schaum, der sich dabei in dem Kelchglas bildete, dünkte ihn wie der, dem einst Aphrodite entstiegen war. Und wenn er sich recht erinnerte, wurde Aphrodite meist mit lockigem, rötlichem Haar und blaugrauen Augen dargestellt.

Nur Yildiz' Stimme, ganz sachlich und neutral, als sie ihm endlich ihre Erklärung lieferte, passte nicht zum Bild der Göttin der Morgenröte. Die Tageszeit auch nicht.

»Weißt du Götz, du hast mit deiner Schweineschwartentheorie das bewiesen, was ich anhand eines klitzekleinen Details vermutet habe.«

»Na ja, bewiesen ist noch gar nichts«, schränkte Götz ein, freute sich aber, dass sein Verdienst, wenn auch nur auf der Sachebene, endlich richtig gewürdigt wurde.

Die Röntgenuntersuchung war schließlich seine Idee gewesen und das für die Dendrochronolgie geeignete Mikrotom hatte, streng genommen, nicht mehr geleistet als eine Wurstschneidemaschine beim Metzger. Luftgetrockneter Schinken wurde in ähnlich dünne Scheiben geschnitten.

»Doch, doch, schau her.« Yildiz förderte, nach einigem Herumkramen, ein Kärtchen und einen sündhaft teuer aussehenden Kugelschreiber aus ihrer Handtasche zu Tage.

»Zweimal Bratwurst mit Kraut und Brot. Guten Appetit«, unterbrach sie die Bedienung, stellte die Teller vor ihnen ab und den Brotkorb in die Mitte.

Götz lief das Wasser im Mund zusammen, denn seit dem Frühstück hatte er nichts mehr gegessen. Dennoch wollte er unbedingt wissen, auf Grund welchen Hinweises Yildiz das Unsichtbare, das nach wie vor Verborgene vermutet hatte. Selbst dann, wenn die verlockend braun gebratenen Bratwürste inzwischen kalt wurden.

Yildiz hatte anscheinend Verständnis für Götz' Wissensdurst.

Sie lächelte der Bedienung dankend zu, malte etwas auf die unbedruckte Seite des Kärtchens, schob es Götz hinüber und griff nach Messer und Gabel.

»Oh«, sagte Götz und starrte hilflos auf einen einfachen, leicht gekrümmten, senkrechten Strich.

»Das ist ein Alif«, sagte Yildiz in einen Tonfall, als sei damit alles erklärt, und schob sich ein Stück Bratwurst in den Mund.

11

Kronach im Juni 1629

»Naa«, sagte Magdalena, obwohl es ihr schwerfiel.

»Und warum net?«, fragte der Mann, der ihr gegenüber saß. Mit heruntergezogenen Mundwinkeln und traurigen Hundeaugen starrte er sie an.

Der Kerl kann mir wahrlich noch in die Augen schauen, dachte Magdalena und spürte, wie Zorn in ihr emporkroch. Wie jedes Mal, wenn sie an ihn dachte, oder, was sehr selten passierte, wenn sie ihn sah und aufpassen musste, nicht unter dem Eindruck dieser Augen dahinzuschmelzen. Je nach Laune – seiner, nicht ihrer – strahlten sie Mitleid heischende Glut oder das Feuer mitreißender Begeisterung aus.

Albin Steinbrecher ließ sich, abgesehen von der jährlichen Flößerversammlung, nur in Kronach und im »Scharfen Eck« blicken, wenn er etwas von ihr wollte.

»Wie bist da überhapst in die Stadt neikumma? Schlofen unsera Torwachen etwa? Konn do jeder nei und nausgehen wie er will? Demnächst lossen sa gleich die schwedischen Belagerer in die Stadt, die Schlofmützen«, sagte sie und wich sowohl seinen Augen als auch seiner Frage aus.

Albin winkte mit einer verächtlichen Geste ab. »Des is doch überhapst ka Broblem. Zumindest net für mich.«

Das konnte sich Magdalena gut vorstellen. Für Albin gab es kaum je ein Problem. Auch Hannes war keines für ihn gewesen. Er hatte sich nie um seinen unehelichen Sohn gekümmert, sondern dessen Existenz einfach ignoriert. Deshalb hatte sie Hannes die Identität seines Vaters verschwiegen. So gut das eben ging.

Unter dem Tisch ballte sie die Faust. Auch um sie, ihren Ruf und wie sie den Lebensunterhalt für sich und ihren Sohn bestreiten sollte, hatte sich Albin nie Gedanken gemacht. Im Gegenteil. Für ihn war sie die reiche Wirtin des »Scharfen Eck«. Und immer wenn er eines seiner gewagten Unternehmen vorbereitete, war er selbstsicher grinsend bei ihr aufgetaucht, hatte sie angebettelt, oder wie er es nannte, »an Gredit aufgnumma«. Zu seiner Ehrenrettung musste sie gestehen, dass seine Unternehmungen meist erfolgreich waren, und dann hatte er das geliehene Geld zurückgezahlt. Sogar mit einer angemessenen Gewinnbeteiligung.

»Wast da, bei uns do oben in Friesen is alles ruhich. Do gibt's kana Schweden. Und selbst wenn, die kenna sich bei uns im Frangenwald net aus. Fohrn du mer blos nachts und auf die Flüss gibt kaaner acht. Selbst wenn mer bloß bis Bamberch kumma, dann grieg mer dort für des Holz des Zehnfache von dem, was ich in Friesen bezohl. Aber ich will net bloß bis Bamberch. Ich will nach Holland. Nach Amsterdam und dort kricht mer für die Baumstämm ausm Frangnwald a Vermögn. Walls in ganz Holland kana Bäum gibt. Des is fast ka Risigo.«

»Ka Risigo?«

So konnte nur jemand wie Albin daherreden. Und sie war sicher, er glaubte sogar, was er sagte. Ein Feigling war Albin nicht. Sie mochte ihm viel vorwerfen, aber weder Dummheit noch mangelnder Mut gehörten dazu. Eher das Gegenteil. Was anderen unmöglich oder zu riskant erschien, das reizte Albin Steinbrecher besonders.

»Und ich bring dir ach aus Holland noch a baar von die Zwieblen mit. Ich man die, wo im Frühling so schöna bunta Bluma rauskumma«, lockte er.

Sie blieb bei ihrem »Nein«. So schwer ihr das auch fiel. Die Zeiten waren unsicher.

Als Magdalena am nächsten Morgen, nach einer unruhigen Nacht, die Wirtsstube betrat, traf sie der Anblick der nackten Wand wie ein Schlag ins Gesicht.

»Albin, du elenda Drecksau«, fluchte sie. In diesem Moment war es ihr egal, ob jemand sie hörte oder nicht. Tränen der Wut liefen ihr über die Wangen.

Ihre »Gerechtigkeit« vom Kronacher Lucas, seit Generationen im Besitz der Frauen vom »Scharfen Eck«, war verschwunden.

»Des zohlst da mer zurück, du elender Kerl«, zischte sie und wusste gleichzeitig, dass dies eine unerfüllbare Hoffnung war.

Ganz gleich ob Albin – und nur er kam als Dieb des Gemäldes in Frage – bis nach Bamberg oder gar bis nach Holland kam, sie würde das Bild nie wiedersehen.

Hannes kindliche Behauptung, die Frau, die Lucas Cranach damals Model gestanden hatte, sei seine Urururoma, glaubte sie inzwischen fast selbst. Deshalb war ihr das Bild ganz besonders ans Herz gewachsen. Ob »ihr« Lucas Cranach zukünftig die Sammlung des Bamberger Bischofs vergrößerte oder in den Besitz eines holländischen Pfeffersacks geriet, war ihr egal. Fast wünschte sie, Albin möge in die Hände der protestantischen Ketzer fallen. Zwar bekäme sie die »Gerechtigkeit« dadurch auch nicht zurück, aber wenigstens würde Albin seine verdiente Strafe erleiden. Die schwedischen Belagerer gingen mit ihren

Gefangenen nicht zimperlich um, hatte sie gehört. Die zogen ihren Opfern bei lebendigem Leib die Haut ab. Albin hätte sie das vergönnt.

Magdalena wischte sich entschlossen die Tränen aus dem Gesicht und verließ das Haus.

Die Straßen Kronachs waren noch wie ausgestorben. Das schwarze Basaltpflaster, von Hunderten eisenbeschlagenen Holzpantinen und Wagenrädern poliert, reflektierte die ersten Sonnenstrahlen. Noch war der Feind ausgesperrt, noch schwiegen die Kanonen auf beiden Seiten. Angegriffen und verteidigt wurde nur tagsüber. Meist nach dem Frühstück und längstens bis zum Abendessen.

Wie im tiefsten Frieden, dachte Magdalena. Nur das Klappern ihrer Schuhe auf dem schwarzen Stein war zu hören. Der einzig erkennbare Hinweis auf die Belagerung war die Tür zur Amtsstube der Wachen. Eigentlich war sie um diese Tageszeit verschlossen, jetzt stand sie weit offen. Ein schwarzes, gähnendes Loch in der rötlichen Sandsteinmauer des Rathauses.

Hier versammelten sich derzeit am Morgen und am Abend die Verteidiger aus Bürgerwehr, verpflichteten Stadtsoldaten und der Bamberger Verstärkung. Hier bekamen sie vom Festungskommandanten ihre Position auf den Mauern, Türmen und an den Toren der Stadt zugeteilt und traten dann den zwölf Stunden währenden Wachdienst an. Geschlafen wurde zu Hause oder in den zugewiesenen Privatunterkünften. Zur Mittagszeit brachten die Frauen den Männern das Essen. Noch nie waren so viel Töpfe und Tiegel mit Essen durch die Stadt getragen worden.

Der Nachtdienst war beliebter, da passierte weniger, und Magdalena hegte den Verdacht, dass mancher Wachhabende die Ruhe der Nacht zum Schlafen nutzte. Kontrollen waren selten und wer sollte da auch kontrollieren?

Anders konnte sie sich Albins unbemerktes Eindringen und Verlassen der Stadt nicht erklären.

Einem guten Kletterer wie ihm war es sicher möglich, eine schlecht bewachte Stelle zu finden, wo er die Befestigungsanlage überwinden konnte. Albin war trotz seiner Körpergröße und Statur geschickt wie ein Eichkätzchen. Nur war er nicht so putzig. Meist tagelang unrasiert, das dunkle Haar zu lang, hatte er dennoch mit seinen breiten Schultern und den schmalen Hüften eine enorme Anziehungskraft auf sie ausgeübt. Kein Bierbauch wie die meisten Männer in seinem Alter. Die Anziehungskraft war heute noch da, aber inzwischen hatte sie gelernt, dass sich hinter seinem jungenhaft, verwegenen Grinsen oft nur kühle Berechnung verbarg.

Im Spätsommer erklommen Albin und die anderen »Zapfenpflücker« die Wipfel der Kiefern und Tannen und ernteten dort die »Butzelküh«, deren ausgebrachte Samen den reichen Baumbestand des Frankenwaldes dauerhaft sicherten. Und um sich die Arbeit des mühsamen Hinaufkletterns zu sparen, brachten sie den erklommenen Wipfel so lange in Schwingung bis sie die Äste des Nachbarbaumes greifen konnten. So schwangen sie sich von Baum zu Baum und betraten erst wieder festen Boden, wenn die Abstände das »Springen«, wie sie es nannten, nicht mehr zuließen. Das Heranziehen der Sämlinge und deren Auspflanzung in den Kahlschlägen war Frauensache. Im Frühjahr und Sommer flößten die Männer die bei Frost geschlagenen Holzstämme flussabwärts. Meist bis nach Bamberg. Oder, wie jetzt geplant, nach Holland. Zum zweiten Mal.

Von seiner ersten Reise hatte ihr Albin drei der berühmten Tulipzwiebeln mitgebracht. Ein Vermögen habe er dafür bezahlt. Das hatte er zumindest behauptet. Inzwischen vermutete Magdalena eher, dass Albin die Zwiebeln einfach hatte mitgehen lassen.

Ob ehrlich erworben oder geklaut, im März brachen lanzenförmige Blätter durch den Boden und im April erschienen auf langen Stängeln die auffälligen Blüten. So schnell, dass man fast dabei zusehen konnte. Zwei rote und eine weiße.

»Rot wie deine Haar, oben und unten, und weiß wie die Haut von deine Brüst«, hatte Albin grinsend erklärt und auf das Lucas-Cranach-Bild gezeigt. Damals hatte ihr das gefallen.

Die Blumenzwiebeln hatten sich inzwischen auf geheimnisvolle Weise vermehrt. Die roten mehr als die weißen.

In Friedenszeiten öffnete das Stadtamt erst am späten Vormittag, denn so viele Beschwerden oder Vergehen, meist Nachbarstreitigkeiten, die ausarteten und deshalb bei einem der Stadtbüttel angezeigt wurden, gab es zum Glück nicht.

Am Haltepfosten neben der Tür waren zwei gesattelte Pferde angebunden. Das war ebenfalls ungewöhnlich. Nicht allzu viele Kronacher konnten sich jetzt noch ein Reitpferd leisten. Die meisten waren für den Kriegseinsatz requiriert.

Ein Brauner und ein Grauschimmel. Den glaubte Magdalena wiederzuerkennen. Das Pferd des »Soldodnhaubtmonns«.

Die Tiere machten einen ausgeruhten, beinahe trägen Eindruck. Ihre Köpfe hingen entspannt nach unten. Sie genossen die frühen Sonnenstrahlen und dösten vor sich hin. Ab und zu ließen sie ein Schnauben hören, wie ein Schnarcher, der das Luftholen vergessen hatte und mit einem keuchenden Atemzug das Versäumte nachholte.

Magdalena spähte durch die Tür in das Dunkel des Gebäudeinneren. Erkennen konnte sie nichts. Kühle umfing Magdalena, als sie zögernd über die Schwelle trat.

Damit sich ihre Augen an das Dunkel gewöhnen konnten, blieb sie neben dem Türrahmen stehen.

Zwei bunte Lichtbahnen durchbrachen die Düsternis. Ein buntes Kaleidoskop, erzeugt durch das verschiedenfarbige Glas über der Tür. Langsam schälten sich Figuren aus der Schwärze des Raumes.

Der Schultheiß gähnte ungeniert, den Mund weit aufgerissen. Auf einem Stuhl vor ihm kauerte eine zusammengesunkene Gestalt; den Rücken gebeugt, das Haar mit einem schwarzen Kopftuch bedeckt. Auf der Wandbank einige Schritte entfernt, in die auffälligen weißen Umhänge gehüllt, saßen der »Soldodnhauptmonn« und einer seiner ständigen Begleiter.

»Die wern a immer wenicher«, schoss es Magdalena durch den Kopf. Kaum gedacht, verwarf sie ihre Vermutung wieder. Was für ein Unsinn. Wahrscheinlich waren die anderen irgendeinem Wach- und Verteidigungskommando zugeteilt.

Ein Schluchzen schüttelte die Frau, die vor dem Schultheiß saß. Magdalena wollte sich schon zurückziehen, schließlich ging es sie nichts an, was die Unbekannte mit dem Anführer der Stadtwache zu besprechen hatte, aber dann siegte ihre Neugierde.

»Die wern scho wiederkumma, Fra Zimmermo. Wo solln sa denn a hin? Die Stadt is doch zu. Do kummt kaner naus und kaaner nei.«

Du Ahnungsloser, dachte Magdalena, in Erinnerung an Albins nächtlichen Besuch.

»Aber wo sind sa denn hin? Des is noch nie vorkomma, dass meina Buam überhapst net hamkumma.«

Magdalena erkannte die Frau an der Stimme. Die Zimmermännin gehörte zu den einquartierten »Flüchtlingen«.

So wurden die Bewohner der Unterstadt, des Stadtteils, der außerhalb der Stadtmauern lag, genannt. Sie hatten beim Anrücken der Schweden Zuflucht in der Oberstadt gesucht. Einige ihrer Häuser waren sogar auf Beschluss des Stadtrates hin abgebrannt worden, um freies Schussfeld für die Kronacher Kanonen zu gewinnen und dem Feind Raum für Deckung zu nehmen.

Die beiden Zimmermannbuben kannte Magdalena besser als ihre Mutter oder gar deren Erzeuger, der eher als Trunkenbold denn als fürsorglicher Vater bekannt war. Der eine der Buben war ein Jahr jünger als Hannes, der zweite ein Jahr älter. Zwei hübsche Jungen, denen sie nie lange böse sein konnte, obwohl vor allem der Ältere Hannes immer wieder zu wagemutigen Abenteuern anstachelte.

Als sie die Mutter der Zimmermannsöhne wie ein Häufchen Elend vor dem gleichgültigen Schultheiß hocken sah, erfasste sie Mitleid.

Zwar hätte ihr auffallen müssen, dass ihre beiden Söhne, schließlich waren sie noch Kinder, des Nachts einfach verschwanden, aber es waren auch keine normalen Zeiten. Und leicht hatte es die Zimmermännin mit ihrem Mann, dem Wilhelm, wahrlich nicht. Wenn er nicht zur Flößerversammlung kam, hatte er im »Scharfen Eck« Hausverbot. Dann konnte ihm Magdalena den Zutritt zur Wirtstube schlecht verbieten und seine Flößerkameraden hielten ihn in Schach, wenn ihm das Bier in den Kopf gestiegen war.

Auch Hannes, musste sie zugeben, war schon einmal abgehauen und das, obwohl sie jedes Mal seine Schlafkammer kontrollierte, bevor sie selbst zu Bett ging. Der Anblick des roten Strubbelschopfes, halb verdeckt von der Schlafdecke, beruhigte sie und ließ sie besser schlafen.

Plötzlich erfasste Magdalena eine böse Ahnung. Ganz deutlich sah sie Hannes' vor Begeisterung glänzende Augen vor sich.

»Mamma, wasta wos, die Schweden sind blöd. Die könna uns gar nix dun«, hatte er erzählt und dabei den Zeigefinger gehoben. Das tat er immer, wenn er etwas sagte, was ihm bedeutsam erschien. »Die Zimmermänner worn im Lager von die Schweden und hom sogar wos mitgebracht.«

»Red ka blöds Zeuch. Die sind doch bloß Ongeber. Ka Mensch kummt zurzeit aus der Stadt naus oder nei. Und ins Lager von die Schweden scho gar net. Des wird schließlich ach bewacht. Und scho gar kana klana Buam«, hatte sie geantwortet.

Aber das war vor Albins Besuch gewesen. Jetzt war sie sich keineswegs mehr so sicher.

»Na, werglich Mamma. Sie hom von an Schwedensoldodn wos geglaud. Der wor so besuffen, dass er nix gemerkt hat. An Dolch. Ich hab na selbst gsehn.«

Hannes Augen leuchteten, als er mit beiden Händen die Länge der Stichwaffe gezeigt hatte. Demnach hätte der Dolch etwa die Länge des Schwertes ihrer »Gerechtigkeit« gehabt.

Und dieses Leuchten in den Augen kannte sie.

Damit hatte Albin sie verführt und in Schwierigkeiten gebracht.

Sie schickte ein Stoßgebet zum Himmel. »Lieber Gott, mach bloß, dass Hannes daham in seim Bett licht.«

Bevor sie sich umdrehte, um nach Hause zu eilen, sah sie noch, wie der Festungskommandant Johann Rudolph Mayer mit seinem Begleiter flüsterte und dabei auffällig die Frau beobachtete, als gäbe es in der jetzigen Lage nichts Wichtigeres, als eine arme Mutter im Auge zu behalten, deren beide Söhne verschwunden waren. Sie ging, ohne von den beiden Männern bemerkt worden zu sein.

12

Dendrochronologie war, wie Götz inzwischen herausgefunden hatte, keine Krankheit und auch kein medizinisches Fachgebiet, sondern eine Methode zur Bestimmung des Alters von Hölzern. Sie wird von Archäologen bei der zeitlichen Einordnung hölzerner Ausgrabungsreste eingesetzt. Das »nicht für medizinische Zwecke geeignete« Mikrotom hatte ursprünglich dazu gedient, hauchdünne Baumscheiben herzustellen, denen man anschließend mit unterschiedlichen Verfahren zu Leibe rückte. Angeblich ließ sich aus der Breite der Jahresringe sogar ein Ganzjahreswetterbericht der damaligen Zeit herauslesen.

Welche Verbindung zwischen diesem archäologischen Forschungsprojekt, es ging um Keltensiedlungen im Frankenwald, und dem ehemaligen Kreiskrankenhaus von Kronach bestand, entzog sich seinem Wissen. Vielleicht war die MTA, Frau Koch, die einzige Person gewesen, die ein solches Gerät bedienen konnte.

Das spielte aber alles keine Rolle, denn die Dendrochronologie hatte nicht das Geringste mit seinem jetzigen Fall zu tun. Bei dem fühlte sich Götz, trotz einiger Fortschritte, eher im Abseits.

Die hatte er, fasziniert von der gemeinsamen Arbeit mit Yildiz, in den letzten beiden Tagen völlig außer Acht gelassen.

Ganz anders ging es ihm bei dem Notizzettel, den er sich als Gedankenstütze an den Schirm der Schreibtischlampe geheftet hatte.

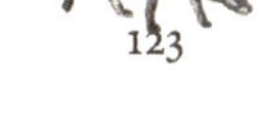

Spätestens dann, wenn die Gummierung des selbstklebenden Haftetiketts durch Alterung und Staub den Kampf gegen die Schwerkraft verlor, würde er sich mit der Entschärfung dieser Bombe auseinandersetzen müssen. Und er hatte noch keine Ahnung wie. Obwohl sich die Notiz keineswegs gefährlich las, sondern eher banal. Ganz gewöhnliche Recherche, wie in der Polizeiarbeit üblich.

»Ankunft J. in Kronach:« stand auf dem Zettel. Das J. stand für Jilderim, den einzigen türkischen Namen, den er im Gästebuch des »Pfarrhofs« entdeckt hatte. Dahinter hatte er das Ankunftsdatum geschrieben.

Darunter den Tag, an dem sie das »Blutbad« auf der Festung entdeckt und die Dokumente gefunden hatten. In der nächsten Zeile, wann die Experten aus München in Kronach eingetroffen waren. Schon am darauffolgenden Tag hatte der Depp aus der Staatskanzlei Yildiz' Besuch angekündigt und die war gleich am nächsten Tag in Kronach aufgetaucht. Verdächtig schnell und ohne Umwege war das alles gelaufen. So, als hätten alle Beteiligten auf ein bestimmtes Stichwort gewartet, um dann, wie Schauspieler eines Bühnenstücks, genau zum richtigen Zeitpunkt am richtigen Ort in Erscheinung zu treten.

Das sah alles konstruiert aus, wäre aber dennoch möglich, auch ohne die Gesetze der Wahrscheinlichkeit vollständig zu verletzen, überlegte Götz. Bis auf einen Regiefehler, den er durch Zufall entdeckt hatte.

Im Geiste strich Götz das Wort Zufall. Das traf an dieser Stelle nicht zu. Die kleine Zeittafel auf dem Zettel sprach für sich.

Die Kontrolle eines Gästebuches, von Meldebescheinigungen und Ähnlichem, war klassische Ermittlungsarbeit – falls die Notwendigkeit einer Ermittlung bestand. Ob allerdings die Überprüfung einer Kollegin, auch wenn sie aus dem Ausland kam, als Ermittlung anzusehen war, wusste Götz nicht mit Sicherheit zu sagen. Niemand hatte das von ihm verlangt; weder der Staatssekretär noch Hans Kräutlein. Er war lediglich seiner Neugier gefolgt. Wer nicht von Natur aus neugierig ist, sollte nicht zur Polizei gehen, rechtfertigte er die Ergebnisse seiner eher privat orientierten Ermittlungen.

Demnach war Yildiz in Wirklichkeit bereits einen Tag bevor die Füchse den Alarm und den Fund der Dokumente ausgelöst hatten in Kronach eingetroffen. Was aber hatte sie in der Zeit von ihrer Ankunft bis zu dem »weisungsgemäßen« Treffen mit ihm gemacht? Ihm fielen ihre ausgezeichneten Ortskenntnisse und ihr Wissen um fränkische Bierspezialitäten ein. Die konnte sie genau in diesen Tagen erworben haben. Und natürlich hätte sie auch noch genügend Zeit für andere Aktivitäten gehabt.

Irgendwann musste er Yildiz mit diesen Widersprüchen konfrontieren; doch wie sie darauf reagieren würde, bereitete ihm Sorgen. Manchmal wirkte Yildiz wie eine Bombe. Keine gewöhnliche, bei der ein Fachmann wusste, wo man welchen Zünder herausschrauben musste, um sie zu entschärfen. Dazu war der Explosivkörper Yildiz viel zu modern. Sie war einer von jenen, die eine Kombination unterschiedlicher Reaktionsmechanismen in sich trugen.

Würde er als Antwort auf diese Frage nur ein überraschtes »Oh« zu hören bekommen oder eine nachvollziehbare Erklärung? Das Schlimmste wäre allerdings eine Flucht mit Lichtgeschwindigkeit in eine Position von zwei Komma sechs drei Parsec Entfernung. Wie Lichtjahre in Parsec umzurechnen waren, hatte er inzwischen nachgelesen.

Eine Paralaxensekunde entsprach drei Komma zwei sechs Lichtjahren. Die Entfernung der Erde vom Sirius betrug demzufolge zwei Komma sechs drei Parsec.

Eine Weile hatte Götz darüber gegrübelt, ob die Zifferngleichheit seines Rechenergebnisses mit dem Umrechnungsfaktor, wenn auch in anderer Reihenfolge, irgendeine versteckte Bedeutung haben könnte. Schweren Herzens hatte er sich für den Zufall entschieden. Trotz der Gauß-Verteilung, deren Kurve damit weiterhin steil angestiegen war.

Seufzend malte Götz ein großes Fragezeichen auf den Zettel und klebte ihn wieder an den Lampenschirm. Hoffentlich taugte der Kleber etwas.

Er sah auf die Uhr. Sieben Uhr morgens. Ungewöhnlich früh für ihn. Zumindest für die Anwesenheit auf der Polizeiinspektion. Sonst kam er meist erst gegen neun Uhr.

Das »Alif« hatte ihn so früh geweckt.

»Du bist doch ein guter Polizist«, hatte Yildiz gestern Abend mit zuckersüßem Lächeln im »Antlabräu« behauptet. Meist glaubte er das, was aber nicht bedeutete, dass ihn ihre folgende Ankündigung besonders freute. Trotz des Honigs, den sie ihm gleichzeitig um den Mund schmierte.

»Denk nach. Und dann schauen wir Mal, ob du zu der gleichen Schlussfolgerung kommst wie ich.«

Dieser unbestritten wissenschaftlichen Vorgehensweise hatte Götz nichts entgegenzusetzen, außer, dass er sie in diesem Fall für umständlich hielt, obwohl Yildiz ihren Köder noch mit einem besonderen Lockelement verstärkt hatte.

»Alle ernstzunehmenden Wissenschaftler arbeiten so. Eine Schlussfolgerung darf nicht das Ergebnis eines ungeprüften, individuellen Denkens sein, sondern ihre Logik muss auch für Außenstehende nachvollziehbar und vor allem wiederholbar sein. Und du als Polizist bist doch so etwas wie ein Wissenschaftler. Wenn auch einer der ganz besonderen Art.«

Wie hätte er sich gegen diese Verführung wehren können?

Aber Yildiz hatte recht behalten. Dafür war er bereit, seine Hand ins Feuer zu legen. Er war zu einem Ergebnis gekommen. Einem Resultat, das einfach, klar, logisch und damit unschlagbar war. Und mit Sicherheit auch noch mit Yildiz' Verdacht übereinstimmte. Das war das Wichtigste.

Das »Alif« war der erste Buchstabe des arabischen Alphabets.

Und Arabisch war die Sprache des Korans. Jeder gebildete Muslim am Hof der türkischen Sultane konnte zumindest Arabisch lesen, wahrscheinlich aber auch schreiben.

Das hatte Götz rasch herausgefunden, ohne dass ihm diese Erkenntnisse sofort weiterhalfen. Deshalb hatte er weitergesucht und war – dank Internetunterstützung – schnell fündig geworden. Auch die arabischen Grundzahlen, von eins bis zehn, wurden nach den ersten Buchstaben des Alphabetes benannt. Das »Alif« konnte also sowohl den Buchstaben A als auch die Zahl eins bedeuten. Und wenn er von dieser Annahme ausging, ließ sich eine sehr eindeutige, logische Argumentationskette entwickeln.

Schrieb jemand einen längeren Brief, gleich an wen adressiert, wie das Johann Rudolph Mayer der damalige Festungskommandant getan hatte, dann nummerierte er die einzelnen Seiten durch. Das war garantiert auch während des Dreißigjährigen Krieges so gewesen. Soweit war sich Götz sicher.

Aber jeder der drei Briefe bestand nur aus einem einzelnen Blatt und trug obendrein ein anderes Datum. Das bedeutete, dass es sich um drei zeitlich völlig voneinander getrennte Vorgänge handelte. Das bewiesen auch die darin geschilderten Vorgänge in der Stadt Kronach.

Daraus ergab sich die einfache Frage: Warum sollte jemand wie der Festungskommandant Mayer, der sowohl von den Münchner Experten als auch von Yildiz als intelligente Person bezeichnet wurde, seine Briefe, die alle nur aus einem einzigen Blatt bestanden, mit einer Seitenzahl versehen?

Ein Irrtum oder Flüchtigkeitsfehler des Schreibers war nahezu ausgeschlossen, denn diese Vorgehensweise wiederholte sich in allen drei Briefen. Also konnte die Seitenzahl »eins«, nur eines bedeuten. Sie war ein versteckter Hinweis auf eine zweite Seite. Theoretisch auch auf mehrere. Ein geheimer Hinweis, wie Yildiz ganz richtig erkannt hatte. Außerdem hatte der Schreiber, der der deutschen Sprache fließend mächtig gewesen war, für das Zahlensymbol einen zusätzlichen Code gewählt. Ein arabisches Schriftzeichen, das ein normaler Leser in Deutschland bei einem auf Deutsch verfassten Brief gar nicht als Zahl erkennen würde. Weder in der Zeit des Dreißigjährigen Krieges noch heute. Selbst die Münchner Experten hatten den leicht gekrümmten Strich am unteren Rand der Seite nicht als Zahl identifiziert. Vielleicht hatten sie das »Alif« für einen missglückten Krakel gehalten? Oder sie hatten es, wie Götz, anfangs überhaupt nicht wahrgenommen. Die eindrucksvolle Handschrift hatte sie sozusagen »geblendet«.

Yildiz hatte sich nicht blenden lassen. Sie vermutete, dass Johann Rudolph Mayer etwas verbergen wollte.

Dumm war nur, sie hatten zwar diese zweite, verborgene Seite zu jedem der drei Briefe entdeckt, hatten sie sogar ohne irgendeine Beschädigung ablösen können, waren aber genauso schlau, oder eher dumm wie zuvor; denn leere Seiten lieferten keine Information.

Wozu aber hatte Johann Rudolph Mayer diesen ganzen Aufwand betrieben? Sicher nicht, um ein leeres Blatt zu verstecken. Aber genau so war es.

Trotz dieses frustrierenden Ergebnisses musste Götz grinsen. Yildiz schien irgendeine Idee zu haben. Anders ließ sich ihre gute Laune angesichts des Rückschlags nicht erklären.

Schließlich war sie eine verdammt intelligente und scharfsinnige Frau. Und, was ihm noch besser gefiel, ganz offensichtlich billigte sie auch ihm diese Eigenschaften zu.

Oder hatte sie das nur gesagt, um ihn für seine Eigenmächtigkeit zu belohnen?

Götz wollte sich nicht vorstellen, was der Staatssekretär dazu sagen würde.

»Koane Zusogn«, hatte er noch im Ohr. Und er hatte Yildiz mehr als nur eine Zusage gemacht. Er hatte ihr praktisch bayrisches, genauer gesagt fränkisches Kulturgut ausgeliefert. Sogar ohne Quittung. Ein schwerer Verstoß gegen die Dienstvorschrift, auch wenn die drei Blätter leer waren.

Die Tür zu seinem Büro ging auf und Frau Hängerla stapfte herein. »A bersönlich an Sie adressierter Brief, Herr Flößer«, knurrte sie und ließ damit unschwer erkennen, dass sie sowohl die Tätigkeit der internen Postverteilerin unter ihrer Würde empfand, als auch ihre Ablehnung gegenüber persönlich adressierten Briefen im Polizeidienst, die sie trotz ihrer herausgehobenen Position als »rechte Hand« nicht öffnen durfte. Auch dann nicht, wenn der Absender eine »offizielle Dienststelle« war, wie Götz feststellte.

Anscheinend interessierte sich Frau Hängerla für den Inhalt des Briefes. Abwartend blieb sie vor Götz' Schreibtisch stehen.

Länger als nötig studierte Götz den Stempel des Absenders.

»Rechtsmedizinisches Untersuchungslabor Bayreuth.«

Er legte das Kuvert ungeöffnet in seinen Ablagekorb. Den für unerledigte Vorgänge. »Danke, Frau Hängerla«, sagte er und fügte mit gespielter Gleichgültigkeit hinzu: »Da ist bestimmt meine Eintrittskarte für die nächsten Wagner-Festspiele drin.«

»In an Brief von der Rechtsmedizin?«

»Warum nicht?«

»Herr Flößer, wenn Sa mana, Sie könnten mich veräppln, dann sind Sa schiefgewiggeld.«

Heute Morgen waren Frau Hängerlas Selbstbewusstsein und auch ihr Redebedürfnis offensichtlich schwächer entwickelt als sonst, denn sie verließ ohne weiteren Kommentar Götz' Büro.

Der griff nach dem Brief der Rechtsmedizin und schlitzte ihn auf.

Das mit der Karte für die Wagner-Festspiele war gar nicht so weit hergeholt, wie Frau Hängerla glaubte. Schließlich war er mit Frau Dr. Karin Bärlauch, einer der am Rechtsmedizinischen Institut in Bayreuth tätigen Medizinerinnen, mehr als drei Jahre liiert gewesen.

Ihr Familienname hatte ihn nie gestört. Mit Bärlauch ließ sich schließlich eine ganze Menge anfangen. Er schmeckte gut und hatte im Gegensatz zum Knoblauch den Vorteil, dass man anschließend nicht wie eine türkische Kanalratte stank. Diesen Vergleich musste er sich abgewöhnen, ermahnte sich Götz. Das klang irgendwie rassistisch. Oder zumindest sehr, sehr drastisch und könnte als allgemeine Verunglimpfung türkischer Ratten gegenüber ihren deutschen Artgenossen verstanden werden.

Frau Dr. Karin Bärlauch hingegen liebte solche Sprüche. Sie würde sagen: »Der stinkt wie eine Kanalratte, das ist eine Beschreibung, die hat was Klares und Eindeutiges. Das ist schon fast die Poesie eines wagnerianischen Sprachauftritts.«

Ihren etwas einseitigen Musikgeschmack – außer Wagner gab's bei ihr gar nichts – schrieb Götz einem umweltbedingten Geburtsfehler zu. Wer in Bayreuth zur Welt gekommen war, seine Kindheit in einem Elternhaus zu Füßen des grünen Hügels verbracht hatte, auf dem das Festspieltheater thronte, und anschließend auch noch das Richard-Wagner-Gymnasium besuchen durfte, der konnte wahrscheinlich gar nicht anders.

Für Karins eindeutig pathologischen Umgang mit der deutschen Sprache hingegen hatte Götz nie eine Entschuldigung oder Erklärung gefunden. Noch nicht einmal ihr Beruf taugte dafür.

»Ich bin Rechtsmedizinerin und keine Pathologin«, betonte sie immer wieder.

Als Pathologin wäre sie wohl auch nur schwer tragbar gewesen. Das zeigte ihre Beschreibung des Unterschieds zwischen den beiden medizinischen Arbeitsfeldern.

»Wir!« Damit meinte sie die Rechtsmediziner. »Tun keinem unserer Patienten weh.«

Damit hatte sie recht. Auch wenn Götz bei der Beschreibung, wie sie »routinemäßig« ihre Patienten behandelte, leicht übel geworden war. Es hatte eine ganze Weile gedauert, bis er nach der Schilderung der Standardprozedur einer Leichenöffnung das zärtliche Kratzen Karins gepflegter Fingernägel mit geschlossenen Augen ertragen konnte, ohne dabei an ein Skalpell oder gar eine Art Miniaturkreissäge zu denken, die sein Brustbein durchtrennte.

»Die Pathologen aber, die liefern mit ihren Untersuchungen die Gründe, um jemandem die Titten oder die Eier abzuschneiden. Und das auch noch mit einer Fehlerquote von mehr als zwanzig Prozent«, lautete Karins Definition von der Tätigkeit der Pathologen. Wahrscheinlich war das ebenfalls korrekt, wenn auch nicht die feinste Art, die Arbeit ihrer Kollegen zu beschreiben, fand Götz. Selbst ihm als Medizinlaie wären die besser geeigneten Begriffe wie Brust- oder Hodenkrebs als Ursache des »Abschneidens« eingefallen. Für die Betroffenen war das nicht tröstlicher, hörte sich aber weniger brutal an.

Aber bei Prozentangaben irrte Frau Dr. Karin Bärlauch selten. Da war sie unübertrefflich. Und das war auch der Grund, warum er sich nach der Trennung als Liebespaar erfolgreich bemüht hatte, ein freundschaftliches Verhältnis mit seiner Exgeliebten zu pflegen.

Aus der sicheren Distanz zwischen Kronach und Bayreuth war das möglich und barg den unschätzbaren Vorteil, dass ihm Karin ihre medizinischen Untersuchungsergebnisse in verständlicher Form erklärte. Per Telefon oder mittels eines beigefügten Handzettels. Mit diesem Informationsvorsprung konnte Götz dann gegenüber den Kollegen glänzen.

Er zog das Schreiben aus dem Umschlag. Wie erwartet stammte es von Karin und nicht von einem ihrer Kollegen. Das erkannte er an dem gelben Merkzettel. Das Blatt darunter war die genmolekulare Auswertung der Blutprobe von der Festung.

Karin hatte, das musste Götz zugeben, für eine Medizinerin eine ausgesprochen gut lesbare, wenn nicht gar schöne Handschrift.

Die stand allerdings in völligem Widerspruch zum Inhalt ihrer persönlichen Notiz.

»Hallo Götz! Wollt ihr uns verscheißern? Habt ihr nichts zu tun in Kronach oder habt ihr einen Budgetüberhang, dass euch die Laborkosten und unsere Zeit gleichgültig sind? Dem werden wir abhelfen!!!!! Die Belastungsnote für eure Kostenstelle liegt bei.«

Götz ertastete den Papierbogen, der an den Befund geheftet war, widerstand allerdings der Versuchung, sich die Kostennote anzuschauen. Dieses Vergnügen überließ er Hans Kräutlein, dem Inspektionsleiter.

Zum Glück war da nicht mehr.

Keine befürchtete Eintrittskarte für eine Wagneraufführung.

Da hatte er immer nur die Pausen genossen.

Im langen schwarzen Abendkleid, mit einem Sektglas in der Hand, war Karin wegen ihrer blonden Walkürenfrisur und dem dazu passenden Körpermaß eine auffällig positive Erscheinung. Nach ihren einhundertachtzig Zentimetern mit genau siebzig wohlproportionierten Kilogramm drehten sich alle Männer um. Und Götz hatte sich immer in ihrem äußeren Glanz gesonnt, der zusätzlich durch ein großzügiges Dekolletee verstärkt wurde. Solange, bis Karin einen Grund fand, sich über irgendetwas zu beschweren. Schlecht gekühlten Sekt zum Beispiel. Dann hatte er gehofft, ihre gemeinsame Umgebung sei taub.

»Schmeckt wie aufgeschäumte, lauwarme Hundepisse!«

Bei solchen Kommentaren flüsterte Karin nicht, sondern äußerte ihre Kritik in der Lautstärke eines wagnerschen Heldentenors auf der Bühne.

Dass die Kenntnis des Geschmacks lauwarmen Hundeurins zur Ausbildung von Rechtsmedizinern gehörte, bezweifelte Götz zwar, aber jetzt, bei achtzig Kilometern Sicherheitsabstand und der Betrachtungsform der Vergangenheit, gelang ihm sogar ein Grinsen.

Deutlich sah er die betretenen Minen der umstehenden Wagnerfans vor sich, die eben noch genussvoll an ihrer »aufgeschäumten Hundepisse« genippt hatten und nun, nach Karins Kommentar, den Inhalt ihrer Gläser mit Misstrauen beäugten.

»Das Material, das ihr uns geschickt habt, ist kein menschliches Blut!!!«, stand auf dem Merkzettel. Mit drei Ausrufezeichen. Die hätte es nicht gebraucht.

Wäre Götz nicht schon durch seine konzentrierten Überlegungen über die Bedeutung des arabischen »Alif«, zusätzlich von Yildiz' hohen Erwartungen an seine logischen Fähigkeiten angespornt, und dem selbst aufgelösten Pulverkaffee hellwach gewesen, spätestens dieser Satz hätte einen massiven Adrenalinstoß ausgelöst.

Götz ließ den Untersuchungsbericht sinken.

Kein menschliches Blut?

Die Konsequenzen waren einfach. Überaus klar und, wenn er es genau betrachtete, sogar erfreulich.

Demzufolge gab es keinen polizeirelevanten Fall, um den er sich kümmern musste. Kein menschliches Blut, das bedeutete keine Leiche, die es zu suchen galt und für deren Existenz und Auffindung sie bisher keinerlei Ansatzpunkte hatten - auch nicht wirklich danach gesucht hatten. Ebenso wenig gab es einen Verletzten, der sich vielleicht irgendwo versteckt hielt oder versteckt gehalten wurde. Auch da hatten sie sich nicht wirklich angestrengt und alle anderen, sich aus der Erkenntnis »nichtmenschliches Blut« ergebenden potenziellen Möglichkeiten schob Götz erst einmal als unwahrscheinlich beiseite.

Er konnte sich voll und ganz, sogar völlig entspannt, auf die staatssekretärlich angeordnete Aufgabe konzentrieren: auf Yildiz.

Egal, wann sie in Kronach eingetroffen war.

Halt! Einen Haken hatte die Sache. Irgendjemand, auch wenn das Blut nicht von ihm stammte, musste die Johann-Rudolph-Mayer-Briefe im Brunnen auf der Festung versteckt haben.

Das schien aber niemanden zu interessieren. Weder den Staatssekretär noch Hans Kräutlein. Auch nicht die türkische Regierung und seltsamerweise hatte Yildiz ebenfalls keinerlei Interesse daran gezeigt. Nicht eine einzige Frage hatte sie dazu gestellt, obwohl er ihr, entgegen seinen Anweisungen, alle Details über Fundort und Fundumstände berichtet hatte.

Dabei war das doch *die* Frage überhaupt.

Wer hatte die Briefe versteckt und warum? Was sollte die künstlich angelegte Blutspur bedeuten? Sollte sie ein Verbrechen vortäuschen? Ein möglichst kapitales, bei dem Blut geflossen war? Aber wozu? Üblicherweise versuchten Verbrecher, Spuren zu beseitigen. Das Legen falscher Beweismittel war eher die Ausnahme, zumindest statistisch betrachtet. So etwas kostete

Zeit, bedurfte der Fantasie, erforderte Logik, vielleicht sogar Kenntnisse über die Vorgehensweisen der Polizei, und verriet am Ende häufig mehr über den Täter, als dies eine versehentlich zurückgelassene Spur getan hätte.

Wie die Dokumente in der Türkei gestohlen worden waren – auch das war eine Vermutung seinerseits, denn niemand hatte das eindeutig so gesagt – und wie und warum sie nach Kronach gebracht worden waren, stellte neben dieser Kernfrage ein fast peripheres Element dar.

Vielleicht war das eine allgemeine Verschwörung? Irgendein politisches Spektakel, das die bayrische Staatsregierung gemeinsam mit der Türkei oder gegen diese aufführte? Oder vielleicht war es auch genau umgekehrt. Und er, der kleine Landkriminaler, war der einzig Ahnungslose? Ein dummer Bauer auf dem Schachbrett, der bei Bedarf leicht geopfert werden konnte, und deshalb hatte man ihn und nicht den Inspektionsleiter mit der Sache beauftragt.

Götz fuhr sich durch das schüttere Haar, sah zum Fenster hinaus und schüttelte den Kopf.

Bester Blick auf die Feste Rosenberg. Genauso gut wie vom Balkon seiner Wohnung auf dem Kreuzberg. Die Fahne auf dem Burgfried flatterte in der Morgensonne. Das Wetter würde schön bleiben, sagte ihre Ausrichtung.

Er sah wieder auf die Uhr. Acht. Innerhalb von einer Stunde hatte sich die Welt verändert. Zumindest seine.

Schön, dann mache ich eben weiter wie bisher, dachte er. Gleich, ob als Bauer oder als König. Am liebsten wäre er der Springer mit dem Pferdekopf. Dessen Hakenbewegungen waren am wenigsten gut vorausberechenbar. Aber diese Figurenrolle war schon besetzt. Von Yildiz.

Ein Gutes hatte die Sache. Es drängte ihn niemand. Ausnahmsweise gab es keinen Staatsanwalt, der immer am liebsten schon vorgestern einen Bericht und klare Beweise haben wollte. Beweise, die manchmal gar nicht existierten, weil die Fakten nichts hergaben. Besser konnte das Polizistenleben gar nicht sein.

Also schauen wir mal, was die Bayreuther Walküre sonst noch zu bieten hat.

Er las weiter.

»Die mikroskopische Untersuchung eurer bescheuerten Blutprobe …«

»Eurer« und »bescheuerten« waren, aus welchen Gründen auch immer, unterstrichen.

»… zeigt ein ausgeglichenes Verhältnis von Granulo- und Lymphozyten. Das sind Blutkörperchen, Götz!!!«

Wieder drei Ausrufezeichen.

Götz' Dankbarkeit für diesen Hinweis hielt sich in Grenzen. Was Granulozyten und Lymphozyten waren, hätte er auch ohne diesen Zusatz gewusst. Schließlich belebten »Granos«, »Zytos« und »Leukos« des Öfteren einen medizinischen Untersuchungsbericht, den er zu lesen bekam.

Unverständlich war ihm allerdings Karins Zorn oder wie auch immer man ihren Erregungszustand benennen mochte. Denn wie um alles in der Welt hätten er, oder der Polizeibeamte, der das Probenmaterial eingetütet hatte, mit bloßem Auge die Anzahl oder Art der Blutkörperchen erkennen sollen?

Deutsche Walküren waren, selbst wenn akademisch gebildet, einfach unberechenbar. Da hatte Wagner ausnahmsweise recht gehabt. Noch unberechenbarer als Türkinnen. Er las weiter.

»… von diesem ausgeglichenen Blutbild lässt sich Folgendes ableiten. Das Blut stammt weder vom Mensch, vom Rind oder von einem Pferd. Auch nicht von einer Ziege, einem Huhn oder sonstigem Federvieh. Andere Haustiere wie Hund oder Katze kommen ebenfalls nicht in Frage. Das Blut stammt ganz schlicht und einfach vom Schwein. Mit achtundneunzigprozentiger Wahrscheinlichkeit! Für eine hundertprozentige Aussage müsste ich allerdings eine genaue Auszählung der Leukozyten, Granulozyten und Lymphozyten vornehmen. Das kostet. Und außerdem bin ich keine Tierärztin!!!«

Wieder drei Ausrufezeichen. Bei aller Kritik an Karins sprachlicher Ausdruckform, im wissenschaftlichen Bereich reichte Götz ihre achtundneunzigprozentige Sicherheit. Hans Kräutlein sicher auch. Aber wohl eher wegen der Drohung zusätzlicher Kosten.

Nachdem sich Götz alle Tiergattungen eingeprägt hatte, die nicht in Frage kamen, ließ er Karins Handnotiz im Papierkorb verschwinden. In kleine Stücke zerrissen, damit kein Neugieriger oder eher keine Neugierige die Quelle seines umfangreichen und detaillierten Wissens zurückverfolgen konnte.

Hans Kräutlein würde nur die offiziellen Auswertungsergebnisse bekommen. Der konnte sich dann selbst einen Reim auf ein »ausgeglichenes granulozytäres und lymphozytäres Blutbild und deshalb nicht der menschlichen Spezies zuzuordnen« machen.

Götz überlegte kurz, ob er seine Exgeliebte in ihrer Funktion als Rechtsmedizinerin anrufen und fragen sollte, ob sie auch Füchse als Ursprungsquelle des Blutes ausschließen könne. Er entschied sich dagegen.

Es war zu früh am Morgen. Karin war keine Frühaufsteherin. Und warum sollte er sich einen Tag, der so erfolgreich begann, von ihrer bissigen Ironie oder einem Ausflug in die Gefilde der sprachlichen Fäkaldramaturgie verderben lassen.

Ob allerdings Schweineblut ein gutes oder schlechtes Ergebnis war, das würde sich noch zeigen.

13

»Des wor abber a kurzer Arbeitsdoch«, kommentierte Frau Hängerla Götz' Weg zum Ausgang des Inspektionsgebäudes.

»Stimmt«, antwortete Götz und überlegte, ob er sich jetzt für irgendetwas bei der »rechten Hand« entschuldigen müsste. Außerdem fiel ihm auf, dass Frau Hängerla in letzter Zeit offenbar an einer Art Sprachleukämie litt. Weder »a Waaahnsinn« noch »du wast scho«, sonst so etwas wie rote Blutkörperchen in ihrem Redestrom, hatte er seit zwei Tagen gehört. Fast vermisste er es.

Es war neun Uhr und er entschied, dass er sein Gehalt und die sich daraus entwickelnden Pensionsansprüche für erzielte Ergebnisse und nicht für die körperliche Präsenz an seinem Schreibtisch erhielt, und beides lag glücklicherweise außerhalb der Einflusssphäre von Frau Hängerla. Hoffte er wenigstens.

Götz verließ das Gebäude und stieg in den Dienstwagen.

Der Temperaturfühler des Dienst-BMW zeigte bereits sechsundzwanzig Grad, als er in der Kurzparkerzone vor den Treppen anhielt, die zum »Pfarrhof« hinaufführten.

Dort fehlte irgendetwas. Ohne, dass er hätte sagen können, was. Götz stieg aus und schloss den Wagen ab. Die Amtsgerichtsstraße war völlig ausgestorben. Das war eher ungewöhnlich für einen normalen Wochentag und für diese Stunde. Viertel nach neun. Eigentlich genau die richtige Zeit für Handwerker, um sich ihr Frühstück bei der Metzgerei Wicklein neben dem »Klosterkeller« zu besorgen. Die Hausfrauen, die fürs

Mittagessen einkauften, waren meist etwas später dran. Götz überlegte, ob er sich nicht auch eine Leberkässemmel gönnen sollte. Schließlich war er seit sechs Uhr morgens auf den Beinen und zu Hause hatte er sich nur ein Marmeladenbrot genehmigt. Er spürte, dass sein Magen auf das verlockende Angebot eines zweiten Frühstücks mit zustimmendem Knurren reagierte.

Er verharrte auf der untersten Stufe und zögerte. Vielleicht saß Yildiz gerade, wenige Meter von ihm entfernt, im Frühstücksraum des »Pfarrhofs«? Da könnte er ihr Gesellschaft leisten.

Mit der Verlockung, die ein gemeinsames Frühstück mit Yildiz ihm bot, konnte selbst der frischeste Leberkäse, nicht einmal einer, der noch dampfend und verführerischen Duft verbreitend gerade aus dem Backrohr kam, konkurrieren.

Früher hatte es zwei Metzgereien in der Oberstadt gegeben. Den Welscher und den Wicklein. Nicht die Metzgereien, sondern deren Kunden stritten darüber, wer den besseren Leberkäs zubereite. Die Kronacher Oberstadt war in zwei Fraktionen gespalten.

Götz gehörte keiner der beiden Parteien an und aus den Disputen der unterschiedlichen Bratwurstfraktionen hielt er sich ebenfalls heraus. Die Kronacher Bratwurstparteien waren sogar noch stärker zersplittert. Beim Leberkäse hatte sich die Sache inzwischen geklärt. Es gab nur noch den Wicklein in der Oberstadt.

Energisch griff Götz nach dem Handlauf des Treppengeländers und nahm zwei Stufen auf einmal.

Er betrat den Eingangsbereich des »Pfarrhofs«.

Gleich zwei junge Damen, beide in einer Art schwarz-weißer Uniform, standen hinter dem Rezeptionsschalter.

»Guten Morgen, Herr Flößer.«

Das klang beinahe so, als hätten sie ihn erwartet. Gegen diese Annahme sprach allerdings der erwartungsvoll fragende Blick, der sich in ihr strahlendes Lächeln mischte. Trotz ihres unterschiedlichen Aussehens, eine war dunkelhaarig, die andere blond, hatten sie etwas Zwillingshaftes an sich. Dass die Blondine circa elf Zentimeter größer war als ihre brünette Kollegin, sprach allerdings gegen ein Zwillingsverhältnis. Zumindest ein eineiiges.

»Einen schönen guten Morgen, die Damen«, antwortete Götz und überlegte, ob er ihre Namen kennen müsste. »Haben Sie immer zu zweit Dienst?«, fragte er verwundert, denn einen Gästeansturm, der gleich zwei Rezeptionistinnen erforderte, konnte er sich beim besten Willen nicht vorstellen. Leider, wie der Fremdenverkehrsverband der Stadt immer wieder betonte.

»Nein«, sagte der dunkelhaarige Zwilling.

»Wir machen nur die Übergabe vom Nacht- zum Tagdienst.«

Götz nickte verständnisvoll. »Wo finde ich denn Frau Jilderim?«

»Frau Jilderim?«, fragten die unähnlichen Zwillinge wie aus einem Mund. Gleich zwei Fragezeichen blickten ihm entgegen. Eines von blondem, das andere von dunkelbraunem Haar eingerahmt.

Götz nickte.

»Aber …«, begann die Dunkle.

»… wir haben keine Frau Jilderim zu Gast«, führte die Blonde den Satz zu Ende. Dann fügte die Dunkle hinzu: »Weder hier im ›Pfarrhof‹, noch im ›Antlabräu‹ und auch nicht im ›Pförtchen‹«.

Damit hatte sie alle drei Gebäude des Hotelbetriebs in Kronach benannt, über die sich ihr Herrschaftsbereich erstreckte. Und ihrer beider Miene ließ keinen Zweifel an der Richtigkeit ihrer Aussage aufkommen.

»Aber Yildiz …«, stotterte Götz irritiert über diesen völlig unerwarteten Bescheid, hatte er doch Yildiz mehrfach hier abgeholt und auch wieder hergebracht.

Plötzlich wurde ihm bewusst, was draußen gefehlt hatte. Der schwarze Audi stand nicht vor der Tür.

»Ach Sie meinen Frau Doktor Yildiz Meier?«

Beide lachten. Dann sagte die Blonde: »Frau Doktor Meier ist heute Morgen abgereist. Ganz früh schon. Ohne Frühstück. Obwohl es bei uns schon ab sieben Uhr Frühstück gibt.«

»Abgereist?«, fragte Götz ungläubig und versuchte seine Gedanken zu sortieren. »Frau Meier?«

Der unerwartete und ungewohnte Name kam ihm nur schwer über die Lippen, auch wenn dieser Name absolut nichts Ungewöhnliches oder Ungewohntes an sich trug. Schließlich enthielt er keinerlei sprachliche Hürden wie zum Beispiel Müdürlügü.

Aber »Meier« passte absolut nicht zu Yildiz.

Weder zu ihrer Person noch zu ihrer Herkunft. War sie doch nach eigener Behauptung eine »waschechte Türkin«.

Etwas wie Panik stieg in Götz auf.

Wenn Yildiz mit Familiennamen Meier hieß, dann ließ das nach den Gesetzen der Wahrscheinlichkeit nur einen einzigen Schluss zu. Sie war verheiratet. Noch dazu mit einem Deutschen. Trotz fehlenden Eherings und irgendeines anderen Hinweises auf einen Ehemann. Götz durchforstete sein Gedächtnis. Hatte Yildiz irgendwann einmal eine Andeutung gemacht, dass ein deutscher Ehemann in Istanbul auf sie wartete? Er konnte sich nicht erinnern.

»Frau Doktor Meier«, korrigierte ihn die Blonde und betonte den Doktor.

Götz rang noch immer nach Fassung.

Yildiz war abgereist – sie hieß nicht Jilderim, sondern Meier – und sie war mit einem Deutschen verheiratet. Deshalb, und nicht weil sie die Österreichische Schule in Istanbul besucht hatte, sprach sie so gut Deutsch – und dann war sie auch noch Akademikerin? Noch dazu eine mit einem echten Doktortitel? Das waren zu viele Überraschungen auf einmal.

Wäre er doch lieber zum Wicklein gegangen und hätte sich eine Leberkässemmel geholt. Geändert hätte das zwar nichts, aber ein zweites Frühstück hätte den Sturz ins Bodenlose hinausgezögert und mit vollem Magen ließen sich unerwartete, meist schlechte Nachrichten besser ertragen.

Götz überlegte, welche der drei Überraschungen ihm am meisten zu schaffen machte. Die Antwort war einfach. Einhundert Prozent für Yildiz' Abreise ohne Abschied und ihren Status als Ehefrau eines deutschen Mannes. Das hielt sich die Waage. Ob er einen türkischen Ehemann als kleineres Übel betrachtet hätte, konnte er in seiner jetzigen Gefühlslage nicht beantworten.

Dass diese Hundert-Prozent-Entscheidung nicht der Logik, sondern einer tiefer liegenden Region entstammte, machte die Sache auch nicht leichter.

Götz' Hunger, selbst der leiseste Anflug von Appetit, war wie fortgeblasen. Stattdessen hatte sich sein Magen in einen unförmigen Knoten gordischen Ausmaßes verwandelt.

Was hatte er Yildiz nur getan, dass sie einfach so, ohne jeden Abschied, verschwand? Und womit hatte er das Verschweigen eines Ehemannes, der im Hintergrund lauerte, verdient? Gestern Abend noch hatte sie ihre Zusammenarbeit als ein bis dato unerreichtes Erfolgsmodell zwischen der Türkei und Deutschland beschrieben. Götz hatte den ganzen Abend als überaus harmonisch empfunden. Und wozu hatte ihn Yildiz mit dem Rätsel des

Alifs konfrontiert, wenn sie an dem Ergebnis seiner logischen Überlegungen gar nicht interessiert war?

»Ist was, Herr Flößer? Geht es Ihnen nicht gut?«, fragte die Dunkelhaarige. Der besorgte Tonfall in ihrer Stimme ließ den Schluss zu, dass Götz sichtbare äußere Merkmale der Betroffenheit zeigte. Er fuhr sich über die Stirn. Dort hatte sich ein feiner klebriger Schweißfilm gebildet. Mühsam schüttelte er den Kopf.

»Nein, nein alles klar. Ich habe wohl nur etwas verwechselt.« Er wischte seine Hand unauffällig an der Hose ab und richtete sich auf. »Warum Frau Doktor Meier heute so früh abgereist ist, wissen sie nicht zufällig?«

»Doch«, sagte die Blonde.

»Ich hatte heute Morgen Dienst und habe Frau Doktor Meier mit ihrem Gepäck geholfen. Das war ja eine ganze Menge, für einen so kurzen Aufenthalt. Mehrere Aluminiumkisten, zwei Koffer und –«

Bevor sie eine genaue Aufzählung aller weiteren Gepäckstücke folgen lassen konnte, unterbrach sie Götz. »Sie wollten mir gerade sagen, warum Frau Meier so früh abgereist ist.«

»Sie wollte ihren Flug nach Istanbul erreichen. Um zehn Uhr fünfundfünfzig ab Frankfurt.« Sie sah auf ihre Armbanduhr. »Das wird ganz schön knapp.«

»Aber sie hat ja ein schnelles Auto«, fügte die Dunkelhaarige hinzu.

Götz nickte geistesabwesend. Wenn er Yildiz jetzt anrief, könnte er sie noch vor dem Abflug erreichen. Wenn ihr Handy eingeschaltet war.

Nur, was sollte er sagen? Vielleicht: »Du hast vergessen, dich von mir zu verabschieden.« oder: »Ich habe herausgefunden, welche Bedeutung das ›Alif‹, die arabische eins, hat.«

Es gab noch eine dritte Möglichkeit. Er könnte Yildiz erzählen: »Das Blut, das wir im Zusammenhang mit den Briefen gefunden haben, stammt von einem Schwein.«

Das war auch nicht besser. Wahrscheinlich sogar der dümmste Grund für eine Anruf, denn Yildiz hatte sich nie sonderlich für die Hintergründe des Fundes interessiert. Zumindest nicht für die, die in der Jetztzeit lagen. Alles, was nicht mehrere hundert Jahre zurücklag, schien bei ihr von untergeordneter Bedeutung zu sein.

Vielleicht resultierte daraus auch ihr mangelndes Interesse für Partikelströme, die sich aus der Annäherung zweier verschieden geladener Festkörper mit unterschiedlicher Oberflächengestaltung ergaben. Das war schließlich auch eine Erkenntnis der Neuzeit.

»Ach ja, da fällt mir noch etwas ein«, unterbrach die Dunkle seine Überlegungen. »Vielleicht war Frau Doktor Meier krank und ist deshalb abgereist.«

»Krank?«, fragte Götz und merkte, wie urplötzlich Besorgnis das schmerzliche Gefühl des Verlustes und Unmutes überschwemmte. Vielleicht waren Kronacher Bratwürste doch nicht ganz der geeignete Ersatz für türkische Köfte und hatten bei ihr eine allergische Reaktion auf das ungewohnte Schweinefleisch ausgelöst? Ein allergischer Schock konnte sogar Bewusstlosigkeit auslösen.

»Na ja«, sagte die Dunkle. »Ich hatte gestern Nachtdienst. Und als Frau Doktor Meier um elf Uhr abends ins Hotel kam, sah sie ein wenig blass aus. Sie ist auf ihr Zimmer gegangen, kam aber nach einer halben Stunde wieder nach unten und hat mich nach einer Apotheke mit Nachtdienst gefragt. Dann ist sie noch einmal weggegangen und kam später mit einer Tüte von der Löwen-Apotheke zurück. Das war so gegen zwölf Uhr.

Irgendwie wirkte sie anders als sonst. Da hat sie sich immer ein wenig mit mir unterhalten.«

»Heute Morgen«, wusste die Blonde noch hinzuzufügen, »sah Frau Doktor Meier wirklich angegriffen aus. So als habe sie die ganze Nacht nicht geschlafen. Sie hat mir richtig leidgetan und sie war doch eine überaus nette Person. Und wenn sie jetzt ganz alleine, und vielleicht auch noch krank, die weite Strecke bis nach Frankfurt zum Flughafen fahren muss …« Sie brach ab. »Hoffentlich passiert da nix.«

Götz' Besorgnis stieg. Wenn sich zwei Hotelangestellte solche Sorgen um Yildiz machten, dann musste sie deren Mitgefühl in hohem Maße erregt haben. Angestrengt überlegte er, was er jetzt unternehmen könnte. Ein schreckliches Bild tauchte in seinem Kopf auf.

Die Leitplanke einer Autobahn. Das Stahlblech war durch einen schweren Gegenstand, der dagegengeprallt war, aufgerissen. Wenige Meter entfernt, inmitten niedergewalzter Büsche, ein schwarzer Audi SUV, auf dem Dach liegend. Die Scheiben weiß wie brüchiges Eis. Das Sicherheitsglas hatte sich in winzige Krümel verwandelt und verhinderte den Blick ins Innere. Aus dem Motorraum quoll eine Rauchfahne. Jeden Moment konnten Flammen emporlodern und das Fahrzeug innerhalb weniger Sekunden in einen Glutball verwandeln. Unbeirrt rauschte der Verkehr an der Unfallstelle vorbei. Niemand eilte Yildiz zu Hilfe.

Mit großer Anstrengung schob Götz das Schreckensszenario vor seinem inneren Auge beiseite. Ja, der SUV war schnell. Die Spitzengeschwindigkeit lag bei weit über zweihundert Stundenkilometern und dass Yildiz dieses überbordende PS-Angebot ausnützen würde, vor allem wenn die Zeit drängte, konnte er sich gut vorstellen. Und jemand, der übermüdet, vielleicht sogar krank war, konnte bei dem Tempo leicht die Kontrolle über ein Fahrzeug verlieren. Er versuchte sich mit dem Gedanken zu beruhigen, dass moderne Fahrzeuge in der Realität, die sich vom Actionfilmgeschehen stark unterschied, fast nie in Brand gerieten. Im Falle eines Zusammenpralls wurde automatisch die Kraftstoffzufuhr unterbrochen. Dieses Wissen half wenig.

Aber was sollte er tun? Allein die Tatsache, dass er sich um Yildiz sorgte, reichte nicht aus, um unterschiedlich agierende Polizeiorganisationen telefonisch nach einer potenziellen Unfallmeldung abzufragen. Die bayrischen und die hessischen Kollegen von der Schutzpolizei, die Autobahnpolizei und letztendlich die Bundespolizei, die am Frankfurter Flughafen Dienst tat. Und alles nur auf einen vagen Verdacht hin.

Er beschloss, erst einmal Kronachs älteste Apotheke in der Bahnhofstraße aufzusuchen und dort nachzufragen, was für ein Medikament sich Yildiz geholt hatte. Hoffentlich kein Schlaf- oder Beruhigungsmittel.

Aber vorher gab es noch etwas zu klären, selbst wenn der Moment absolut nicht günstig war.

»Aber vor ein paar Tagen, da hatten Sie doch einen Gast namens Jilderim.«

Trotz seiner emotional angespannten Lage entging Götz der Blick nicht, den sich die Hotelzwillinge zuwarfen.

»Das war …«, begann die Blonde zögerlich, während die andere sich wieder dem Buchungscomputer zuwandte und den Satz aufnahm.

»… eine etwas seltsame Geschichte. Herr Jilderim aus Istanbul ist am Donnerstag vorige Woche bei uns abgestiegen«, sie warf einen Blick auf den Monitor.

»… und ist drei Tage später abgereist«, vollendete die Blonde.

Götz rechnete. Donnerstag vorige Woche, das war der Tag, den er auf seinem Zettel notiert hatte, und der stammte aus dem Gästebuch. Seltsam war daran allerdings noch nichts. Nur ein Irrtum seinerseits, weil er diesen Herrn Jilderim und Yildiz wegen des türkisch klingenden Namens miteinander verwechselt hatte. Peinlich, aber diesen Fehler musste er nur sich selbst gegenüber eingestehen.

»Warum haben Sie überhaupt ein Gästebuch, wenn sie alle Übernachtungen im Computer gespeichert haben?«

Die Blonde lächelte. »Tradition. Notwendig ist das nicht, da haben Sie recht. Aber Häuser wie das unsere pflegen neben gutem Service auch ein bisschen die althergebrachten Riten der Hotellerie. Das Gästebuch gibt es eigentlich nur noch in kleineren Häusern, die dem Gast etwas Familiäres auf hohem Niveau bieten wollen.«

»Aha«, sagte Götz und unterdrückte seine Ungeduld.

Inzwischen war er mit seinen Überlegungen so weit gediehen, dass er Folgendes festgestellt hatte.

Zwei Tage bevor die Füchse das Blut gewittert und der Polizeihund sie zu der Kartusche mit den Briefen geführt hatte, war Herr Jilderim in Kronach eingetroffen. Am Tag nach deren Entdeckung war er abgereist. In der Presse war nichts über den Fund veröffentlicht worden. Dennoch ließ dies nicht den zwingenden Schluss zu, dass der Türke irgendetwas damit zu tun und, nachdem die Sache schiefgegangen war, die Flucht ergriffen hatte. Auch wenn das Beinahe-Zusammentreffen zweier Gäste aus Istanbul in Kronach eine statistische Absonderlichkeit darstellte.

Götz überlegte kurz, wie hoch diese Wahrscheinlichkeit war, wenn man die unterschiedlichen Einwohnerzahlen beider Städte als ausschlaggebende Kenngröße in einen Dreisatz mit zwei Unbekannten einfügte. Kronach, ohne die Dorfgemeinden, hatte rund siebzehntausend Einwohner. Istanbul, das hatte er inzwischen gelernt, wurde von mehr als vierzehn Millionen Menschen bewohnt. Half das weiter?

Er konnte sich nicht richtig konzentrieren. Immer wieder drängten sich neue Gedanken wie »Warum ist Yildiz so plötzlich abgereist?« in den Vordergrund. Und die waren nicht gerade ergebnisfördernd.

»Da wäre aber noch etwas«, sagte die Dunkelhaarige. Es musste etwas sein, was nicht im Computer verzeichnet war, da sie die Hände von der Tastatur und die Augen vom Monitor gelöst hatte. Stattdessen schien sie das, was sie sagen wollte, vom Muster des Orientteppichs auf dem Boden abzulesen.

»Der Herr Jilderim hat bei seiner Abreise die Rechnung nicht bezahlt.« Sie presste die Lippen zusammen, als sei es ihr unangenehm, etwas Negatives über einen ihrer Hotelgäste zu sagen. Götz hatte diese Hemmung nicht.

»Haben Sie Anzeige erstattet?«

»Nein. Das hat sich am übernächsten Tag erübrigt und so lange warten wir fast immer. Manchmal vergisst ein Gast die Rechnung. Wir rufen ihn dann an und bitten um die Überweisung des Betrages. Das erspart allen Beteiligten Unannehmlichkeiten.«

»Aha«, sagte Götz wieder.

»Und so war es auch bei Herrn Jilderim?«

»Nein, da war es ganz anders und das ist ja das Seltsame«, sagte die Dunkelhaarige.

»Wie war es denn?«

»Zwei Tage nach der Abreise von Herrn Jilderim ist Frau Doktor Meier bei uns eingetroffen. Sie hat nach Herrn Jilderim gefragt, war aber anscheinend nicht überrascht, als sie hörte, dass er schon abgereist sei. Irgendwie ist mir dann das mit der unbezahlten Rechnung rausgerutscht. Aus Versehen, denn wir tratschen nicht über unsere Gäste. Schon gar nicht in so einem Fall wie diesem, wo wir keine Telefonnummer haben.«

»Und weiter?«

»Frau Doktor Meier hat das mit dem Mietwagen von Herrn Jilderim erledigt. Die haben ihr per Eilboten sogar einen Ersatzschlüssel aus Frankfurt geschickt. Und bei uns hat sie sich für Herrn Jilderim entschuldigt und seine Hotelrechnung bezahlt.«

»Einfach so?«

»Nein, mit ihrer Kreditkarte.«

»Und damit war für Sie die Sache erledigt?«

»Ja natürlich. Oder haben wir etwas falsch gemacht, Herr Flößer?«

»Nein, nein«, murmelte Götz, verabschiedete sich und verließ den »Pfarrhof«.

❀ ❀

Das Blaulicht verkürzte zwar die Fahrzeit in die Bahnhofstraße nur unwesentlich, erübrigte aber eine mühsame Parkplatzsuche in der Nähe der Löwen-Apotheke. Ein Fahrzeug mit Blaulicht auf dem Dach, am Straßenrand geparkt, stellte zwar ein Verkehrshindernis dar, aber ein gesetzlich legitimiertes.

Auf der Fahrt hatte Götz überlegt, wie gut er die Apothekerin kannte. Ob er mit ihr per Sie oder nach einer der unzähligen Verbrüderungsaktionen, die auf dem Kronacher Schützenfest unvermeidlich waren und an die er sich nach einiger Zeit manchmal nicht mehr erinnerte, möglicherweise beim Du gelandet war. Denn wie sollte man in einem Bierzelt seinem Tischnachbarn oder seiner Tischnachbarin, unter dem Getöse der Blasmusikkappelle und nach dem Genuss mehrerer Maß Schützenbier, klarmachen, dass seine Besuche dort mehrheitlich dienstlich waren, seine Aufenthaltszeiten sogar als Überstunden angerechnet wurden und er aus dienstlichen Gründen dem Du lieber aus dem Weg ging.

Spoerl hieß sie. Da war er sicher. Erst kürzlich hatte er ihren Namen in einer Ermittlungsakte gelesen.

In einer Kleinstadt wie Kronach war der feine Unterschied zwischen dem Sie und dem Du manchmal von entscheidender Bedeutung, auch wenn sich in seinen Augen Vor- und Nachteile die Waage hielten.

Bei einem Opfer, das er persönlich kannte, war die beruhigende Wirkung des Du von Vorteil. Auch im Falle einer Zeugenvernehmung konnte eine persönliche Ansprache Erinnerungen zu Tage fördern, die sonst verborgen geblieben wären. Ganz anders sah das bei Verdächtigen oder Beschuldigten einer Straftat, also potenziellen Tätern, aus.

Da empfand er das Du, mit seinem Hauch persönlicher Intimität, als störend und hinderlich. Zumindest ging dadurch, wenn auch nur rein äußerlich, ein Teil der Objektivität verloren, die gute Ermittlungsarbeit auszeichnete.

In der Akte war die Apothekerin als Beschuldigte genannt.

Frau Spoerl erlöste ihn aus dem Dilemma der unklaren Anrede. Angelockt von dem flackernden Blaulicht des Polizeiwagens, eilte sie persönlich zur Tür.

»Sie haben es aber eilig, Herr Flößer«, begrüßte ihn die blondmähnige Löwen-Apothekerin. Freundlich, aber mit einem deutlich erkennbar besorgten Blick in Richtung Personal und Kundschaft. Die starrten Götz an, als erwarteten sie jetzt eine spektakuläre Festnahme mit gezogener Dienstwaffe und klickenden Handschellen oder etwas Vergleichbares.

»Gehen wir in mein Büro«, schlug sie vor.

Ihre Stimme zitterte leicht. Vielleicht hielt auch sie klickende Handschellen für möglich.

»Geht es immer noch um die Anzeige gegen mich?«, fragte sie, nachdem sie die Verbindungstür zu den Apothekenräumen hinter sich geschlossen hatte.

Einen Moment lang schwieg Götz verblüfft.

Da musste Frau Hängerla etwas liegen gelassen haben. Das Vernehmungsprotokoll zweier Personen, das schon lange auf dem Weg zur Staatsanwaltschaft hätte sein müssen, aber offensichtlich nicht war. Und deshalb wusste Frau Spoerl auch noch nichts über den Ausgang des gegen sie eingeleiteten Strafverfahrens. Die Ermittlungen hatte Hans Kräutlein, der Inspektionsleiter, persönlich geführt. Dennoch war Götz der Fall bekannt. Unangenehm war, dass er laut Dienstvorschrift nichts sagen durfte, selbst dann nicht, wenn er den endgültigen Verfahrensausgang kannte. Das zu offenbaren, war der Staatsanwaltschaft vorbehalten.

Aber er brauchte Frau Spoerl als Zeugin in einer viel wichtigeren Angelegenheit.

Scheißdienstvorschrift, dachte er und bedachte die Blondine mit einem beruhigenden Lächeln. »Sagen dürfte ich nichts. Aber in den nächsten Tagen müssten Sie Post von der Staatsanwaltschaft erhalten. Erstens wurde die Anzeige gegen Sie, wegen Tierquälerei, zurückgezogen, zweitens war der angezeigte Tatbestand weder aus Sicht der Ermittlungsbehörden noch der Staatsanwaltschaft erfüllt, denn Sie haben weder vorsätzlich noch böswillig gehandelt. Und drittens war es völlig korrekt, dass Sie die Abgabe einer verschreibungspflichtigen Augensalbe ohne Rezept verweigert haben. Hätten Sie anders gehandelt, dann hätten Sie sich vielleicht strafbar gemacht.«

So erinnerte sich Götz an den Vorgang, der in der Dienstelle, trotz des anfänglich ernst zu nehmenden Tatbestandes, für erhebliche Erheiterung gesorgt hatte.

Erleichterung machte sich auf Frau Spoerls Gesicht breit. »Und dem Meerschweinchen? Wie geht es dem?«, fragte sie.

Anscheinend ging ihr das Schicksal des Tieres nahe.

Götz kratzte sich am Kopf und tat so, als müsse er überlegen.

Er hatte keine Ahnung von dem Zustand des Vierbeiners. Er wusste nicht, ob die Bindehautentzündung, zu deren Behandlung die rezeptpflichtige Augensalbe hätte dienen sollen, inzwischen ausgeheilt war und sich das Tier bester Gesundheit erfreute oder ob der Nager wegen einer allgemeinen Sepsis, Alterschwäche oder aus einem anderen Grund den Weg ins Jenseits beschritten hatte, oder, wie es leider oft geschah, in einem Tierheim gelandet war.

Im Gegensatz zu Frau Spoerl war ihm das auch völlig egal.

Aber nachdem er gerade die Dienstvorschrift in erheblicher Weise verletzt hatte, entschloss er sich zu einer fantasievollen, aber wissenschaftlich begründeten und deshalb auch für eine naturwissenschaftlich ausgebildete Person überzeugenden Notlüge. Die Zeit lief ihm davon und er wollte möglichst schnell bei seiner Zeugin gegebenenfalls vorhandene, emotional negative Sperren beseitigen, um zum Wesentlichen zu kommen.

»Dem Meerschweinchen geht es hervorragend. Das hat der behandelnde Tierarzt bestätigt. Und die Bindehautentzündung war eine Fehlinterpretation der Mutter der Tierhalterin. Diese Albinoform hat immer rote Augen. Das war der Mutter aber bis dahin nicht aufgefallen.«

Frau Spoerl atmete tief ein. Offensichtlich war es ihm gelungen, sie von Schuldgefühlen zu befreien, und er konnte jetzt endlich sein Anliegen zur Sprache bringen. Er schaltete von Mitgefühl auf Amtlichkeit um.

»Ich bräuchte eine Auskunft von Ihnen. Die ist wichtig und auch ziemlich dringend.«

»Wenn ich helfen kann.«

Bei Frau Spoerl ging das Umschalten, von persönlich betroffen zu offiziell pharmazeutisch, anscheinend nicht so schnell, aber das war ihm nur recht.

»Sie hatten vergangene Nacht Notdienst?«

»Ja, ich bin jetzt seit fast zwanzig Stunden auf den Beinen.«

Um sie bei Laune zu halten, machte Götz ein betrübt mitfühlendes Gesicht. »Erinnern Sie sich an eine rothaarige Kundin, etwa Mitte zwanzig?«

»Ja«, antwortete die Apothekerin und ihr Gesicht verfinsterte sich.

»Wissen Sie auch noch, was für ein Medikament die Kundin gekauft hat?«

»Also, normalerweise dürfte ich Ihnen das nicht sagen.«

Jetzt war sie wieder ganz die offizielle Apothekerin und spielte auf ein, soweit Götz wusste, nicht existentes Apothekergeheimnis an. Zumindest war ihm aus dem Stand heraus nicht bekannt, ob der §203 des Strafgesetzbuches neben Ärzten, Zahnärzten, Anwälten, Pfarrern, Sozialarbeitern, Steuerberatern und einem Dutzend anderer Berufsgruppen auch den Apothekern verbot, Geheimnisse preiszugeben, die dem persönlichen Lebensbereich einer ihren Rat suchenden Person zuzurechnen waren. Zu diesen Geheimnissen würde dann auch der Kauf einer Packung Kopfschmerztabletten zählen.

Er konnte nur hoffen, dass Frau Spoerl diesen Paragrafen auch nicht in jedem Detail auswendig kannte.

»Aber die junge Frau hat kein Arzneimittel verlangt und deswegen kann ich es Ihnen verraten.«

»Sondern?«, fragte Götz und spürte ein wenig Erleichterung.

»Na ja, früher haben die Leute so was für ihre Autobatterien geholt. Aber was die Dame damit wollte, noch dazu mitten in der Nacht, das weiß ich natürlich nicht.«

Autobatterien? Das konnte nur konzentrierte Schwefelsäure sein, schoss es Götz durch den Kopf. Schwefelsäure stellte den einzigen austauschbaren Inhaltsstoff einer Autobatterie dar. Aber was wollte Yildiz mitten in der Nacht mit dieser hochaggressiven Chemikalie anfangen? Für den Audi war sie sicher nicht bestimmt. Erstens war das ein Mietwagen, an dem ein normaler Benutzer nicht herumlaborieren würde, und zweitens war in dem Luxusgefährt garantiert eine moderne wartungsfreie Batterie verbaut worden. Da gab es nichts nachzufüllen.

Nur mit halbem Ohr folgte Götz der Aufzählung der Apothekerin, was deren Kundschaft alles im Nachtdienst erwarb.

Bei Damenhygieneartikel und Kondomen hatte Götz Verständnis für den Kundenwunsch. Der nächtliche Zeitpunkt des Kaufes mochte für die Apothekerin eine Unbequemlichkeit darstellen, aber die Polizei wurde auch oft nachts wegen irgendwelcher Lappalien alarmiert. Und bei diesen Artikeln konnte sich ein akuter, verständlicher und vorher nicht geplanter Bedarf einstellen. Bei Babynahrung und Windeln war seine Meinung, wie die der Apothekerin, geteilt. Denn eigentlich waren Hunger und die zwingenden Folgen einer geregelten Nahrungszufuhr bei Kleinkindern eine vorhersehbare Entwicklung. Völlig konform ging er mit der Meinung der Apothekerin, dass der Kauf von Toilettenpapier, Vitaminbrausetabletten und Gesichtsreinigungsmittel im Nachtdienst eine Zumutung sei.

Nur bei konzentrierter Schwefelsäure hatte Götz eine andere Auffassung als die Pharmazeutin, behielt diese aber erst einmal für sich.

Hatte Yildiz etwa die leeren Blätter zerstört? In einem Anfall übermächtiger Enttäuschung? Und war sie deshalb so überstürzt abgereist? Irgendwie erschien ihm das alles unwahrscheinlich, auch wenn theoretisch die Möglichkeit bestand, die Bade- oder Duschwanne eines Hotelzimmers in ein Säurebad zu verwandeln, um ein paar Tierhäute aufzulösen.

»Und Sie haben ihr die konzentrierte Schwefelsäure gegeben?«, vergewisserte er sich.

»Schwefelsäure?« Die Apothekerin klimperte mit den Augenlidern.

Wahrscheinlich war ihr gerade eingefallen, dass sie einen schweren Fehler begangen hatte, dachte Götz. Denn Schwefelsäure, noch dazu in hochkonzentrierter Form wie sie für Autobatterien verwendet wurde, war ein höchst dubioses Material. Etwas, was sich auch für die unterschiedlichsten kriminellen Zwecke eignete. Angefangen bei einem direkten Säureanschlag auf eine missliebige Person, bis hin zur Herstellung von Sprengstoffen für terroristische Aktivitäten. Die Liste der missbräuchlichen Anwendungen war beinahe endlos. Aber keine der Aktivitäten konnte sich Götz im Zusammenhang mit Yildiz vorstellen. Noch nicht einmal dann, wenn sie für den türkischen Geheimdienst tätig wäre. Eine Möglichkeit, die er bisher überhaupt nicht in Betracht gezogen hatte.

»Herr Flößer, ich bin doch nicht verrückt. Ich gebe doch keine Schwefelsäure heraus. Schon gar keine hochkonzentrierte. Die Frau wollte bloß einen halben Liter destilliertes Wasser. Dafür braucht man kein Rezept.«

Die Empörung der Apothekerin war Götz verständlich, eine Erklärung für den Verwendungszweck von destilliertem Wasser war sie nicht.

14

Kronach Juni 1629

Magdalena riss den Deckel der Truhe auf. Der Deckel schlug gegen die Wand. Weißer Kalkputz rieselte zu Boden. Aber das war ihr egal.

»Hannes, Hannes, wo stecksta bloß«, heulte sie, hin- und hergerissen zwischen Hoffnung und Wirklichkeit. Die leere Truhe machte den letzten Hoffnungsschimmer zunichte, nachdem sie ihn nicht in seinem Bett vorgefunden hatte.

Hannes war weg.

Und, das wurde ihr selbst in ihrem aufgewühlten Gemütszustand sofort klar, ihr Sohn war nicht einfach für ein paar Stunden ausgebüchst, sondern hatte seinen Auszug offenbar sorgsam geplant. Er, der ihr sonst all seine Geheimnisse anvertraute, wie sie bisher geglaubt hatte.

Die »gute Hose«, für Sonn- und Feiertage reserviert, fehlte ebenso wie das beinahe neue Kittelhemd aus Leinen, das sie erst vor wenigen Wochen geschneidert hatte. Und noch eindeutiger als das Verschwinden seines gesamten Kleiderbestandes war das Fehlen von Hannes' Lederbeutel. Darin bewahrte er seine kostbarsten Besitztümer auf.

Magdalena kannte den Inhalt genau, denn immer wieder schüttete Hannes ihn auf einen der Tische in der Wirtsstube, begutachtete seine Schätze und ließ dabei seiner Fantasie freien Lauf.

Drei blaue Steine, daumennagelgroß, aus dem Flussbett der Kronach. Die blauen Steine waren sehr selten. Deshalb wurden sie von allen Kindern gesammelt. Aber nur Hannes hatte eine Erklärung für deren ungewöhnliche Farbe, die von den üblichen Grautönen der Bachkiesel so deutlich abwich.

»Bloß ganz selten werd's im Winter sou kalt, dass aach die Sta im Fluss friern. Und dann wern sa blau von der Kältn und deswechen gibt's aach sou wenich dervon. Des is genau umgekehrt wie bei die Bratwörscht. Die wern blau, wenn mer sa ins heiße Wasser mit die Zwiebln dut.«

Niemand vermochte oder wollte dieser widersprüchlichen Logik etwas entgegenzusetzen.

»Des is halt sou. Wast scho«, behauptete Hannes.

Die plattgedrückte Bleikugel, ebenfalls ein wichtiges Besitztum, das in dem Beutel aufbewahrt wurde, hatte Hannes als »Gronacher Griegsbeute« deklariert. Angeblich stammte sie aus einer feindlichen Muskete.

»A echta schwedischa Bleikugln. Abgebrallt von der Gronacher Stadtmauer. Wall die Schweden ständich bsuffen sind und net richtich zielen könna und desterwechen wern sa ach Gronach nie erobern.«

Diese Beteuerung wurde, falls Gäste anwesend waren, mit beifälligem Kopfnicken hingenommen. Ob aus Überzeugung oder zur Besänftigung der eigenen Angst vor den Belagerern, mochte unterschiedlich sein.

Nur ein Gegenstand entzog sich Hannes' Erklärungsversuchen, so oft er ihn auch hin und her wendete.

Magdalena hatte die Silbermünze, die Hannes als Lohn für das Einsammeln schwedischer Kanonenkugeln vom »Soldodnhaubtmonn« erhalten hatte, zum Goldschmied gebracht. Nicht um sie zu verkaufen, sondern um sie mit einer Öse zu versehen, mit der sie sich auf eine dünne Silberkette fädeln ließ. Dem einzigen Schmuckstück, das sie je von Albin erhalten hatte. Angeblich stammte auch die Silberkette aus Amsterdam.

Aber Hannes trug die Kette nicht um den Hals, sondern er bewahrte sie immer in dem Lederbeutel auf.

»Mama, die Kettn om Hals des wär viel zu gfärlich. Wenn die reißt, dann wär dei Kettn ford und die Münzn, mei erschter Soldotnsold, aach. Un des wär doch schad.«

Auf diese Begründung war Magdalena besonders stolz.

Hannes war rücksichtsvoll und sparsam. Keine der beiden Eigenschaften konnte er von seinem Vater haben.

Genau den hatte sie im Verdacht.

Viele Flößer nahmen ihre halberwachsenen Söhne eines Tages mit »auf Fahrt«. Die Regeln, wann ein Junge alt genug war, um als angehender Floßknecht seine erste Tour zu machen, waren einfach. Er musste einen Flößerhaken mit mannslangem Schaft so lange mit ausgestrecktem Arm halten können, wie der Floßkapitän brauchte, um bis zehn zu zählen. Passte dem Kapitän ein Anwärter nicht, gleich ob er ihn für zu jung oder zu schwächlich hielt, zählte er einfach langsamer.

Die zweite Prüfung war wesentlich aufwändiger und obendrein ausgesprochen gefährlich. Bei der wurden die »Hosenschisser« aussortiert, denn ängstlich oder gar wehleidig durfte ein Frankenwaldflößer nicht sein.

An einer schmalen Stelle des Flusses wurde eine Sperre errichtet. Die bestand meist aus zwei Bäumen, die man an gegenüberliegenden Stellen des Ufers fällte und ins Wasser stürzen ließ. Die Zweige der Kronen wurden nicht entfernt und in dem entstandenen Astgewirr verfingen sich die nachfolgenden Stämme, bis die Oberfläche des Flusses nur noch aus Holz zu bestehen schien. Eine trügerische und trotz ihrer großen Fläche nur scheinbar sichere Brücke, die der zukünftige Flößerlehrling überqueren musste. Das erforderte einen hervorragenden

Gleichgewichtssinn, Mut und vor allem Schnelligkeit. Jeder Schritt ließ die »Blöcher«, so wurden die auf Floßlänge zugeschnittenen Baumstämme genannt, abtauchen und versetzte sie zusätzlich in Rotation. Wer nur einen Sekundenbruchteil zögerte, bevor er den nächsten Schritt auf der schwankenden Oberfläche wagte, rutschte unweigerlich ins Wasser.

Ertrinken konnten die Anwärter nicht. Die wenigsten Flößer konnten schwimmen und wählten deshalb für diesen Prüfungsteil eine Stelle, an der das Flussbett nur knietief war. Aber auch wenn erfahrene Flößer bereitstanden, um zu verhindern, dass die Prüflinge, die ins Wasser fielen, zwischen den Stämmen zerquetscht wurden, waren blaue Flecke am ganzen Körper, eine gebrochene Rippe oder ein verrenkter Finger eher die Regel als die Ausnahme beim »Durchfallen«. Fast noch schlimmer als eine Landung im Wasser war der Verlust des Flößerhakens – Werkzeug, Waffe und Standessymbol der Flößerzunft.

Die Prüfungsaufgaben kannte Magdalena genau; schließlich wurden sie und der Ort der Durchführung auf der jährlichen Versammlung der Flößer diskutiert. Die sich daran entzündenden Meinungsverschiedenheiten hätte man bequem auf dem Kronacher Marktplatz verfolgen können, denn in der Diskussion siegte meist Lautstärke über Logik. Dass die Versammlungen in Kronach und im »Scharfen Eck« stattfanden, dafür hatte Albin gesorgt, obwohl nur wenige Flößer aus Kronach stammten. Dennoch war die Stadt für die Flößerei bedeutsam. Alle drei Flüsse, die Kronach, die Haßlach und die Rodach, wurden in Stadtnähe gestaut. Die Wehre regelten die Höhe des Wasserpegels und machten die Flößerei so auch in regenarmen Zeiten möglich.

Keine der beiden Prüfungen würde Hannes bestehen, auch wenn er sich oft, wie auch die Zimmermannbuben, an den Wehranlagen herumtrieb und deshalb glaubte, dies sei eine ausreichende Voraussetzung, um Flößer zu werden.

Ein Floßdurchgang war immer ein Spektakel, das Zuschauer anzog. Wurden die Bohlen eines Stauwehres hochgezogen, entstand eine künstliche, brausende Flutwelle, auf deren Kamm die Flöße über die Wehrsole ritten. Eine gewaltige, bockige Pferdeherde aus Holzstämmen, die an den Zuschauern vorbeischoss. Bis zu den Hüften standen die Flößer bei diesem Manöver im schäumenden Wasser und gaben mit Ruder und Haken die gewünschte Richtung vor.

Doch Floßknecht und später vielleicht einmal Floßkapitän, das war nicht die Zukunft, die sich Magdalena für Hannes vorstellte, obwohl der sogar schwimmen konnte und behauptete, das Schleppen der erbeuteten feindlichen Kanonenkugeln habe ihn »schdark gemacht«.

Albin Steinbrecher stand im Ruf, der gewiefteste Floßkapitän im Frankenwald zu sein. Wahrscheinlich deshalb, weil er alle Regeln so auslegte, wie es ihm genehm war. Und so hielt es Magdalena für durchaus denkbar, dass sich Albin auch über die vorgeschriebene Aufnahmeprüfung für Flößerlehrbuben hinwegsetzen würde, wenn es ihm in den Kram passte. Vielleicht wollte er sich mit Hannes' Entführung an ihr rächen? In seiner Denkart wäre das eine gerechte Strafe für ihre Weigerung, sein Unternehmen vorzufinanzieren. Hannes »mitgehen zu lassen« war sicher nicht schwer gewesen, denn der himmelte den Floßkapitän im gleichen Maße an, wie der ihn bisher ignoriert hatte. Und Gewissensbisse, die waren Albin so fremd wie Angst und übertriebene Vorsicht.

Vom zeitlichen Ablauf passte alles. Albin hatte nicht nur die »Gerechtigkeit« aus der Schankstube gestohlen, sondern auch ihren Sohn. Ob er Hannes erzählt hatte, dass er sein Vater war?

Den entwendeten Lucas Cranach hätte sie ihm vielleicht noch durchgehen lassen, aber dass er plötzlich meinte, väterliche Gefühle für Hannes entwickeln zu müssen, das ging zu weit.

Den Tag verbrachte Magdalena in einer Mischung aus Hektik und Lethargie. Mal lief sie in wütender Entschlossenheit auf der Stadtmauer entlang und beobachtet das Treiben der Belagerer, dann wieder verfiel sie in Verzweiflung und ließ ihren Tränen freien Lauf. Das Wummern von Fäusten trinklustiger Gäste an der Tür der Wirtsstube ignorierte sie. Bei Einbruch der Dunkelheit machte sie sich auf den Weg. Sie wusste inzwischen genau, wohin sie sich zu wenden hatte.

»Ich muss raus«, sagte sie ohne weitere Erklärung zu den beiden Wachhabenden am Strauer Tor.

»Des geht net. Mir dürfen niemand rauslassen. Und scho gor net wenns dunkl is.«

Mit der Antwort hatte sie gerechnet. Sie lüftete das Tuch und ließ den mit frischem Bier gefüllten Krug sehen. Die Augen der beiden Männer leuchteten auf.

»Also, normal net. Abber wenns an zwingenden Grund gibt, dann …« Er wies auf das in das Stadttor eingelassene Pförtchen. Eher eine schmale Luke, die man nur gebückt durchqueren konnte. »A Losungsword brauch mer noch, wenn da zurückkummst. Damit mer wissen, des dus bist und ka Schwed.«

»Flößer«, schlug Magdalena vor.

»Des basst.«

Mit einem dumpfen Seufzen schloss sich das Pförtchen hinter ihr. Plötzlich wurde ihr bewusst, ganz gleich was jetzt geschah, von nun an war sie ganz allein auf sich gestellt. Sie versuchte das Bild von nächtlich umherstreifenden Feinden zu verdrängen. Weiblichen Gefangenen zogen sie vielleicht nicht die Haut, aber sicherlich die Kleider vom Leib. Das was dann kam, war nicht minder grauenhaft. Fast wünschte sich Magdalena Albin Steinbrecher an ihrer Seite. Der wüsste, wie man feindlichen Soldaten auswich.

Die schützende, hoch aufragende Stadtmauer in ihrem Rücken wirkte auf einmal bedrohlich. Sie schien sie auszusperren und die im Mondlicht nur schwach erkennbare Pflasterstraße, die sich in Richtung Strau absenkte, bot keinerlei Schutz vor nächtlichen Beobachtern.

Sie lehnte sich an das rissige Holz des Stadttors. Dahinter hörte sie gedämpft den Kommentar eines der Wachhabenden.

»Des Bier von der Magdalena is mid Obstand des beste in ganz Gronach«, hörte sie den einen murmeln. »Und ihra Brüst erscht. Do könnt sogar a Ochs widder zum Stier wern.« Die Antwort war ein zustimmendes Grunzen.

Scheißkerle, dachte Magdalena. Ob Kronacher Verteidiger oder schwedische Belagerer, als Männer waren sie alle gleich.

Entschlossen machte sie sich auf den Weg zum Wehr an der Strau.

Lange musste sie nicht suchen, bis sie den Wehrwächter gefunden hatte. Sein Schnarchen ließ die kleine Hütte, die als Unterstand bei schlechtem Wetter diente, erzittern. Er fürchtete die schwedischen Belagerer offensichtlich noch weniger als sie. Bierdunst hüllte ihn ein.

Sie rüttelte ihn grob an der Schulter. Er fuhr hoch und obwohl er die Augen noch nicht ganz geöffnet hatte, schnappte seine Hand nach dem Flößerhaken, der wie eine Lanze neben ihm im Boden steckte. Trotz seiner wirr abstehenden Haare und der nur spaltweit geöffneten Augen erkannte sie Wilhelm, den Vater der beiden verschwundenen Zimmermannbuben.

»Ka Angst, Willi. Ich bins bloß. Die Magdalena vom ›Scharfn Eck‹.«

Vielleicht war das ein gutes Omen, dass ausgerechnet heute der Vater der beiden vermissten Buben den Dienst am Wehr versah. Obwohl, dachte Magdalena, mit seinem besoffenen Kopf konnte der Wilhelm das Risiko, von einem schwedischen Erkundungstrupp aufgegriffen zu werden, überhaupt nicht richtig einschätzen. Denn sonst wäre er wahrscheinlich nicht mehr hier, sondern zu Hause bei seiner Frau.

Sie selbst hatte sich nur deshalb an die Strau gewagt, weil sie von der Stadtmauer aus gesehen hatte, dass dieses Gebiet feindfrei zu sein schien. Zumindest hatte sie nirgendwo in der Nähe eine feindliche Geschützstellung entdeckt.

»Wos, wos willst denn du do?« Anscheinend war Wilhelm Zimmermann noch immer nicht ganz nüchtern.

»Is der Albin mit sein Floß scho durch?«

»Der Albin?«

»Wer denn sunst. Oder gibt's noch annera, die sich jetzt draun, mit ihra Flöß mitten durch die Linia von die Schweden zu fohrn?«

»Naa, des draut sich bloß der Albin.«

»Und hot er Buam derbei kopt.«

»Buam? Wos für Buam?«

»Flößerbuam. Deina zwa und meiner. Mei Hannes.«

Der Mann starrte sie an als sei sie von Sinnen. »Bista blöd oder wos. Jetzd in der Zeid nimmt doch kanner an Buam mit auf a Fahrt.«

Mehr fiel ihm dazu anscheinend nicht ein. Das Schicksal seiner Söhne schien ihm gleichgültig zu sein oder er war noch so besoffen, dass er gar nicht verstand, um was es ging.

Magdalena spürte, wie ihr die Tränen der Verzweiflung über die Wangen rannen. Wenn Hannes und die beiden Zimmermannbuben nicht mit Albin auf große Fahrt gegangen waren, wo steckten sie dann bloß? Hatte sie etwa der Teufel geritten und sie waren erneut zum Lager der Schweden geschlichen? War die Geschichte, die ihr Hannes von dem entwendeten Schwedendolch erzählt hatte, etwa wahr gewesen?

»Wos heulsta denn? Do worn kanna Buam derbei. Des was ich ganz sicher. Glabs mer. Bloß a Bild hot der Albin derbeighobt. Des hab ich genau gsehn, obwohl er so geheimnisvoll dermit rumgedon hot.«

Die »Gerechtigkeit« war Magdalena jetzt einerlei. Mehrfach fragte sie den Mann, ob noch weitere Flößer die Nacht nutzen wollten, um unbemerkt die schwedischen Belagerungslinien zu durchqueren. Doch der blieb bei seiner Behauptung. Nur Albin Steinbrecher habe mit drei Flößen dieses Wagnis auf sich genommen. Alle drei seien dicht hintereinander durchs Wehr geritten. Alle Flößer hätten beim Hochziehen der Bohlen geholfen, da die Aktion schnell gehen musste, und Albin habe mit seinem Bild erst nach dem Durchgang wieder das erste Floß bestiegen.

»Macht der Albin sonst nie. Sonst steht er immer am Ruder vom erschten Floß. Er hot wohl Angst ghobt, sei Bild werd noß. Und Flößerbuam warn garandiert net debei. Ich hob jeden einzelnen, der derbei wor, genau gsehn.«

Mehr war nicht aus ihm herauszuholen.

Magdalena sah zum Himmel. Sie musste sich sputen, um zurück in die Stadt zu kommen. Am Horizont deutete ein fahlgrauer Schimmer bereits die Morgendämmerung an. Schon kurz nach Tageseinbruch begannen die berittenen Kroatenhorden auszuschwärmen. Die gehörten zwar zum schwedischen Heer, hatte sie gehört, machten aber, was sie wollten. Diese Kroaten waren nichts anderes als berittene Räuberbanden, die nur ein Ziel kannten: Beute machen. Und Gefangene waren auch Beute, egal, ob sie nur der Belustigung der Belagerer dienten oder die Angehörigen Lösegeld für ihre Freilassung bezahlen sollten. Der feindliche Parlamentär, der solche »Angebote« überbrachte, legte dabei ein unweigerliches Zeugnis vor. Ein Beweisstück, das die Richtigkeit und Dringlichkeit seiner Forderung belegte. Einen abgeschnittenen

Finger, ein abgetrenntes Ohr oder ein ausgestochenes Auge des Gefangenen.

Wer konnte, der zahlte, ansonsten »wors a Bech« für den Betroffenen.

Magdalena forderte Wilhelm Zimmermann nicht auf, mit ihr in die Stadt zurückzukehren. Der musste sich noch immer auf seinen Flößerhaken stützen, um das Gleichgewicht zu halten, und einen besoffenen Begleiter konnte sie nicht an ihrer Seite brauchen.

Kurz vor dem Anstieg zum Strauer Tor hörte sie plötzlich Hufgetrappel. Nicht ein oder zwei Tiere, sondern mindestens zehn oder zwanzig Pferde. Mit einem schnellen Schritt rettete sie sich hinter ein Gebüsch am Straßenrand und lauschte. Das Geräusch kam aus der falschen Richtung. Die Reiter kamen ihr entgegen, also aus der Stadt.

Magdalena lugte durch die Zweige.

Doch bevor die Reiterschar in Sichtweite kam, verwandelte sich das helle Klappern der Eisenbeschläge in ein dumpfes Pochen. Die Reiter hatten die gepflasterte Straße verlassen und bewegten sich auf einem unbefestigten Weg oder Waldboden. In Richtung Friesen, wie Magdalena feststellte.

Was die wohl dort wollten?

In Friesen wurde das Tal der Kronach enger. Dort rückten die Berge des Frankenwaldes näher zusammen und die schwarzgrünen, schwer zu durchdringenden Wälder ließen nur wenig Raum für Ackerbau.

Da oben gab es keine Schweden. Das hatte zumindest Albin Steinbrecher behauptet.

15

Nach der Lehre der Homöopathie reichten wenige Moleküle eines potentiellen Wirkstoffes, um im menschlichen Körper eine heilende oder zumindest vom Betroffenen positiv empfundene Wirkung zu erzielen.

Im Analogieschluss hätte dies nach Götz' Meinung bedeutet, dass wenige Moleküle einer Kronacher Bratwurst reichen müssten, um den Appetit oder den Hunger eines Menschen zu stillen. Die Anzahl der dazu notwendigen Semmelmoleküle als Wirkungsverstärker spielte nur dann eine Rolle, wenn man fest an die Idee der Homöopathie glaubte. Vielleicht taten das Menschen, die an Wunder glaubten. Götz gehörte nicht dazu, obwohl er die neuesten Ergebnisse der Placeboforschung und den Einfluss pharmakologisch nicht wirksamer Stoffe auf schmerzrelevante Gehirnregionen interessiert verfolgte.

Dennoch spürte er seit dem Apothekenbesuch eine deutliche Erleichterung. So, als habe die bloße Erwähnung von destilliertem Wasser eine Last von seiner Seele genommen. Er war sich natürlich bewusst, dass dieses Heilungsphänomen im völligen Widerspruch zu allen Regeln der traditionellen Pharmakologie oder der Physiologie menschlicher Körpervorgänge stand. Bestenfalls ließ sich seine Erleichterung mit eben dem angeblich medizinisch nachgewiesenen Placeboeffekt erklären. Den gab es vielleicht in der Psychologie auch.

Gegen Enttäuschung und Ratlosigkeit halfen destilliertes Wasser oder dessen Erwähnung allerdings nicht. Der einzige sinnvolle Einsatzzweck, der Götz für dieses hoch gereinigte Wasser einfiel – es war durch die Destillation völlig frei von gelöstem Kalzium in jeglicher chemischer Verbindung und hinterließ deshalb nach dem Übergang in den gasförmigen Aggregatzustand keinerlei Ablagerungen –, war das Befüllen eines elektrischen Dampfbügeleisens. Das wäre eine logisch nachvollziehbare Verbindung zu Yildiz. Aber verwendete man in der Türkei zum Bügeln destilliertes und noch dazu steriles Wasser? Das wäre ein Hygienestandard, den er sich noch nicht einmal für Deutschland vorstellen konnte.

❁ ❁

»Wie machen wir in dem Fall jetzt weiter?«, fragte er Hans Kräutlein, nachdem er in die Inspektion zurückgekehrt war.

Seinen Geistesblitz und den anschließenden Besuch in der Metzgerei Wicklein verschwieg er fürs Erste. Für diesen Untersuchungsaspekt hatte bisher sowieso niemand Interesse gezeigt und warum sollte sich das geändert haben?

Die Metzgerei Wicklein hatte er nicht wegen ihres Leberkäses aufgesucht, sondern weil sie räumlich am nächsten zur Festung Rosenberg lag.

Es war polizeilicher Standard, mit dem Naheliegenden zu beginnen, und sich erst dann, wenn das erfolglos war, dem weiter Entfernten, also eher Unwahrscheinlichen, zu widmen. Und dieser Polizeistandard hatte sich auf Anhieb als richtig erwiesen.

Götz besaß jetzt die Beschreibung eines Mannes, der Mitte bis Ende zwanzig war, dunkelhaarig, mit braunen Augen und sehr kräftig. Wobei Götz wusste, dass der Begriff »kräftig« durchaus irreführend sein konnte. Von muskulös bis zu wohl-genährt, in sämtlichen Stufen des Übergewichtes, konnte »kräftig« alles bedeuten. Als ziemlich groß wurde der Mann beschrieben. Aber auch das war relativ. Denn die Verkäuferin in der Metzgerei zeigte zwar große Freundlichkeit und Hilfsbereitschaft, aber keine Körpergröße. Götz wusste aus Erfahrung, dass die eigene Perspektive bestimmte, ob ein Zeuge jemanden als groß oder klein beschrieb. Objektiver erschien ihm schon die Information, der Fremde habe nur gebrochen Deutsch und besser Englisch gesprochen. Das zumindest glaubte die Zeugin, ohne auch in diesem Punkt ganz sicher zu sein, weil sie selbst kein »Ausländisch« könne. Und dazu zählte natürlich auch das Englische.

Der beschriebene Mann hatte, am zum Tathergang passenden Tag, einen ungewöhnlichen Wunsch geäußert. Erst auf Englisch, dann in stockendem Deutsch. So etwas prägte sich ein.

Den ungewöhnlichen Wunsch konnte die Metzgerei zufällig befriedigen. Wieder ein Zufall, hatte Götz in Gedanken vermerkt. Weniger zufällig – deshalb rechnete er diesen Fakt nicht seiner Zufallsstatistik hinzu, sondern der fränkischen Lebensart – war die Tatsache, dass roter Presssack nicht mit einer Beimengung von Rinder-, Schafs- oder Ziegenblut hergestellt wurde, sondern mit gewöhnlichem Schweineblut. Der Mann hatte Glück gehabt, dass beim Wicklein ausgerechnet an diesem Tag roter Presssack hergestellt worden war.

Wenn auch nur auf Vermutungsbasis, war damit ein Mann nichtdeutscher Herkunft als die Person identifiziert, die das »Blutbad« auf der Festung angerichtet hatte. Auch die Menge des dort ausgebrachten Schweineblutes stand jetzt relativ genau fest. In einem Plastikbeutel abgefüllt, waren es einschließlich der Verpackung fünfhundert Gramm gewesenen.

Alle weiteren Schlussfolgerungen, bis hin zu der im Brunnen versteckten Kartusche mit den Briefen, waren zwar in den Details ungeklärt, aber in groben Zügen hatte Götz jetzt eine Vorstellung des möglichen Tathergangs. Allerdings fehlte das Motiv für diese seltsame Tat.

Er wusste nur noch nicht genau, was er mit diesem Wissen anfangen sollte. Auf keinen Fall konnte man diesen Herrn Jilderim aus Istanbul, den er im Verdacht hatte, deswegen zur Fahndung ausschreiben. Der Besitz und die Verteilung von Schweineblut waren nicht strafbar. Zumindest nicht in kleinen Mengen, die niemandem schadeten und nicht gegen Umweltbedingungen verstießen. Da war die deutsche Rechtsposition eindeutig. Für etwaige Verstöße gegen die Regeln des Korans fühlte sich Götz nicht unmittelbar zuständig. Der Zusammenhang mit den Johann-Rudolph-Mayer-Briefen war vage, wenn auch irgendwie logisch, aber als offizieller Diebstahl war deren Verschwinden aus dem Topkapipalast nie gemeldet worden. Schon gar nicht in Deutschland. Noch nicht einmal Zechprellerei konnte man dem Verdächtigen vorwerfen, denn diesen Tatbestand hatte Yildiz mit ihrer Kreditkarte vernichtet. Eines stand allerdings fest. Yildiz kannte diesen Herrn Jilderim. Auch ein Punkt, der Götz eher zögern ließ.

Hans Kräutlein war von der überstürzten Abreise der türkischen Kollegin wenig berührt. Ganz anders als Götz nötigten ihm destilliertes Wasser und seine möglichen Verwendungszwecke keinerlei Nachdenken, sondern nur ein Achselzucken ab. Götz hatte sogar den Eindruck, Hans Kräutlein sei durch diese Entwicklung eher erleichtert.

»Ganz einfach. Mir schließen den Fall ob.«

Einen Moment lang schwieg Götz verdutzt. Nicht nur wegen der unerwarteten Entschlussstärke, die Hans Kräutlein an den Tag legte, sondern auch weil seiner Meinung nach der Fall keineswegs aufgeklärt war. Wenn man davon absah, dass es aus polizeilicher Sicht gar keinen richtigen Fall gab, der zwingend weiterführende Ermittlungen erforderlich machte.

Hans Kräutlein interessierte sich sicher auch nicht dafür, ob es an Yildiz' Seite einen deutschen Ehemann gab und genauso wenig für den ominösen Herrn Jilderim und dessen Beziehung zu der türkischen Kollegin.

Götz spürte ein ungewohntes Ziehen in der Brust. Nicht so schmerzhaft, dass er es als klaren Hinweis auf einen Herzinfarkt hätte deuten können, sondern viel diffuser. Vorsichtig bewegte Götz die Finger der linken Hand. Auch im linken Arm spürte er keinerlei Lähmungserscheinung, die als klassisches Erkennungszeichen einer verstopften Hauptader im Herzmuskel anzusehen waren. Trotzdem reichte das schmerzhafte Ziehen vom Brustbein bis in den Unterbauch.

»Und was machen wir mit den Johann-Rudolph-Mayer-Briefen?«, fragte er, den Schmerz mannhaft verbergend.

Hans Kräutlein nickte, als habe er auf diese Frage gewartet und schon eine Lösung parat. »Ich stimm des mit München ab. Aber meiner Meinung nach, wär's des Gscheitste, mir schicken sa dohin, wo sa herkumma sind. Dann sind mer den ganzen Krembel los. Des wär zumindest mei Embfehlung. Oder sehn Sie des anderster?«

»Nein.«

Yildiz wird sich freuen, schoss es ihm durch den Kopf. Gleichzeitig spürte er Bedauern. Schließlich waren die drei Originalbriefe von Johann Rudolph Mayer so etwas Ähnliches wie Geiseln. Nur sie, und sei es auch nur für die Übergabe, könnten Yildiz noch einmal nach Kronach locken. Lösegeldforderungen für den Austausch gab es zwar nicht, aber vielleicht konnte er bei diesem Geiseltausch wenigstens ein gemeinsames Abendessen mit Yildiz herausschlagen. Wenn sie nicht in Begleitung ihres Ehemannes kam; dann würde er lieber verzichten und alles Hans Kräutlein überlassen.

»Spricht eigentlich irgendwas dagegen, dass ich mir ein paar Tage freinehme? Einen anderen, akuten Ermittlungsfall haben wir ja gerade nicht«, fragte Götz, nachdem er entschieden hatte, dass die Schmerzen in der Brust wahrscheinlich weniger organischer Natur waren, sondern eher auf ein akutes Burnout-Syndrom hinwiesen. Das war nicht weniger gefährlich, ließ sich aber unter günstigen Voraussetzungen durch eine Ruhephase und einen gewissen Abstand zum auslösenden Geschehen heilen. Und er war davon überzeugt, dass jeder Psychologe bei ihm eine posttraumatische Belastungsstörung diagnostiziert würde.

Hans Kräutlein sah ihn mitfühlend an. »Nach dem ganzen Stress mit der Dürkin in die letzdn Dooch kann ich des verstegn.« Der Leiter der Inspektion zögerte. »Also wenn mers genau nimmt, hot ja Ihr Yildiz im Grund gnumma gor net wie a echta Dürgin ausgschaut. Aber des is ja jetzt ach egal.«

Götz nickte, denn »im Grund gnumma« hatte Hans Kräutlein recht, auch wenn seine Aussage keinerlei Informationsgewinn bedeutete. Außerdem, wer schrieb denn zwingend vor, dass eine Türkin wie das Klischeebild einer Türkin auszusehen hatte?

Allerdings nahmen Götz' sensible Antennen das »Ihre Yildiz« wahr. Es wäre schön, wenn es den Tatsachen entspräche. Was aber leider nicht der Fall war. Er hütete sich aber davor, dies in irgendeiner Form zu korrigieren, die dem aktuellen Sachstand nahe kam.

»Wann wolln Sa denn freinema?«

»Wenn's geht, ab jetzt.«

»Geht glar. Dann segn mer uns am Mondag wieder.«

»Dienstag wäre mir lieber«, sagte Götz, ohne genau zu wissen warum.

Hans Kräutlein nickte.

Bevor Götz das Inspektionsgebäude verließ, füllte er den Urlaubsantrag aus und schickte noch eine Mail mit Anhang an seine Privatadresse.

Diesen Mailanhang privat zu verwenden war zwar illegal, aber er tröstete sich mit dem Gedanken: Nicht alles, was illegal war, war auch illegitim, genauso wenig wie alles, was legal war, als legitim bezeichnet werden konnte. Schließlich gab es so etwas wie geistige Notwehr. Auch wenn es nur das Schicksal war, gegen das man sich verteidigen musste.

Ein paar freie Tage würden ihm gut tun. Zumindest ein verlängertes Wochenende. Das würde er auf seinem Balkon verbringen und dort die Einsamkeit genießen. Vielleicht auch im Lucas-Cranach-Bad. Da war es bei dem Wetter zwar rappelvoll, aber sicher nicht schlimmer als das Gedränge in den Straßen von Istanbul, durch die sich Yildiz jetzt quälen musste.

Auf dem Heimweg kaufte Götz einen Kasten Bier. Bamberger Schlenkerla, obwohl diese Biersorte gar nicht seinem Alltagsgeschmack entsprach.

»Erinnert mich an die Farbe von dunklem Bernstein«, hatte Yildiz behauptet. Ein überzeugendes Argument.

❁ ❁

Zu viel dunkler Bernstein, oral eingenommen, ist dem allgemeinen Wohlbefinden nicht zuträglich.

Götz brauchte eine ganze Weile, um den Ton und dessen Ursprung einzuordnen. Eine Mauer aus dröhnenden Stahlhämmern umgab ihn.

Handy oder Türklingel?, überlegte er. Sein Magen verwechselte die einfache Bewegung aus der Horizontalen in die Vertikale mit einer Reaktion, wie sie die Schwerelosigkeit während eines Raumfluges auslösen konnte. Das heißt, er folgte dieser Bewegung erst nach dem Gesetz der Trägheit, dann dem der Beschleunigung.

»Scheißphysik«, knurrte Götz und schlüpfte mühsam in den Bademantel. Der Weg durch den Flur zur Wohnungstür glich dem Gang durch ein Stahlwerk. Dort wurden, mittels roher Gewalt, Blöcke aus gehärtetem Eisen in hauchdünnes Blech verwandelt.

Der Postbote sah nicht nur verboten frisch, sondern auch ausgeschlafen und – was noch schlimmer war – gut gelaunt aus.

»Ein Paket für Sie, Herr Flößer«, trompetete er, als sei er der Weihnachtsmann, der, zwar zur unpassenden Jahreszeit, aber den Mund voller Versprechungen, seine guten Gaben verteilte.

»Ich hab nix bestellt.«

Die Stahlhämmer wechselten ihre Schlagrichtung. Jetzt war sein Kopf der Amboss.

»Sie vielleicht nicht. Aber vielleicht jemand anderer für Sie. Vielleicht ein Geschenk.«

Er hielt Götz das Paket unter die Nase. Der Absender war jenes Versandhaus, das seinen Namen von einer kriegerischen Damenriege ableitete.

Götz schüttelte den Kopf. Gleich dreimal »vielleicht«, das erschien ihm wenig überzeugend.

Der Postbote wertete dieses Kopfschütteln als Zeichen des Erstaunens und nicht der Ablehnung. Er streckte Götz einen Stift entgegen und deutete auf das Display seines Buchungsgerätes. Für jeden weiteren Widerstand zu schwach, kritzelte Götz mit dem Stift etwas auf die Glasoberfläche. Seine Unterschrift ähnelte eher dem arabischen Alif denn seiner normalen Signatur. Der Postbote war dennoch zufrieden und ging.

Das Paket aus braunem Pappkarton, mit einer geschätzten Kantenlänge von zweiundvierzig mal einunddreißig mal zwölf Zentimetern, ließ er auf der Fußbodenmatte liegen.

Götz hob es auf. Das Paket wog vielleicht eins Komma zwei Kilo. Vielleicht fünfzig Gramm mehr oder weniger. Es gab weder ein Ticken noch andere verdächtige Geräusche von sich, als Götz es ans Ohr hielt und vorsichtig schüttelte. Zumindest keine, die das Hämmern in seinem Kopf übertönen konnten.

Er legte das Paket auf den Küchentisch und machte sich auf die Suche nach einem nicht-homöopathischen Mittel gegen die Folgen einer akuten Bernsteinvergiftung.

Eine halbe Stunde später hatte er geduscht und das magenschonende Acetylsalicylsäurederivat hatte seine wohltuende Wirkung entfaltet. Bis auf den pelzigen Belag auf der Zunge. Der war geblieben. So ungefähr musste sich ein frisch abgezogenes Otterfell anfühlen und auch schmecken, dachte Götz. Wahrscheinlich roch er auch so aus dem Mund, fühlte sich aber ansonsten wieder der menschlichen Rasse angehörig. Das Dröhnen der Stahlhämmer war einem leisen Pochen im Hintergrund gewichen.

Er sah zum Küchenfenster hinaus und nippte an dem frisch aufgelösten Pulverkaffe, um den Otterfellgeschmack zu vertreiben.

Das Sonnenlicht blendete. Die Fahne auf dem Burgfried der Feste Rosenberg wies nach links. Schönwetterwind. Zweiunddreißig Grad Celsius um zehn Uhr fünfundvierzig. In Istanbul konnte es kaum wärmer sein. Höchstens trockener und staubiger.

Götz schlitzte das Klebeband auf und öffnete das Paket. Drei Bücher lagen darin. Obenauf ein maschineller Ausdruck. Drei Positionen, das stimmte mit der Zahl der Bücher überein, und ein Vermerk: »Vielleicht hilft dir das weiter.«

Darunter: »Für meinen Freund Götz. Deine Yildiz«

Das »Deine« trieb Götz beinahe Tränen in die Augen, obwohl er nicht wusste, ob das »Deine« im Türkischen eine vergleichbare Bedeutung hatte wie im Deutschen. Die Absonderung von Tränenflüssigkeit lag wohl eher daran, dass in Kronach derzeit die Staubkonzentration extrem hoch war. Angeblich wurden bei der aktuellen Großwetterlage feinste Sandpartikel aus der Sahara bis nach Franken geweht. Vielleicht hatten diese winzigen kristallinen Partikel auf ihrer Reise durch die Stratosphäre sogar einen kleinen Umweg über Istanbul genommen.

Und noch etwas löste ein warmes Gefühl aus, milderte das bedrohliche Druckgefühl in Brust und Bauch, das weder der Genuss von dunklem Bernstein noch der Gedanke an destilliertes Wasser und dessen Anwendungsmöglichkeiten hatte vertreiben können.

Die Bestellung bei dem Versandhändler war am Tag nach Yildiz' Abreise aus Kronach aufgegeben worden. Yildiz war also wohlbehalten an ihrem Bestimmungsort angelangt. Wo auch immer der war.

16

Götz war aufgeregt. Nicht, dass eine Bahnfahrt nach München ein besonders aufregendes Erlebnis für ihn gewesen wäre, auch dann nicht, wenn sie überraschend angeordnet wurde. Nur der Anlass war ungewöhnlich.

Er stellte wohl das Ergebnis von Hans Kräutleins Telefonkonferenz mit der bayrischen Staatskanzlei dar.

Götz knüpfte eine winzige Hoffnung an diese Fahrt, obwohl jede Logik gegen deren Erfüllung sprach. Da war München das falsche Ziel. Frankfurt wäre ihm lieber gewesen.

Die Anweisungen aus der bayrischen Staatskanzlei hatten selbst Frau Hängerla einen Augenblick lang sprachlos gemacht und Hans Kräutlein ließ es sich nicht nehmen, Götz persönlich zur Bahn zu fahren.

Wahrscheinlich hatte der Inspektionsleiter auch eine Hoffnung. Nach Götz' Meinung ebenfalls eine illusorische, aber im Gegensatz zu Götz traute er sich nicht nur, seine Erwartung auszusprechen, sondern gab für diesen unwahrscheinlichen Eventualfall sogar die nötigen Instruktionen.

»Also, wenns da irgend a offiziella Danksagung oder was anderes gibt, dann stell dich net blöd an. Die is dann net bloß für dich, sondern für die ganze Kronacher Bolizei. Im Grund gnumma sogar für die ganze Stadt Kronach.«

Götz hatte pflichtbewusst genickt.

Erst jetzt fiel ihm auf, dass ihn sein Vorgesetzter bei dieser Dienstanweisung geduzt hatte. Hans Kräutlein musste ähnlich aufgeregt gewesen sein wie er selbst.

Wie er auf die Idee kam, es könne irgendeine Form der Danksagung oder Ehrung geben, war Götz allerdings schleierhaft.

Der Auftrag, den er erfüllen sollte, war simpel. Selbst Frau Hängerla hätte ihn erledigen können. Er war in etwa vergleichbar mit der Aufgabe eines einfachen Geldboten. Und Geldboten wurden bei Ablieferung des Geldes auch nicht geehrt oder sonst irgendwie ausgezeichnet, sondern höchstens überprüft, ob sie nichts in die eigene Tasche gesteckt hatten.

Bei Geldboten waren allerdings die Sicherheitsmaßnahmen höher. Die waren mittels einer Kette mit ihrem Geldkoffer verbunden. Wer den Koffer wollte, musste den Boten mit in Kauf nehmen. Der Geldbote hatte natürlich keinen Schlüssel, sonst hätte der ganze Aufwand keinen Sinn gemacht.

Frau Hängerlas Vorschlag, diese Sicherheitsvorkehrungen zu übernehmen, hatte Hans Kräutlein mit den Worten abgelehnt: »Des erregt ja mehr Aufsehn wie a normale Agtnkoffer. Und stelln Sie sich ammal vor, der Herr Flößer muss aufs Klo. Da braucht mer schließlich zwa Händ und a Kettn könnt do a Problem bedeudn.«

»Also ich ko des a mit aner Hand und a Kettn däd mich ach net störn«, behauptete die »rechte Hand«.

Fast bewunderte Götz Hans Kräutlein für seinen Mut, sich ohne eine weitere Diskussion über Frau Hängerlas Einwand hinwegzusetzen. Ob bei Männern und Frauen bei dieser täglich wiederkehrenden Verrichtung unterschiedlich viele Hände gebraucht wurden und eine Sicherheitskette am Handgelenk möglicherweise zum Störfall werden könnte, darüber hatte er sich noch nie Gedanken gemacht.

Noch mehr wunderte ihn allerdings Frau Hängerlas plötzliche Besorgnis um etwas, was sie vor Kurzem noch als »Geschreibsel« bezeichnet hatte.

Vielleicht hatte sie inzwischen dessen ideellen Wert erkannt, wie einer ihrer Kommentare vermuten ließ. Wobei ihm vor allem das »Mir«, die fränkische Variante von »wir«, auffiel, das sie gebrauchte, um ihre persönliche Mitwirkung nicht unerwähnt zu lassen.

»Eigentlich is es a Waahnsinn, des mir die Gronacher Briefe der Dürgei schenken solln. Die ghören doch uns. Mir ham sa gfunden und alles, was drinsteht, dreht sich blos um Gronach. Ka anzichs Mal kommt do die Dürgei drin vor. Aber do hat bestimmt irgend su a Bolitiger seina Händ im Spiel ghobt. Net bloß, dass sa unsera Steuergelder ins Ausland verschengen, jetzt a noch unser frängischa Kultur. Abber wast scho, di machen ja doch, wos sa wolln.«

Dem Letzten stimmte Götz unter dem drängenden Einfluss des »wast scho« zu.

Zu den Politikern gehörte in der aktuellen Lage aber auch Hans Kräutlein. Denn der hatte schließlich gemeinsam mit dem »Depp« aus München die Geiselübergabe zwischen Bayern und der Türkei eingefädelt.

Dass nicht er persönlich die Übergabe vornehmen wollte, sondern dies Götz überließ, sprach allerdings für seine Führungsqualität.

Jetzt stand der Aktenkoffer, zwar verschlossen, aber ohne direkte Sicherung, zwischen Götz' Füßen. Wenn er zur Toilette musste, dann würde er ihn mitnehmen. Die drei Originalbriefe von Johann Rudolph Mayer waren ja durch ihre Spezialumhüllung gegen alle nur denkbaren Umwelteinflüsse ausreichend geschützt.

Die Übergabe der Briefe, so hatte der Inspektionsleiter Götz informiert, würde nicht in der bayrischen Staatskanzlei, sondern im türkischen Generalkonsulat in München stattfinden.

Auch wieder ein unlogischer Aspekt. Warum hatte man ausgerechnet die türkische Vertretung in München gewählt? Warum nicht die Botschaft in Berlin oder die Vertretung in irgendeiner anderen Stadt? Da gab es mehrere. Auch eine in Frankfurt. Die wäre ihm lieber gewesen. Ebenfalls unlogisch, wie er zugeben musste, aber Yildiz war nach Frankfurt gefahren und das war ein ausreichender Grund.

Götz schloss den Koffer auf. Als er den Schlüssel ins Schloss schob, musste er grinsen. Zum Glück gab es nur einen Schlüssel.

So blamabel er vor ein paar Tagen die Situation auf der Kronacher Festung empfunden hatte, so gern würde er jetzt Yildiz' Hilfe in Anspruch nehmen. Fast glaubte er, die kurze Berührung ihrer Finger zu spüren, als er ihr damals unwillig den Schlüsselbund in die Hand gedrückt hatte. Da hatte er es zum ersten Mal gespürt.

Den Fluss subatomarer Teilchen.

Ob wohl Gefühle den Gamma-Strahlen vergleichbar waren – da sie Muskeln, Organe und selbst das Knochengewebe seines Körpers mühelos durchdringen konnten? Oder hatten sie eine Masse im physikalischen Sinn?, überlegte er. Das hörte sich zwar im ersten Moment unwahrscheinlich an, aber es gab schließlich andere Naturphänomene, wo man die Existenz einer solchen Masse erst spät herausgefunden hatte. Beim Licht zum Beispiel. Da existierten auch zwei miteinander konkurrierende Erklärungsmodelle. Eines beschrieb das Licht als Strahlung mit unterschiedlichen Wellenlängen und das andere als einen Strom kleinster Partikel. Den Lichtquanten, die natürlich ein Gewicht oder, korrekter ausgedrückt, eine Masse besaßen. Daraus folgte, wenn diese Masseteilchen des Lichtes auf einen Gegenstand trafen, dann führte dies, nach dem Energieerhaltungsgesetz, zu einer Abstoßungsreaktion. Dem Rückstoß. So wie bei zwei Billardkugeln, die aufeinanderprallten und sich anschließend in unterschiedliche Richtungen bewegten.

Götz' persönliche Erfahrung mit diesem physikalischen Grundprinzip war allerdings genau gegenteilig.

Die Lichtteilchen der Schwarzlichtlampe hatten eine deutlich spürbare Anziehung ausgeübt. Genauer das Objekt, auf das sie getroffen waren. Nicht die Handschrift, sondern das Gespensterwesen mit den leuchtenden Händen und dem Schmuckstück im Bauchnabel. Wobei er Letzteres nur vermutete.

Nach den Gesetzen der Physik war das aber nicht wirklich ein Widerspruch. Massen stießen sich, abhängig von ihrer Bewegungsenergie, nicht nur ab, sie zogen sich auch an. Das bewies die Erdanziehung. Ob es zwischen den Galaxien im Weltraum auch so einen Zusammenhang gab? Waren zum Beispiel die Erde und der Sirius ebenfalls durch ein unsichtbares, energiegeladenes Band miteinander verknüpft?

Eine interessante Theorie, der er, sobald er wieder zu Hause war, nachgehen wollte.

Götz öffnete den Koffer.

Er hatte alle drei Bücher, die Yildiz ihm geschickt hatte, eingepackt. Gelesen hatte er ebenfalls alle drei. Eines davon sogar zwei Mal, denn das schien ihm das Wichtigste zu sein. Beim ersten Mal noch unter dem Einfluss der Bernsteinvergiftung und ein zweites Mal, nachdem er sich von deren Auswirkungen wieder komplett erholt hatte. Ein kleines Büchlein nur, aber in mehrfacher Hinsicht hochinteressant, obwohl der Name des Autors eine Kaskade widersprüchlicher Gedanken und Gefühle ausgelöst hatte.

Gleich, ob diese mit einer Masse ausgestattet waren oder ohne sie auskommen mussten.

Er nahm das Buch erneut in die Hand.

In Deutschland gehörte der Name Meier, wenn man die unterschiedlichen regionalen Schreibweisen unberücksichtigt ließ und zu einer Einheit zusammenfasste, zu den häufigsten Familiennamen. Zwar hatte Götz den genauen Prozentsatz der Bevölkerung nicht im Kopf, die früher im alten Frankenreich als Beauftragte von Grundherren und später in ganz Deutschland und Österreich als Verwalter und Pächter ihre Aufgabe als »Major Villae« zum Namen »Maier« gemacht hatten, aber eins schien ihm sicher: Typisch türkisch war der Name Mayer nicht. Dann doch eher Müdürlügü.

Und der Autor hieß Kurnaz Adam Mayer.

Genau den gleichen Familiennamen trug auch Yildiz. Ebenfalls mit »ay« geschrieben. Die eher seltene Variante der Meiers.

Was Götz aber wirklich ärgerte, war die Tatsache, dass er all diese Informationen, allerdings unbemerkt und ungenutzt, schon seit Tagen mit sich herumtrug. Stattdessen war er auf den falschen Eintrag im Gästebuch des »Pfarrhofs« hereingefallen, wo Yildiz als Meier mit »ei« eingetragen war.

Ganz zu schweigen von allen anderen familiären Hintergründen, die ihn so unangenehm überrascht hatten.

Er hatte sich zu der Erkenntnis durchgerungen, dass er nicht weniger blind für das Offensichtliche gewesen war als all die Historiker bei der Begutachtung der Johann-Rudolph-Mayer-Briefe.

Erst ein Schock hatte diese Denk- und Handlungsblockade gelöst. Yildiz' völlig unerwartetes Verschwinden, das eine Panikreaktion bei ihm ausgelöst hatte.

Panik oder Angst stellten in seiner »Welche Masse haben Gefühle«-Theorie so etwas wie Antimaterie dar. Etwas völlig Zerstörerisches. Aber Zerstörung war auch Teil eines kreativen

Prozesses. Danach kamen unweigerlich der Wiederaufbau und die Neuordnung.

Und so hatte er das Kärtchen, auf das Yildiz das »Alif« gemalt hatte und das er seitdem wie einen Talisman immer bei sich trug, umgedreht.

Die Rückseite, in Wirklichkeit die Vorderseite, zeigte nicht nur Yildiz' Namen in korrekter Schreibweise, sondern auch ihren akademischen Titel, eine Anschrift und sogar eine Mailadresse. Keine private, sondern die einer staatlichen türkischen Organisation. Das bewies die Endung »gov« für Regierung.

Er hatte eine Weile gezögert, ehe er die Mail mit dem unerlaubten Anhang aus dem Polizeicomputer abschickte. Während sein Finger über dem Aktionsfeld »Mail versenden« schwebte, wurde ihm bewusst: Auch Oberkommissare waren nur Menschen. Und als Menschen waren sie Täter. Manchmal sogar Straftäter. Zumindest potenzielle.

Götz hatte sich, nach der strengen Lehre der Kriminologie, inzwischen sogar zum Serientäter entwickelt.

Seine Karriere als Krimineller begann mit dem Verrat von Dienstgeheimnissen der Polizei. Denn entgegen der Anweisung des Staatssekretärs hatte er Yildiz genau über seine polizeilichen Ermittlungen informiert.

Es ging weiter mit der Anstiftung zum Betrug der Rhönklinik AG, ausgeführt von einem bis dahin unbescholtenen Vereinskollegen.

Darauf war der Diebstahl von bayrischem Staatseigentum gefolgt. Noch dazu ohne Quittung – das verschärfte das Strafdelikt – hatte er Yildiz die abgetrennten leeren Seiten übergeben. Ob das gleichzeitig den Tatbestand des Landesverrates erfüllte, wusste Götz nicht, denn etwas Vergleichbares war in Kronach noch nie vorgekommen.

Und vorläufig endete sein Tatregister mit der illegalen Weitergabe einer Datei aus dem Polizeicomputer.

Bei all diesen Gesetzesverstößen konnte er sich noch nicht einmal auf eine Handlung im Affekt berufen. Alles hatte er genau geplant und mit Bedacht ausgeführt. Zwar nicht aus Gewinnsucht oder Hass, den am weitesten verbreiteten Motiven, aber das war auch schon alles, was er zu seiner Entlastung vorbringen konnte.

Dass er während der ganzen Zeit unter dem Einfluss einer starken physikalischen Kraft stand, die allerdings bisher wenig erforscht war, würde seine Verteidigung nicht wirklich erleichtern.

Auf die Mail hatte er keine Antwort erhalten.

Bisher hatte er sich immer nur die Frage gestellt: Wer oder was ist Yildiz? Die hatte er zumindest großenteils gelöst, das Buch aber hatte eine neue Frage aufgeworfen.

Wer und was ist Kurnaz Adam Mayer? Vielleicht der geheimnisvolle Ehemann von Yildiz? Hatte ihm Yildiz das Buch nur deshalb zukommen lassen, um ihn auf diesem Wege zu informieren, dass »Deine Yildiz« im türkischen Sinne keinerlei Versprechen bedeutete? Allein die Möglichkeit löste eine eindeutige Abstoßungsreaktion aus, die Götz unmittelbar auf das Buch übertrug.

Dennoch hatte er das Buch gelesen. Vielleicht weil der Titel vielversprechend war.

»Geheimdienste des Osmanischen Reiches.«

Besonders der letzte Teil des Büchleins war hochinteressant, wenn auch in Götz' Augen reichlich spekulativ. Dort tauchte nämlich Johann Rudolph Mayer, der Briefschreiber, auf.

Trotz des wiederkehrenden Familiennamens Mayer – langsam wurden Götz alle Mayers, gleich mit welcher Schreibweise, in der Türkei verdächtig – schloss er vorläufig eine verwandtschaftliche Beziehung zwischen dem ehemaligen Kronacher Festungskommandanten, dem Autor des Buches und Yildiz aus.

Die Namensgebung aller an dem Fall Beteiligten war nämlich ausgesprochen verwirrend. Ähnlich der eines ganzen Rings von Hochstaplern oder Geheimagenten, die immer wieder in neue Identitäten und Namen schlüpften, um ihre Identifizierung zu erschweren. Insofern glich der historische Aspekt vollkommen einer klassischen Polizeiaufgabe.

Johann Rudolph Mayer hieß ursprünglich Jismet Rasim Mahir. Aber auch der Name war falsch. Soviel hatte Götz inzwischen gelernt. Als Knabe musste Johann Rudolf einen christlichen Namen getragen haben und erst als er seine Ausbildung als osmanischer Janitschar oder Saphahi beendet hatte, wurde er mit einem türkischen Namen belohnt. So waren damals die Regeln. Meistens wenigstens. Es gab schon die ersten Ausnahmen, denn das Erfolgsmodell der Janitscharen befand sich am Ende seines Lebenszyklus', aber das wusste damals noch keiner. Solche Erkenntnisse blieben den Historikern mit ihrem rückwärtsgewandten Blickwinkel vorbehalten und darin glichen sie den Polizeiermittlern, wie Yildiz scharfsinnig bemerkt hatte.

Der christliche Ursprungsname des späteren Festungskommandanten war auch dem Buchschreiber unbekannt.

Nach Kurnaz Adam Mayers Theorie war Ismet Rasim Mahir einer von mehreren osmanischen Offizieren, die sich freiwillig in Kriegsgefangenschaft begeben hatten. Bei Tilly, dem General, der in dem kurz darauf beginnenden Dreißigjährigen Krieg die Armee des katholischen Habsburger Kaisers anführte. Um bei Tilly ein Offizierspatent zu erhalten, mussten Ismet und die anderen, zumindest nach außen hin, zum katholischen Glauben übertreten. In dem Zusammenhang hatte Ismet einen christlichen Namen angenommen. Johann Rudolph Mayer.

Götz musste grinsen. Unter einem Mangel an Fantasie litt der Autor nicht, auch wenn seine Beweisführung eher dürftig ausfiel. Zumindest nach Götz' Vorstellung davon, wie eindeutige Rechercheergebnisse auszusehen hatten. Aber nach den Gesetzen der Wahrscheinlichkeit billigte er der Theorie eine fünf- bis zehnprozentige Möglichkeit zu.

Die sah in einer polizeilich geordneten Erfassung des Sachverhaltes so aus: Ein christlicher Knabe wurde Moslem – dahinter konnte man Entführung und Verletzung der freien Religionsausübung verstehen –, dann wurde er osmanischer Soldat und Offizier – das war kein erkennbarer Straftatbestand –, anschließend erfolgte eine Rückkehr zum Christentum und die Karriere als Offizier in einem Krieg, in dem es angeblich um christliche Belange ging und bei dem sich Protestanten und Katholiken gegenseitig die Schädel einschlugen. Da sich Götz in der Militärgesetzgebung nicht gut auskannte, wusste er nicht, ob, zumindest theoretisch, Fahnenflucht oder unerlaubte Entfernung von der Truppe, der osmanischen natürlich, als Tatvorwurf angebracht waren.

Unmöglich war das alles nicht. Damals gab es weder Pässe noch Ausweise im heutigen Sinn, demzufolge war es einfacher, seinen Namen und seine Identität zu wechseln.

Auch mit einem Motiv für die Überläufer und deren Auftraggeber konnte das Buch aufwarten. Die osmanischen Offiziere, natürlich auch Johann Rudolph Mayer, waren alle im höchsten Maße obrigkeitstreu. Ganz anders als die europäischen Soldaten mit ihrer Landsknechtsmentalität. Für ihren Sultan oder dessen Vertreter waren sie bereit, jeden Auftrag auszuführen. Sogar den eines Undercoveragenten im Ausland. Weniger fein ausgedrückt – sie wurden zu Spionen des Sultans.

Ihr Auftrag lautete Erkundung der Stärke, der Organisation, der Bewaffnung und vor allem der Entlohnung der europäischen Heere.

Im Unterschied zum osmanischen Heer waren die europäischen Landsknechte alle Söldner, die ausschließlich für Geld kämpften. Sie gaben zwar die Religion als Grund an, wechselten aber bei Bedarf die Seiten. Da war die Religion dann egal. Und wenn es gar nicht anders ging, was öfter der Fall gewesen zu sein schien, dann wurde der mangelnde Sold durch Plünderung ausglichen. Solche Soldaten konnte man kaufen. Da mussten nicht unbedingt Schlachten geführt werden.

Ein moderner Betriebswirt, überlegte Götz, könnte durchaus berechnen, was billiger oder kosteneffizienter war. Einen Krieg mit hohen Kosten und ungewissem Ausgang zu führen oder gleich die ganze feindliche Armee zu kaufen. Hatte bisher nur noch niemand probiert oder darüber nachgedacht. Zumindest hatte er noch nie davon gehört.

Der osmanische Sultan – das war die Erklärung für dieses Spionagemanöver – bereitete sich auf den Sprung nach Westeuropa vor, nachdem er den Balkan, Teile Ungarns und Griechenlands geschluckt hatte. Irgendetwas hatte ihn dann daran gehindert. Er nutzte die Wirren des Dreißigjährigen Krieges nicht zu seinem Vorteil aus. Erst ein halbes Jahrhundert später tauchte einer seiner Nachfolger vor Wien auf. Da war es dann zu spät, denn die westeuropäischen Staaten hatten sich militärisch und ökonomisch erholt. Mit einem verkrüppelten Prinzen als Anführer gelang es den Österreichern, das osmanische Heer zurückzuschlagen.

Der Hinderungsgrund zur Zeit des Dreißigjährigen Krieges interessierte Götz nicht. Er suchte nach dem Kern der Zusammenhänge mit Kronach.

Und da zeigte die Theorie einen Schwachpunkt. Eine Argumentationslücke, für die der Autor keine Lösung anbieten konnte.

Götz hatte diese Lücke selbst unter dem Einfluss der Bernsteinvergiftung erkannt und am darauffolgenden Tag noch einmal überprüft. Mit dem gleichen Ergebnis.

Schließlich war er Polizeioberkommissar und die systematische Klärung von Beweislücken und Widersprüchen war sein Alltagsgeschäft.

Ein Spion, um das zu erkennen, musste er kein Geheimdienstexperte sein, war nur dann von Nutzen, wenn er seine gewonnenen Erkenntnisse weitergeben konnte. Schriftlich oder mündlich und natürlich zeitnah. Sonst waren solche Informationen wertlos. Selbst in einer Zeit, in der die Vorbereitungen und Durchführungen einer militärischen Operation Monate, wenn nicht gar ein Jahr dauerten. Diesen Beweis des Informationstransfers von Kronach nach Istanbul war der Autor schuldig geblieben.

Aber da kam Yildiz ins Spiel. In wessen Auftrag war nicht ganz klar.

Sie wollte oder sollte diese Lücke schließen.

Anders war ihr übergroßes Interesse an den Johann-Rudolph-Mayer-Briefen und ihre Suche nach dem Unsichtbaren, das sie angeblich enthielten, nicht zu erklären.

Noch passte Herr Jilderim nicht in diese Spionagegeschichte, die sich, zumindest teilweise, in Kronach zugetragen hatte.

Götz fühlte so etwas wie Stolz.

Einen Kriminalfall aufzuklären, der fast vierhundert Jahre zurücklag, dabei vielleicht sogar einen hochrangigen Spion aus jener Zeit zu entlarven, der nachweislich in den Annalen der Stadt Kronach erwähnt wurde, so eine Chance hatten nur wenige Kriminalisten. Schon gar keine Kleinstadtkriminaler wie er. Und dann gleich ein Fall mit Verwicklungen auf höchster internationaler Ebene.

Er hoffte nur, dass seine Ermittlungsergebnisse keine negativen Auswirkungen auf die EU-Beitrittsverhandlungen der Türkei hatten. Seit einer knappen Woche war er absolut dafür, die Türkei in den europäischen Staatenbund aufzunehmen.

Wenn das alles zutraf, dann waren Hans Kräutleins Hoffnungen auf eine offizielle Danksagung, von wem auch immer, vielleicht doch nicht so überzogen. Schließlich konnte man, mit dem heutigen geschichtlichen Abstand, den Spion und Festungskommandanten Mayer als ein gemeinsames kulturelles Erbe der Stadt Kronach und der heutigen Türkei ansehen.

»Des Ganze is a Waahnsinn«, würde Frau Hängerla sagen und ausnahmsweise müsste er ihr recht geben. Ob allerdings ihre Fantasie ausreichen würde, um sich auf eine so gewagte Theorie einzulassen, und als solches musste es bisher betrachtet werden, wagte Götz zu bezweifeln.

Die »rechte Hand« war mehr fürs Handfeste.

Er steckte das Buch zurück in den Aktenkoffer, schloss ihn ab und lehnte sich zurück. Zwischen seinen Beinen waren die Briefe sicher. Auch ohne Kette.

Das gleichförmige Rauschen des dahingleitenden ICEs machte ihn schläfrig. Er hatte noch jede Menge Zeit, denn sie würden den Münchner Hauptbahnhof erst in zwei Stunden erreichen. Er schloss die Augen.

Erst geisterte Jilderim als gesichtslose Gestalt durch seine Gedanken, wurde aber bald von einem anderen Wesen abgelöst, bei dem sich Götz an jedes noch so geringfügige Detail erinnern konnte.

Das Phantombild, das er erstellen würde, wäre perfekt. Nicht nur fotogetreu, sondern erweitert um zwei weitere bisher überhaupt nicht genutzte Dimensionen der Personenerkennung.

Zusätzlich zu den exakten äußeren, optischen Merkmalen könnte er genau den Duft von Yildiz' orientalischem Parfüm beschreiben. Sein Phantombild bekäme eine olfaktorische Komponente. Damit könnte man die gesuchte Person sogar riechen. Das wäre nicht nur für Blinde, sondern ganz allgemein bei eingeschränkten Sichtverhältnissen von Vorteil. Für Hunde mit entsprechender Ausbildung sowieso.

Sogar Yildiz' Körpertemperatur könnte er angeben. Schließlich war er ihr einmal sehr, sehr nahe gestanden. Im wörtlichen Sinne. Entfernungen von weniger als einem Millimeter reichten nicht aus, um Wärmestrahlung völlig zu kompensieren.

Und eines wusste Götz durch seine jahrelange Beziehung zu Frau Dr. Karin Bärlauch vom Gerichtsmedizinischen Institut in Bayreuth: Die durchschnittliche Körpertemperatur aller Menschen war nur statistisch gleich – sechsunddreißig Komma fünf Grad Celsius. Da gab es eindeutige Individualunterschiede Und die wurden von einer Reihe innerer und äußerer Faktoren beeinflusst.

Warum also diese Unterschiede nicht nutzen? So wie die Fingerabdrücke.

Und bei Yildiz, da war er sich sicher, lag die Durchschnittstemperatur eindeutig höher.

Schließlich war der Sirius, anders als die Erde, kein Planet.

Er war eine Sonne. Noch dazu eine viel jüngere als die irdische Sonne. Die war gelb und mit einer Oberflächentemperatur von etwa sechstausend Grad Celsius relativ kühl. Der Sirius hingegen war graublau. Das wies sowohl auf ein niedrigeres Lebensalter als auch auf andere, nämlich deutlich höhere Temperaturverhältnisse hin.

Der Sirius war ganz einfach heiß. Sehr heiß sogar.

Als Götz kurz vor München erwachte, war er ziemlich verschwitzt.

Die relativ niedrige Oberflächentemperatur der Sonne war durch das Glas des Zugfensters verstärkt worden.

Vielleicht war aber auch nur die Klimaanlage des ICEs ausgefallen.

17

Als Götz den Zug in München verließ und sich dem Ende des Bahnsteigs näherte, schwankte seine Überlegung noch, wie er seinem Dienstrang gemäß, sprich kostengünstig, in die Menzingerstraße gelangen sollte.

Dort lag das Generalkonsulat der Türkei.

Die Fahrt mit der U- oder Straßenbahn war mit dem Risiko verbunden, sich im Großstadtgewühl zu verirren. Ein Taxi war da sicherer. Aber dessen Kostenabrechnung würde bei Frau Hängerla garantiert einen bissigen Kommentar heraufbeschwören.

»Sie wern doch als Oberkommisar in der Lach sein, an Wech zu finden, ohne dass Sie aner wie a klaans Kind in an Audo irgendwohin kudschiern muss.«

Die Blöße wollte er sich nicht geben, obwohl er bezweifelte, dass Frau Hängerla überhaupt schon einmal in einer Stadt wie München gewesen war und die Unterschiede zwischen einer Großstadt und Kronach richtig einordnen konnte.

Dass München die Stadt Kronach bezüglich der Einwohnerzahl um den Faktor achtzig Komma zwo übertraf, wobei sich das ungleiche Verhältnis zwischen Männern und Frauen glich, denn sowohl Kronach als auch München wiesen einen Frauenüberschuss von fast zwei Prozent auf, würde Frau Hängerla kaum als Argument gelten lassen. Wahrscheinlich würde sie, selbst unfähig, aus solchen abstrakten Zahlen wertvolle Erkenntnisse abzuleiten, das Ganze auf eine profane Ebene des Praktischen herunterbrechen.

»Häddn Sa sich an Stadtblan ausgedrugt, dann wär des gscheider gewesen, wie so a Stadistigzeuch, des niemandn wos nützt«, hörte er sie sagen und spürte tief in seinem Inneren: Nicht immer lag Frau Hängerla völlig falsch.

Eine Überraschung am Ende des Bahnsteigs löste nicht nur das Dilemma des zu wählenden Verkehrsmittels, sondern auch die möglicherweise daraus entstehende Konfrontation mit Frau Hängerla.

So etwas kannte Götz nur aus Erzählungen und Filmen. Die Handlungsorte waren allerdings immer Flughäfen und keine simplen Bahnhöfe und die Betroffenen gehörten, anders als er, zur Kaste der VIP.

Auf einem Pappschild, vierzig Zentimeter breit und dreißig Zentimeter hoch – also keine DIN-Normgröße – stand in acht Zentimeter großen Lettern sein Name.

Mr. Flöser. Mit blauem Filzstift und falscher Orthografie.

Der Träger des Schildes war ein Mann, Ende zwanzig, mit den Schultermaßen eines Berufsboxers oder Ringers, einhundertvierundachtzig Zentimeter groß, zweiundneunzig bis fünfundneunzig Kilo schwer, dunkelhaarig. Die Haarfarbe war nicht hundertprozentig bestimmbar, da die Länge der Stoppeln unter einem Millimeter lag. Die Kopfhaut war, im Gegensatz zum Gesicht, trotz des Dauersonnenscheins in den letzten Wochen ungebräunt. Demzufolge war die künstliche Glatze erst vor kurzer Zeit entstanden. Auffällig, aber nicht direkt verdächtig, genauso wenig wie die dunkelbraunen Augen, ein kleiner Goldring im rechten Ohr und eine Halskette aus gleichem Material, die im offenen Hemdkragen des teuer aussehenden weißen Oberhemdes aufblitzte. Darüber trug er einen eleganten schwarzen Anzug mit feinen Nadelstreifen.

Eindeutig ein Türke, auch wenn er für einen Standardtürken etwas zu groß und zu elegant geraten war.

Götz wurde sich seines Anzugs aus dem Kaufhaus TEKA bewusst. Des einzigen, den er besaß. Ebenfalls schwarz, aber ein einfaches Schurwoll-Kunstfasermischgewebe, ohne Nadelstreifen, dafür aber knitterarm. Deshalb hatte die Bügelfalte die mehrstündige Bahnfahrt, trotz beinahe tropischer Temperaturen im Zug, ohne allzu große Beulen und Falten überstanden.

Götz ging auf den jungen Mann zu.

Der sah ihn an und streckte die rechte Hand aus.

»Mr. Flöser?«, fragte er.

»Merhaba«, antwortete Götz geistesgegenwärtig und ergriff die angebotene Rechte, an deren Handgelenk er ebenfalls ein goldenes Kettchen entdeckte.

Der junge Mann lachte und wies in Richtung des Bahnhofausgangs. »This way.«

Götz folgte ihm, obwohl ihm das kurz angebundene »Da lang« nicht ganz angemessen erschien. Er hatte die Türken höflicher in Erinnerung.

In der Halteverbotszone vor dem Bahnhof standen ein schwarzer Mercedes und daneben eine Politesse in Dunkelblau. Die füllte gerade einen Strafzettel aus.

Götz überlegte, ob er seinen Dienstausweis vorzeigen sollte, unterließ es aber, denn er war weder der Fahrer noch der Halter des Fahrzeugs, deshalb nicht für den Verstoß gegen die Straßenverkehrsordnung verantwortlich, und ein fränkischer Dienstausweis würde in München sowieso nichts nützen.

Außerdem kam ihm der junge Türke zuvor.

Nachdem er Götz' Gepäck im Kofferraum und Götz selbst im Fond des Mercedes untergebracht hatte – all das erledigte er schweigend und ohne die Politesse eines Blickes zu würdigen –, beugte er sich über die Frontscheibe, wo inzwischen der

Strafzettel hinter dem Scheibenwischer gelandet war. Er zog ihn heraus, knüllte ihn zu einer Kugel zusammen, die er mit einer provozierenden Geste auf die Straße schnipste.

Götz' Mitgefühl lag eindeutig auf Seiten der Politesse, die den Vorgang mit gerunzelter Stirn beobachtete, jedoch nichts unternahm.

Warum, erfuhr Götz, nachdem der türkische Preisboxer eingestiegen, den Motor angelassen und sich, die Vorfahrt anderer Autos missachtend, in den Verkehr eingereiht hatte. Mit eindeutig überhöhter Geschwindigkeit durchquerte er die bayrische Hauptstadt.

»Diplomatic Numberplate«, erklärte er und lachte dabei verächtlich.

Missbräuchliche Nutzung des diplomatischen Immunitätsstatus', stellte Götz fest.

Der Mann, der sich nicht vorgestellt hatte, wurde ihm zunehmend unsympathisch. Ein Gefühl, das auch durch die Erinnerung an Yildiz' ähnlich angelegten Fahrstil nicht gemildert wurde. Außerdem wunderte sich Götz, dass ein Angestellter am türkischen Generalkonsulat in München das Englische anstelle des Deutschen bevorzugte. Vom Bayrischen ganz zu schweigen.

Da war Yildiz ein ganz anderes Kaliber. Die sprach nicht nur fließend Deutsch, sondern verstand sogar das Fränkische.

Wäre jetzt der Inspektionsleiter Hans Kräutlein an seiner Stelle, wäre »im Grund gnumma« eine Verständigung zwischen dem deutschen Vertreter des staatlichen Gewaltmonopols und dem türkischen Abgesandten unmöglich.

Durch die gezielte Anwendung unterschiedlicher Verkehrsübertretungen, wobei ständiges Rechtsüberholen nur eine von vielen war, für das Götz allein fünf Punkte in Flensburg berechnete, erreichten sie nach überraschend kurzer Zeit das Ziel im Stadtteil Nymphenburg.

Einen Moment lang zögerte Götz, bevor er ausstieg.

Zwar wusste er nicht, wie er sich das türkische Generalkonsulat vorgestellt hatte – vielleicht als kleines Palais mit kuppelförmigem Dach, einem nadelspitzen Turm und bunten Fayencen an den Wänden, umgeben von alten Bäumen, einer Grünfläche, im Zentrum ein Springbrunnen, in dem man sich die Füße waschen konnte –, aber bestimmt nicht als schmucklosen Betonklotz an einer verkehrsreichen Durchgangsstraße, mit drei Stockwerken, die alles Mögliche beherbergen konnten.

Irgendwie hatte das Architekturverständnis der Türken in den letzten Jahrhunderten gelitten.

Der schräg gegenüberliegende Biergarten wirkte einladender.

Vor dem Gebäude wurden sie bereits erwartet.

Nicht von einem Türken, sondern von einem Mann, der sich als Semmelweis, aber nicht verwandt mit dem berühmten ungarischen Gynäkologen, sondern der persönliche Assistent des Herrn Staatssekretärs Biermann, auch nicht verwandt mit dem Bürgerrechtler aus der ehemaligen DDR, sondern aus Landshut, vorstellte.

Normalerweise hätte Götz diesen Anflug von intellektuellem bayrischem Humor mit einem freundlichen Lächeln belohnt, aber von verwirrenden Namensgleichheiten hatte er inzwischen die Nase voll.

»Hams die Briefe dabei?«, fragte Herr Semmelweis.

Eine seltsame Frage, fand Götz, schließlich war das der Grund seiner Anwesenheit. Er klopfte auf den Aktenkoffer.

»Von Sicherheitsvorkehrungen haldns wohl net sehr viel?«, fragte der Mann mit hochgezogenen Augenbrauen und vorwurfsvollem Ton.

Götz öffnete wortlos das Anzugsakko und ließ Herrn Semmelweis die Dienstwaffe im Gürtelholster sehen.

Dass er die P7, Baujahr 1995, noch nie außerhalb des Polizeischießstandes benutzt hatte, konnte der persönliche Assistent des Staatssekretärs nicht ahnen. Auch nicht, dass Götz' Zutrauen in Worte und Argumente größer war als in Neun-Millimeter-Geschosse. Vor allem deshalb, weil Worte im Notfall reversibel waren und keine Löcher verursachten, die anschließend mit großem medizinischen Aufwand verschlossen werden mussten; wenn sie nicht ganz und gar an der falschen Stelle auftraten und eine ärztliche Versorgung komplett überflüssig machten.

Auch trug er die Pistole nur deshalb, weil Hans Kräutlein darauf bestanden hatte. Das wiederum war eher ein Zugeständnis an Frau Hängerlas urplötzlich erwachtes Sicherheitsbedürfnis für fränkisches Kulturgut denn eine echte Notwendigkeit.

Während der Zugfahrt hatte Götz den Hersteller der uralten bayrischen Dienstwaffe verflucht. Die Heckler & Koch war mit siebenhundertachtzig Gramm auch ohne Magazin und Munition – die hatte er vergessen einzustecken – ziemlich schwer und das Gürtelholster drückte auf seinen Hüftknochen.

Aber ihre bloße Zurschaustellung beeindruckte Herrn Semmelweis dermaßen, dass er weitere Kommentare unterließ und zusätzliche Sicherheitsmaßnahmen für unnötig hielt.

»Am besten sie gemer die Briefe gleich jetzt. Des muss ja net jeder sehn.«

So erfolgte die Übergabe der Johann-Rudolph-Mayer-Briefe aus dem Jahre 1629 unter dem Schutz einer ungeladenen Pistole, ummantelt von säurefreien Kartonwänden, die antimykotische und antifungizide Stoffe enthielten. Der Tatort: der Bürgersteig vor dem türkischen Generalkonsulat in München.

Irgendwie hatte sich Götz die Übergabe seiner Geiseln entweder dramatischer oder vielleicht auch romantischer vorgestellt. Je nachdem, wer sie in Empfang nahm.

Es gab dann doch noch eine feierliche Übergabe. Zu der wurde Götz von einer Handbewegung des Mercedesfahrers eingeladen.

Auch nicht gerade sehr höflich wie er fand, aber international verständlich.

Und – Götz bewunderte die Vorhersagekraft seines Vorgesetzten Hans Kräutlein – es erfolgte auch eine Danksagung durch die Türkei.

Das alles fand in einem kleinen, blumengeschmückten Festsaal im Inneren des Gebäudes statt.

Die offiziell Beteiligten waren allerdings bisher nirgendwo aktiv in Erscheinung getreten. Zumindest kannte Götz keinen von ihnen. Mit Ausnahme des »Deppen«, alias Staatssekretär Biermann, der ihm vor einigen Tagen die telefonische Anweisung gegeben hatte, das Fräulein Müdürlügü aus der Türkei nach allen Kräften zu unterstützen.

Der hatte schließlich in allen wesentlichen Punkten geirrt. Yildiz hieß nicht Müderlügü und Fräulein war sie auch keines.

Diesem unbedarften Staatssekretär wurde, als dem Stellvertreter Bayerns, für seinen Einsatz zur Rettung und Rückgabe türkischen Kulturgutes gedankt.

Der Danksager, als Stellvertreter der Republik Türkei, war der türkische Generalkonsul in München, der die drei Kartons in Empfang nahm, ohne ihren Erhalt zu quittieren oder ihren Inhalt zu prüfen. Aber der hätte ohnehin nicht gemerkt, dass er jetzt nur etwa die Hälfte dessen wiederbekam, was einmal aus dem Topkapipalast entführt worden war.

Franken, Kronach, die Polizei, geschweige denn Yildiz oder Götz wurden nicht einmal am Rande erwähnt.

Die einzige Sicherheitsmaßnahme während des Übergabeaktes seitens dieser obskuren bayrisch-türkischen Allianz bestand darin, dass der muskulöse Jungtürke, der Götz vom Bahnhof abgeholt hatte, mit verschränkten Armen die Tür des Festsaals bewachte.

Sowohl emotional als auch rational, fand Götz, passten die Franken ohnehin besser zu den Türken als die Bayern. Da hatte es während der Ermittlungen, trotz eines anfänglich notwendigen und sehr erfolgreichen Findungsprozesses, eine große innere Harmonie gegeben, die er bei der jetzigen Übergabe völlig vermisste.

Anscheinend war er nicht der Einzige, der das so empfand. Sein Sitznachbar, ein Mann Anfang fünfzig, nicht besonders groß – im Sitzen ließ sich die Größe eines Menschen ohne erhebliche Fehleinschätzung nicht so genau bestimmen –, knetete die ganze Zeit seine Hände. Ein weiteres Indiz innerer Unruhe: Er blickte häufig auf die Armbanduhr. Keine deutsche, sondern eine schweizerische Nobelmarke. Dennoch ordnete ihn Götz als Türken ein.

Wie Götz trug er einen Dreitagebart, der inzwischen angegraut und ursprünglich einmal rötlich gewesen sein konnte. Das fehlende Haupthaar und die Beobachtung aus den Augenwinkeln erschwerten eine genauere Personenbeschreibung.

Am Ende der Feierstunde murmelte er etwas in den graumelierten Bart. Nicht an Götz gerichtet, sondern eher eine Art Selbstgespräch.

»Hoffentlich hat dieses Politikergeschwätz bald ein Ende.«

Dem konnte Götz nur aus vollem Herzen zustimmen. Die Aussage des Mannes war sprachlich und inhaltlich völlig korrekt, also korrigierte Götz seine Nationalitätendefinition. Allerdings stellte er sich die Frage, woher der Mann von der Diskrepanz zwischen der Realität und dem, was da vorn verkündet wurde, wusste? Das setzte eigentlich Insiderwissen voraus. Über das verfügten nur Yildiz und er. Sie hatten gemeinsam in Kronach die ersten Hürden der Entschlüsselung überwunden und, davon war Götz inzwischen fest überzeugt, Yildiz war es gelungen, weiter in den geheimdienstlichen

Wirrwarr der Nachrichtenübermittlung vorzudringen. Er wusste nur nicht wohin, wie weit und mit welchen Detailergebnissen. Aber das interessierte hier keinen. Außer ihn natürlich und vielleicht, aber das war nur eine Vermutung, seinen unbekannten Nachbarn.

Die da vorn am Mikrofon ließen jedenfalls nur Allgemeinplätze über »die hervorragende Zusammenarbeit der Türkei mit Deutschland« vom Stapel. Das konnte alles Mögliche bedeuten. Zum Beispiel eine Zollerleichterung für den Export von Haselnüssen.

Götz hatte einmal gelesen, dass achtzig Prozent der weltweiten Haselnussproduktion aus der Türkei stammten. Deutschland und die Schweiz waren die Hauptabnehmer. Beide Länder waren führend in der Schokoladenproduktion. Da wurden anscheinend viele Haselnüsse gebraucht.

Im Anschluss an die Übergabe lud der Generalkonsul die anwesenden Personen, genau sechsundvierzig, wobei es Götz inzwischen aufgegeben hatte, jedem entweder die deutsche oder türkische Nationalität zuzuordnen, zu einem kleinen Imbiss ein.

Götz schob sich ein Fleischbällchen in den Mund und überlegte, ob dies die berühmten Köfte waren, die Yildiz als ihre Leibspeise bezeichnet hatte. Irgendwie fühlte er sich, umgeben von fünfundvierzig Menschen, allein. Fast einsam.

Und das, obwohl sein ehemaliger Sitznachbar – wahrscheinlich zufällig – schweigend, aber ebenfalls allein und einsam, ihm gegenüber stand und auf einem Fleischbällchen kaute.

Ganz unvermutet tauchte der Staatssekretär auf, gefolgt von seinem persönlichen Assistenten, der ihm etwas ins Ohr flüsterte und dabei auf Götz deutete.

Woraufhin der Staatssekretär Götz' Hand an sich riss und überschwänglich schüttelte.

»Guat homs des gmacht Herr Flößer. Sehr gut. I bin richtig stolz auf Sie und die ganze Gronacher Bolizei.«

Götz versuchte das Fleischbällchen mit der ansprechenden Note aus Petersilie und Knoblauch, vielleicht war auch etwas Koriander dabei, herunterzuschlucken, um wenigstens einige Dankesworte für dieses unerwartete Lob zu murmeln. Gleichzeitig bemühte er sich, das breite Grinsen seines ehemaligen Sitznachbarn zu ignorieren.

Aber da hatte sich der »Depp« schon wieder von ihm ab- und diesem Nachbarn zugewandt.

Mit einer beinahe theatralischen Geste breitete der Staatssekretär die Arme aus und schloss sie um die Schultern des Bärtigen.

Eine deutliche, staatsmännische Geste, um die Verbundenheit Bayerns mit der Türkei für jedermann sichtbar zu demonstrieren. Sozusagen ein zweiter, etwas persönlicher gestalteter Festakt. Den Generalkonsul hatte der Vertreter Bayerns nicht umarmt.

»Kurnaz, mei alder Freund, dass Du egsdra deswegen aus Istanbul herkomma bist, des is a ganz besondera Freud für mich.«

18

Trotz des Lobes durch den Staatssekretär und der Tatsache, dass er alle offiziellen Verpflichtungen erledigt hatte, ohne dabei gegen die Instruktionen seines Inspektionsleiters zu verstoßen, fühlte sich Götz von der bayrischen Landeshauptstadt enttäuscht.

Ohne genau zu wissen warum.

Er korrigierte sich. Er wusste natürlich genau warum, würde dies aber niemals zugeben. Noch nicht einmal sich selbst gegenüber.

Alle hatten recht behalten. Frau Hängerla, die ein Riesentrara um die Sicherheit der Briefe veranstaltet hatte. Ohne seine Dienstwaffe hätte er wie ein Volltrottel aus der fränkischen Provinz vor dem Assistenten des Staatssekretärs gestanden. Und auch Hans Kräutleins Danksagungserwartung hatte sich erfüllt. Wenn auch in anderer Weise.

Nur seine Hoffnung war unerfüllt geblieben.

Vielleicht konnte das Schicksal – dem er ohnehin zweifelnd gegenüberstand – keine Gedanken lesen oder es war schwerhörig. Mehrfach hatte er in den letzten Tagen seinen Wunsch, Yildiz wiederzusehen, vor sich hingemurmelt. Ihn laut auszusprechen, hatte er nicht gewagt.

»Hätten Sie einen kleinen Moment Zeit für mich, Herr Flößer?«

»Selbstverständlich«, sagte Götz völlig überrascht, denn drei Köfte lang hatte ihm sein ehemaliger Sitznachbar gegenübergestanden und ihn nur ab und zu mit eher desinteressierten Blicken gestreift.

Der Mann nahm ihn am Arm, so als seien sie gute alte Freunde, und schob ihn zu einer Seitentür des Saales.

»Edwin Biermann, der Staatssekretär, und ich waren Studienkollegen. Wir haben in Marburg an der Lahn studiert. Er Jura und ich Geschichte. Beide hatten wir anfänglich ein Sprachproblem. Das hat uns irgendwie vereint. Wir waren sozusagen von unserer Umwelt isoliert, denn mein Deutsch war damals noch nicht besonders gut. Ich habe versucht, mein Problem zu lösen, indem ich während des Studiums einen Sprachkurs besuchte. Edwin hingegen …« Er ließ den Satz unvollendet ausklingen und lachte leise. »Manchmal verstehe ich ihn selbst heute noch nicht.«

Götz lachte ebenfalls. Der Mann sprach perfektes Deutsch, wenn auch mit leichtem Akzent, was man dem Staatssekretär beim besten Willen nicht zubilligen konnte. Allerdings hatte er keine Ahnung, warum Kurnaz – so hatte der Staatssekretär den Mann genannt – ihm das erzählte.

»Und deswegen sind Sie in München? Um Ihren ehemaligen Studienkollegen wiederzutreffen?«

»Nicht nur«, sagte der Mann und öffnete die Tür.

Der Raum dahinter war kühl und dunkel. Er musste sich hier im Gebäude gut auskennen, denn er fand auf Anhieb den Lichtschalter und knipste das Licht an. Die Tür zum Festsaal ließ er halb geöffnet.

Mit einer unauffälligen Kopfbewegung deutete er in Richtung der Eingangstür, neben der noch immer mit verschränkten Armen der Preisboxer stand. »Kennen Sie den jungen Mann?«, fragte er. Das Lächeln war aus seinem Gesicht verschwunden und hatte einer grimmigen Mine Platz gemacht.

Götz schüttelte den Kopf. »Nein. Ich habe keine Ahnung, wer das ist. Ein Konsulatsangestellter vielleicht? Er hat mich vom Bahnhof abgeholt.«

»Das ist Herr Jilderim.«

»Oh.«

Der Mann lächelte kurz, wurde aber gleich wieder ernst. »Sie haben uns etwas über Herrn Jilderim geschickt und ich bin Ihnen sehr dankbar, dass Sie dafür einen …«, er zögerte als suche er nach der richtigen Formulierung, »… nun sagen wir, einen inoffiziellen, eher schon türkisch anmutenden Weg gewählt haben.«

Götz wusste sofort, was er meinte, und fühlte sich durch das »eher türkisch anmutend« beinahe geschmeichelt.

Obwohl da seine Straftat Nummer vier zur Sprache kam. Der File aus dem Polizeicomputer, der die Fingerabdrücke von der Pappkartusche aus dem Brunnen enthielt. Den hatte er an Yildiz' Mailadresse geschickt.

Ein Akt der geistigen Notwehr, geboren aus der Hoffnung, Yildiz würde sich daraufhin bei ihm melden. Im schlimmsten Fall nur, um zu fragen, was sie mit den Fingerabdrücken anfangen solle. Dass sie Jilderim kannte, stand außer Zweifel, schließlich hatte sie seine Hotelrechnung bezahlt und den von ihm gemieteten Q7 übernommen.

Die erhoffte Antwort war leider ausgeblieben.

Stattdessen musste sie den Anhang weitergeleitet haben.

War der Mann vor ihm Yildiz' geheimnisvoller Ehemann oder der Autor des Büchleins über osmanische Geheimdienstaktivitäten, war er ein Fahnder der türkischen Polizei oder vielleicht alles in einer Person? Ein Studium der Geschichte war schließlich kein Hinderungsgrund, um in den Polizeidienst zu treten. Da gab es schlimmere Jugendsünden.

»Kennen Sie Yildiz? Äh, ich meine Frau Doktor Mayer?«

Die Antwort überraschte Götz, denn sie konnte alles Mögliche bedeuten. »Frau Mayer ist eine meiner Mitarbeiterinnen beim türkischen Zoll. Ich leite da eine kleine, nicht besonders wichtige, aber ganz interessante Abteilung«, antwortete Kurnaz und lächelte.

Ob diese Abteilung des türkischen Zolls groß, bedeutend oder eher klein war, berührte Götz nur am Rande, brennend hingegen empfand er die Frage, in welchem Verwandtschaftsverhältnis – wobei das nicht ganz zutreffend war, denn Eheleute waren oder sollten nicht miteinander verwandt sein, zumindest nicht blutsverwandt – der Mann zu Yildiz stand. Aber er wagte es nicht, diese Frage zu stellen, denn der Mann hatte erkennbar ausweichend geantwortet.

»Herr Jilderim ist übrigens ebenfalls ein Mitarbeiter von mir. Genauer gesagt, er war es. Das weiß er allerdings noch nicht. Dank Ihrer großartigen Ermittlungsarbeit sind wir ihm und einigen ähnlich gelagerten Fällen der Vergangenheit auf die Spur gekommen. Wir gehen davon aus, dass er bereits mehrfach Dinge aus unseren Archiven entwendet hat, sie ins Ausland brachte und dann Verhandlungen mit den angeblichen Dieben vortäuschte, um selbst die Ablösesumme zu kassieren.«

»Und warum läuft er dann noch frei herum?«

»Ganz einfach. Sein Onkel ist der hiesige Generalkonsul. Dem möchte ich die Schande ersparen, die ihm sein Neffe bereitet. Beide sind noch ahnungslos. Jilderim wird morgen mit mir in die Türkei fliegen und dort werden wir dann alles in unserem Sinne erledigen.« Er zuckte entschuldigend die Achseln. »Wir Türken haben halt manchmal andere Vorstellungen im Umgang mit der Gerechtigkeit.«

»Ich verstehe«, sagte Götz und fügte seinem Strafregister eine fünfte Tat hinzu.

Nichtverfolgung einer ihm bekannten Straftat. Der des Diebstahls. Ein Offizialdelikt. Allerdings begangen auf türkischem Boden. Damit konnte er dieses Delikt von seinem Konto streichen.

Wieder fasste ihn der Mann freundschaftlich am Arm. »Ich habe übrigens noch eine kleine Überraschung für Sie. Sozusagen ein kleines Geschenk. Nichts Wertvolles oder Bedeutendes, nur eine Geste unserer Dankbarkeit für Ihre Hilfe.«

Das wäre dann die neue Straftat Nummer fünf, Bestechung, dachte Götz, war aber gespannt, womit man ihn gefügig machen wollte und wozu.

19

Selten hatte sich Götz besser gefühlt, als er am darauf folgenden Tag Hans Kräutleins Büro betrat, um dem Inspektionsleiter Bericht zu erstatten.

Eigentlich hatte er sich noch nie im Leben so hervorragend gefühlt.

Und das, obwohl der gestrige Tag lang und anstrengend gewesen war und mit einem emotionalen Paukenschlag geendet hatte.

Meist folgte solchen Tagen eher eine Art leichtes seelisches Tief, das die Psychologen als »konstruktive zerebrale Neuorientierung« bezeichneten. Bei normalen Sterblichen nannte man es einfach »Ruhepause«.

Die brauchte Götz nicht. Mit Ungeduld wartete er darauf, sich seines Berichtes zu entledigen, um anschließend möglichst unauffällig zu verschwinden. Er hatte noch viel vor. Das würde ein paar Tage in Anspruch nehmen. Wahrscheinlich seinen Jahresurlaub.

Selbst Frau Hängerlas Anwesenheit konnte sein Wohlbefinden nicht stören.

Ganz selbstverständlich war sie ihm in das Büro ihres Vorgesetzten gefolgt, als stünde es ihr als der »rechten Hand« genauso wie dem Inspektionsleiter zu, aus erster Hand zu erfahren, wie der Tag in München so gewesen war.

»Erzähl«, forderte Hans Kräutlein Götz auf, ohne an Frau Hängerlas Anwesenheit Anstoß zu nehmen.

Das war schnell geschehen, zumal sich Götz in seiner Schilderung auf den offiziellen Teil der Veranstaltung in München beschränkte. Aus gutem Grund verschwieg er wesentliche Teile seines Gesprächs mit Kurnaz Adam Mayer.

Vor allem den Teil, der zumindest nach der reinen Lehre der Theorie als persönliche Bestechung zu werten war.

Eine Einladung nach Istanbul, auf Kosten des türkischen Staates.

Als Täter machte er hier von seinem Recht Gebrauch, sich nicht selbst zu belasten. Nicht immer war ein umfassendes Geständnis angebracht und außerdem war die Einladung an sich noch nicht strafbar.

Als Hans Kräutlein allerdings hörte, wie und an welche Adresse die Danksagung erfolgt war, verdüsterte sich sein Gesicht. »Wos Sie zu viel hom, Herr Flößer, des ham die zu weng«, wobei er allerdings offen ließ, was und wen genau er mit denen meinte, die »zu wenig hatten«.

»Su sind sa hald, di Polidiger. Egal wo sa herkumma. Wast scho«, ergänzte Frau Hängerla.

Götz nahm beides positiv. Für sich.

»Des scheind Sie aber alles net zu stören, obwohl Sie doch derjeniche sind, der da völlich überganga worn is?«, fragte Hans Kräutlein, verwundert über Götz' ungetrübt gute Laune. »War denn sonst noch wos? Wos, wechendem sich die ganze Fahrd nach München gelohnt had?«

Götz nickte und öffnete den Aktenkoffer, in dem er gestern die Original Johann-Rudolph-Mayer-Briefe nach München geliefert hatte. Darin lagen jetzt die Bestechungsgegenstände, die er ohne nachzudenken angenommen hatte.

Bei der Einladung nach Istanbul hatte er immerhin drei Sekunden gezögert und abgewogen, wie hoch die Chancen waren, Yildiz unter vierzehn Millionen Menschen ausfindig zu machen, ohne ein Wort Türkisch zu sprechen.

»Merhaba« würde da nicht reichen.

Aber ihre Zugehörigkeit zum türkischen Zoll würde ein sehr hilfreiches Suchkriterium sein.

Aber das hatte sich inzwischen erledigt.

Er nahm drei Blätter heraus und legte sie auf Hans Kräutleins Schreibtisch. Der warf einen erstaunten Blick darauf.

»Des, des is abber jezd ned des, was ich denk? Oder?«

»Nein, das sind nicht die Originale. Die sind noch in München oder wahrscheinlich schon in Istanbul. Das hier sind Faksimiles.«

»Fuck Simmilles?«, empörte sich Frau Hängerla. »Is des jetzt irgend a dürgischa Sauerei? Bloß auf Ammeriganisch?«

Obwohl des Englischen wenig mächtig, erriet sogar Hans Kräutlein, woran Frau Hängerla Anstoß nahm. »Des hot nix mit dem zu dun, an was Sie grod denken, Frau Hängerla. Faksimile is erschtens deutsch oder ladeinisch und net englisch, zweidens nix Unanständiches und driddens bloß a gute Nachahmung von an Orginal.«

Frau Hängerla lief rot an, ein Farbton, den Götz bei ihr noch nie gesehen hatte, öffnete den Mund und schloss ihn wieder ohne etwas zu sagen. Auch das kam selten vor.

»Die hier sogar auf echtem Pergament«, erklärte Götz und zog die nächsten drei Bögen aus der Aktentasche. Siedendheiß fiel ihm ein, dass weder Hans Kräutlein noch Frau Hängerla von der Existenz der jeweils zweiten Seite wussten, die als Vorlage für die Fotoreproduktionen der Faksimiledrucke gedient hatten. Die Trennungsaktion im Krankenhaus und die Übergabe an Yildiz hatte er ja in eigener Verantwortung und ohne Berichterstattung durchgeführt.

Also entschloss er sich zu einer Notlüge.

Das war dann Straftat Nummer sechs, wenn nicht gar sieben, obwohl er diesmal nicht sicher war, ob eine einfache Unwahrheit – nicht an Eides statt abgegeben – überhaupt ein Strafvergehen darstellte.

»Also, die Türken haben zu der Feierstunde einen Experten einfliegen lassen und der hat dann anhand der Aufnahmen des Computertomographen gemeint, dass die Originale aus zwei zusammengeklebten Pergamentblättern bestehen. Die haben sie voneinander getrennt und auf dem zweiten Blatt diesen Text hier gefunden und für uns vervielfältigt.«

Hans Kräutlein sah Götz hochachtungsvoll an.

»Sie ham sogar die Röndgenbilder dabeighabt. Reschbegd. Die mitzunema, do häd ich net dran gedacht. Und dass die Dürgn so schnell und clever sind, ach net. Denn von die Münchner Experdn is kanner auf su a Idee kumma.«

»Des ko ja ka Mensch lesen. Was is denn des für a Gschnörksel?«, sagte Frau Hängerla nach einem kritischen Blick auf den ihr und Hans Kräutlein bisher unbekannten Text.

Ausnahmsweise war ihr Götz für diesen Kommentar ausgesprochen dankbar. Eine gute Ablenkung. Schließlich beschrieb er hier eine Aktion, die in Wirklichkeit in mehreren Schritten, teils in Kronach teils in Istanbul und innerhalb mehrerer Tage, abgelaufen war. Außerdem schrieb er diesem anonymen Experten aus der Türkei Verdienste der Aufklärung zu, die eigentlich Yildiz gebührten.

»Das ist kein Geschnörksel, sondern Alt-Arabisch.«

»Arabisch? Und des soll der Festungskommandand vo Gronich gschriebn hom?«

»Ganz genau«, sagte Götz bestimmt, obwohl auch seine Erkenntnisse in diesem Punkt relativ jung waren und auch bei ihm anfänglich Zweifel ausgelöst hatten. Schließlich war dieser

Teil der Aufklärung ohne ihn und damit ohne einen objektiven Beobachter erfolgt.

Dass Yildiz auf den leeren Seiten nach einem verborgenen Text gesucht hatte, ließ sich nur durch die Vorgeschichte erklären. Sie hatte die Theorie, Johann Rudolph Mayer sei als Spion für das Osmanische Reich tätig gewesen, lange vor ihm gekannt.

Nebenberuflich sozusagen, denn im Hauptberuf war er Kronacher Festungskommandant beauftragt vom Bamberger Bischof. Oder halt umgekehrt, was aber im Ergebnis auf dasselbe hinauslief.

Und wie dachten Spione? Gute wenigsten? Sie verbargen alles vor den Augen Nichteingeweihter. Und das sogar in mehreren Schichten. Hatte man eine Schicht abgelöst , tauchte darunter die nächste auf. Um das zu erkennen, musste man aber wissen oder ahnen, woraus diese Schicht bestand und wie sie mit der darunterliegenden verbunden war. Und das gleich drei Mal. Ein gezielt angelegtes Verwirrspiel, für dessen Auflösung eine bestimmte Denkart notwendig oder zumindest hilfreich war.

Vielleicht prädestinierte auch ein bestimmtes Gen die Türken zu einer solchen Vorgehensweise, denn Yildiz war keine Spionin und hatte dennoch in kürzester Zeit all die Hürden genommen, die Johann Rudolph Mayer für einen unbefugten Leser seiner echten Botschaft aufgerichtet hatte.

Hürde oder Schicht Nummer eins war das Verkleben des echten Briefes mit einem unverfänglichen Bericht an den Bamberger Bischof. Nur der war nach außen hin sichtbar. Dieses Hindernis hatte Götz, mit der Hilfe seines Vereinskollegen Dr. Schnitzler, im Kronacher Krankenhaus noch anstandslos bewältigt.

Bei Hürde Nummer zwei gab es zwei unterschiedliche Wege. Als Perfektionist hatte der Festungskommandant beide miteinander kombiniert.

Yildiz war es mühelos gelungen, sich in die Gedankenwelt eines Geheimagenten hineinzuversetzen. Dazu hatte sie nicht einmal vierundzwanzig Stunden und nur ein bisschen destilliertes Wasser benötigt.

Früher hatte man Regenwasser, ebenfalls kalkarm, benutzt, um die Geheimtinte wieder sichtbar zu machen.

Eine Geheimtinte, die sich ohne große technische Hilfsmittel auch im Jahre 1629 in Kronach herstellen ließ. Das engte die Möglichkeiten ein.

Arabische Alchemisten, so hatte Kurnaz Götz erzählt, kannten Dutzende Rezepturen für Geheimtinten. Eine der am einfachsten herzustellende bestand aus dem Saft einer Zitrone. Aber woher hätte Johann Rudolph Mayer im Dreißigjährigen Krieg in Kronach eine Zitrone nehmen sollen? In Istanbul wäre das sicher kein Problem gewesen.

Seine Vorbereitungen für den Geheimdienstauftrag waren sehr vorausschauend gewesen. Kupfersulfat, wenige Kristalle nur, ließ sich nicht nur leicht transportieren, man konnte mit der daraus hergestellten Lösung ganze Bücher füllen.

In Wasser gelöst war Kupfersulfat dunkelblau. Fast wie eine moderne Tinte. Nur etwas blasser. Wurde dieser Brief erhitzt, verwandelte sich das Blau der Schrift in ein ganz helles Grau. Die Schrift verschwand durch den Wechsel der Farbe.

Leider hatte Götz vergessen, welche chemische Veränderung das Kupfersulfat beim Erhitzen durchlief. Aber er traute weder Hans Kräutlein noch Frau Hängerla große Chemiekenntnisse zu. Er hatte aber auch gar nicht vor, die beiden mit diesen Details zu belasten.

Beim Erhitzen kam das Pergament ins Spiel, das nach Yildiz' Aussage zum damaligen Zeitpunkt schon lange außer Mode gekommen war. Papier wäre bei den Temperaturen, die nötig waren, um das Blau in ein unsichtbares Hellgrau zu verwandeln, verbrannt. Papier ließ sich auch schlecht gegen Feuchtigkeit schützen. Das Pergament hingegen hielt nicht nur die Hitze aus, sondern es war auch noch mit einem hauchdünnen Film aus Bienenwachs wasserdicht gemacht worden.

Bis auf eine winzige Stelle. Die hatte Yildiz damals im Krankenhaus zu einem einfachen fränkischen Überraschungs-Oh veranlasst.

Götz sah Yildiz genau vor sich. Wie sie anschließend an das gemeinsame Abendessen, spät nachts, in ihrem Zimmer im »Pfarrhof« mit einem Bügeleisen und saugfähigem Stoff vorsichtig das Bienenwachs entfernte und destilliertes Wasser auf die gereinigte Stelle tupfte. Vielleicht hatte sie dafür sogar eine ihrer Blusen geopfert?

Er hatte doch gewusst, dass der Verkauf von destilliertem Wasser auch im Nachtdienst Sinn machte. Sozusagen zu den echten Notfällen zählte. Das müsste, zumindest im Nachhinein, auch die Apothekerin Frau Spoerl anerkennen. Und mit seiner Vermutung, in einer der Aluminiumkisten sei ein Bügeleisen, hatte er auch völlig richtig gelegen.

Kurnaz hatte gegrinst, als er Götz erzählte, wie Yildiz in dieser Nacht ein halbes Dutzend türkischer Experten verschiedener historischer Fachgebiete telefonisch aus dem Bett geklingelt hatte. Er, als ihr Vorgesetzter, habe anschließend bei den Betroffenen die Wogen glätten müssen. Nicht nur wegen der Uhrzeit, sondern weil Frau Dr. Mayer so getan hatte, als sei die Existenz des türkischen Staates gefährdet, wenn der oder die Betreffende nicht sofort aktiv würde.

Und das alles nur, um zwei oder drei arabische Schriftzeichen sichtbar zu machen.

»Manchmal hat sie ein etwas überschäumendes Temperament und schießt mit ihrem Engagement ein wenig über das Ziel hinaus«, hatte Kurnaz Mayer gesagt. Sein Lächeln hatte dabei so gewirkt, als würde er diese Charakterzüge seiner Mitarbeiterin keineswegs verurteilen.

Am Morgen war Yildiz mit dem ersten Flug nach Istanbul zurückgekehrt, um dort Spezialkräften den Rest der Entschleierung zu überlassen.

Das Ergebnis, das »arabische Geschnörksel«, lag jetzt als Faksimiledruck auf Hans Kräutleins Schreibtisch.

Der kratzte sich am Kopf. »Schö, aber a weng schwer zu lesen. Zumindest für mich.«

Götz nickte.

Den relevanten Brief auf Arabisch zu verfassen, war die dritte Deckschicht gewesen, die der Kronacher Festungshauptmann aufgetragen hatte.

Diese Nachricht war nicht an den Bamberger Bischof gerichtet. Aber um sie drehte sich alles. Der Name des Empfängers wurde nicht genannt, denn welcher gute Spion würde in seinen Botschaften die Identität seines »Leitoffiziers« preisgeben? Das wäre ein Anfängerfehler. Johann Rudolph Mayer war alles andere als ein Anfänger gewesen. Mit großer Wahrscheinlichkeit hatte er davon ausgehen können, dass niemand, auch nicht derjenige, der so klug war, die Pergamentblätter zu trennen und darüber hinaus die Fähigkeit und das Wissen besaß, eine Geheimtinte wieder sichtbar zu machen, auch noch Arabisch konnte.

Götz überlegte kurz, wie hoch die prozentuale Wahrscheinlichkeit für die letzte der dreifachen Sicherheitskombination lag. Nicht heute, da gab es Möglichkeiten, von denen Mayer noch nicht einmal hatte träumen können, sondern im Jahr 1629.

Deutschland dürfte zu dem Zeitpunkt höchstens eine Bevölkerung von fünfzehn bis zwanzig Millionen gehabt haben. Wenn überhaupt. Schließlich war schon über zehn Jahre Krieg und ein solches Ereignis dezimierte die Bevölkerung.

Wenn es hochkam, konnten vielleicht zehn Prozent der Bevölkerung überhaupt lesen und schreiben. Deutsch natürlich. Von denen wiederum beherrschte maximal ein Prozent irgendeine Fremdsprache. Wobei Götz Latein als Fremdsprache wertete. Damit war der in Frage kommende Personenkreis bereits auf zwanzigtausend geschrumpft. Wenn er jetzt davon ausging, dass die Hälfte Protestanten waren, denn nur ein Protestant hätte es gewagt, einen Brief an einen katholischen Bischof zu zerschnippeln, dann blieben höchstens fünftausend für die Gegenspionage geeignete Männer übrig. Frauen hatte Götz aufgrund der damaligen Verhältnisse außer Acht gelassen.

Damals, überlegte Götz weiter, gab es noch keinen islamistischen Terrorismus, der die arabische Sprache für Zielfahnder, die es auch noch nicht gab, attraktiv machte.

Deshalb blieb die Frage: Wie viele Menschen von null Komma null fünfundzwanzig Prozent der deutschen Bevölkerung im Jahre 1629 haben Arabisch gesprochen? Und dann auch noch Altarabisch, das selbst zu jener Zeit nicht mehr wirklich modern und gut verständlich war.

Selbst Frau Dr. Yildiz Mayer war beim Alt-Arabischen an ihre Grenzen gestoßen, wie Kurnaz ihm erzählt hatte. Obwohl sie als Muslima mit dem Koran vertraut war, der im Original noch immer auf Arabisch wiedergegeben wurde.

»Das heißt aber nicht, wenn du den Koran lesen kannst, dass du damit Arabisch verstehst. Das wäre ungefähr so, als würdest du als Ausländer ohne Sprachkenntnisse eine deutsche Bibel auswendig lernen und dann eine Zeitung in die Hand bekommen. Du würdest noch nicht einmal die BILD-Zeitung verstehen.«

Yildiz' Vergleich hatte Götz überzeugt, obwohl er sich nicht mehr erinnern konnte, in welchem Zusammenhang er gefallen war, denn von den in Arabisch verfassten Geheimbriefen hatten weder er noch Yildiz zum Zeitpunkt ihres Kronach-Aufenthaltes etwas geahnt. Oder doch? Das Alif, die arabische Eins, so unscheinbar sie sein mochte, bei Yildiz hatte sie einen Denkweg vorbereitet. Noch keine Lösung geliefert, aber eine Richtung angedeutet. Das funktionierte natürlich nur bei einem Menschen, der mit einem simplen »Oh« beinahe die gesamte Bandbreite der zwischenmenschlichen Kommunikation abdecken konnte.

Aber eins war klar, die Bibel und BILD waren kaum kompatibel. Ebenso wenig wie der Islam und die Kronacher Bratwürste. Aber manchmal waren Widersprüche überzeugender als absolute Kongruenz.

Vor allem bei Yildiz.

Aber sie hatte natürlich jemanden gefunden, der den arabischen Text ins Türkische übersetzen konnte. Da bot Istanbul gegenüber Kronach einen gewissen Vorteil, wie Götz zugeben musste. Und der nächste Schritt, das Türkische ins Deutsche zu übersetzen, war wiederum kein Problem für Yildiz.

Er merkte, dass ihn der Inspektionsleiter noch immer fragend ansah, und selbst Frau Hängerla nutzte die sich bietende Gelegenheit nicht, seine Sprachpause mit einem fränkischen Wortschwall zu füllen. Beide starrten noch immer auf das »Geschreibsel«. Hans Kräutlein mit nur begrenztem Interesse, Frau Hängerla mit erkennbarer Ablehnung.

»Ich habe auch eine Übersetzung ins Deutsche dabei. Noch keine endgültige, aber eine, die zumindest den groben Inhalt wiedergibt«, sagte Götz und hoffte, dass niemand seine stark vereinfachte Darstellung der Geschehnisse in München hinterfragen würde.

Aufgrund seiner Situation entwickelte er fast ein gewisses Verständnis für Politiker. Die mussten auch oft einen verwickelten Sachverhalt so verkürzt darstellen, dass ihn das Volk verstand. Die Wahrheit blieb dabei meist auf der Strecke.

Er griff nach den drei handgeschriebenen Blättern. Für ihn waren sie wertvoller als die Handschriften des Johann Rudolph Mayer.

Die Linienführung war eindeutig. Genau wie bei dem »Alif«, das Yildiz für ihn geschrieben hatte. Ein winzig kleiner Trost, an dem er sich während der Heimfahrt von München nach Kronach festgehalten hatte.

Götz las den Text vor.

Als er geendet hatte, starrten ihn Hans Kräutlein und Frau Hängerla an.

Die fasste sich als Erste wieder.

»Wenn, wenn des stimmd, wos do stehd, dann, dann is des ja der absolude Waahnsinn. Drei, gleich drei Buam aus Gronich? Und kaner hod sich drum gekümmerd? Ich glabs net.«

Götz hatte bisher selten erlebt, dass Frau Hängerla ins Stottern geriet. Eigentlich noch nie.

Aber auch er war gestern Abend, bei seiner Ankunft in Kronach, sprachlich ins Straucheln geraten.

20

Kronach im Juni 1629

Dreimal musste Magdalena das Losungswort »Flößer« rufen, ehe sich der schmale Durchgang im Strauer Tor öffnete.

»Seid ihr daub oder wos?«, fuhr sie den Wachhabenden an, nachdem der die Pforte wieder verriegelt hatte.

Wahrscheinlich war es der, bei dem der Anblick ihrer Brüste die Wandlung vom Ochsen zum Stier ausgelöst hatte. Zumindest glotzte er mit den blöden Augen eines Rindes, dem der Schlachter gerade die Axt zwischen die Hörner geschlagen hat, in den Ausschnitt ihres Kleides. Am liebsten hätte sie ihm einen kräftigen Tritt ins Gemächt versetzt, wenn er denn überhaupt eines besaß, als Ochse.

Aber dann nahm sie mit Verwunderung wahr, dass sich trotz des frühen Morgens ein Großteil der männlichen Stadtbevölkerung auf den Straßen und Mauern aufhielt.

Alle bewaffnet.

»Greifn die Schweden an?«, fragte Magdalena und wollte schon nach Hause eilen, um einen großen Kessel Wasser aufzusetzen.

Kochendes Wasser, von oben auf einen angreifenden Sturmtrupp gegossen, der mit Leitern versuchte, die Stadtmauer zu erklimmen, war äußerst wirkungsvoll. Obendrein treffsicherer als Armbrust- oder Musketenschüsse. Von denen gingen die meisten daneben, weil bei einem Angriff bei den Verteidigern ein ebenso heilloses Gedränge und Durcheinander herrschte wie unten bei den Angreifern. Ein Übriges taten Aufregung und Angst, gegen die alle mit wildem Geschrei ankämpften, was die Treffsicherheit der Schützen zusätzlich behinderte. Beim lauten Brüllen konnte man schlecht die Hände ruhig halten.

»Na. Mir greifn die Schweden an.«

Magdalena sah ihn verständnislos an. »Mir greifn an? Wie denn?«

»Unser ganza Reiderei is heut früh ausgerüggd. Mehr als dreißich Monn. An großn Bogn wolln sa schlogn und dann die Schweden von hinden addagiern. Dord, von wo aus sis ned erwardn. Des soll a richtichs Schlochtfest wern.«

»No hoffndlich wern dobei di Richtichn gschlocht«, entfuhr es Magdalena. Ein völlig verrückter Plan in ihren Augen, aber es war die Erklärung für das Pferdegetrappel, das sie vorhin gehört hatte. »Ganz schö gfährlich.«

»Dervon verstehst du nix als Fra«, behauptete der Ochse und wandte sich ab.

Trotz ihrer Verzweiflung über Hannes' Verschwinden öffnete Magdalena am Abend die Schankstube.

Den ganzen Tag war sie durch das Haus geirrt, das ihr ohne Hannes wie ein leeres Schneckengehäuse vorkam, in dem sie sich nicht mehr heimisch fühlte. Die Gäste und die Arbeit würden sie zumindest eine Weile von ihren Grübeleien ablenken.

Die Wirtsstube füllte sich, kaum dass sie geöffnet hatte.

Die Reiterei war zurückgekehrt. Nach dem »Schlachtfest« wirkten sie seltsam betreten. Selbst die Rufe nach frischem Bier waren ungewöhnlich zurückhaltend. Nur zwischendurch fing Magdalena Fetzen ihrer gedämpften Unterhaltung auf. Wenn sie fragte, wie denn der Ausfall gelaufen sei, erhielt sie als Antwort nur abweisende Blicke. Ein Sieg war es also nicht gewesen.

»Drei Toda.«

»Na, vier.«

Namen wurden aufgezählt. Es waren vier Kronacher Verteidiger, die ihr Leben gelassen hatten.

»Acht«, brüllte plötzlich einer.

»Red ka blöds Zeuch. Der Sequester und seina drei Offiziere die worn aus Bamberch. Die zähln doch gar net. «

»Der hod uns doch des mit dem Ausfall eingebrogd. Also isses a bloß gerechd, dass na die Schweden erschossen hom.«

Magdalena presste die Lippen aufeinander. Eine seltsame, männliche Logik: Der »Soldodnhauptmonn« und seine Offiziere sollten bei den Gefallenen nicht mitgezählt werden, nur weil sie nicht aus Kronach stammten.

Sie griff nach einem Bierhumpen. Der war leer, so wie sein Benutzer voll war. Er schüttelte immer wieder den Kopf und murmelte trunken vor sich hin.

»Der is ned dot, der Bambercher. Der is einfach abghaun. Mit seinea Weißmändl. Uns had er einfach im Stich glassen. Der had uns einfach im Stich glassen.« Den Satz wiederholte er immer wieder. Dabei liefen ihm Tränen über die Wangen.

»Des bildst da vielleicht bloß ein, denn da draußen, des wor bestimmt a schlimma Sach«, versuchte Magdalena ihn zu beruhigen, obwohl sie wusste, Betrunkene ließ man am besten einfach in Ruhe.

»Hod uns einfach im Stich glassen«, nuschelte der Mann erneut. »Ich hab na nämlich gsehn, wie mer uns zurückziehn mussdn. Drüm beim Kreuzberg. Er und seina sechs Monn mit die weißen Umhäng. Noch Friesen sind sa griddn.«

»Drei«, verbesserte ihn Magdalena, denn sie wusste genau, in den letzten Tagen waren es nur noch drei Offiziere mit weißen Mänteln gewesen.

»Sechs«, beharrte der Mann. »Und drei dervon worn klenner.«

Der Kerl ist betrunken, entschied Magdalena und wand ihm den leeren Bierkrug aus der Hand, dessen Henkel er umklammert hielt.

»Sechs« murmelte er. »Drei klana und drei großa.«

In Magdalena keimte ein Verdacht auf.

Deutlich erinnerte sie sich an den prüfenden Blick, mit dem der »Soldodnhauptmonn« Hannes begutachtet hatte. Die Hand, die durch das rotlockige Haar ihres Sohnes fuhr, als wolle er das Fell eines Tieres prüfen, das er zu kaufen gedachte.

❁ ❁

Nach dem ungeklärten Verschwinden des Bamberger Obristwachtmeisters Johann Rudolph Mayer und seiner Offiziere war die Stadt Kronach militärisch führungslos. Den wagemutigen und wenig erfolgreichen Ausfall zu Pferde schrieben die Kronacher Verteidiger dem ungezähmten türkischen Temperament des Sequestors zu. Von dem hätten sie sich leider anstecken lassen.

Hannes' Vorhersage »die Schwedn wern Gronach nie errobern« erwies sich als richtig. Wenige Tage nach dem Kronacher Ausfall zog der Herzog von Weimar mit seinen »schwedischen« Truppen ab.

Auch späteren Belagerungen hielt Kronach stand, und der Bürgermeister erhielt dafür nach dem Ende des Dreißigjährigen Krieges eine goldene Kette als Auszeichnung für die Tapferkeit der Kronacher Bürger.

Das Verschwinden des Hannes vom »Scharfen Eck« und der Zimmermannbuben fand in der Chronik der Stadt keine Erwähnung. Ihr Schicksal wurde nie aufgeklärt.

Bis …

21

Götz stieg die Treppen zum Bahnhofsvorplatz hinunter. In der einen Hand den Aktenkoffer, in der anderen die Mappe mit Yildiz' Übersetzung der Johann-Rudolph-Mayer-Briefe.

Die Originale der zweiten Seite – gerichtet an einen unbekannten Vorgesetzten im osmanischen Reich, der nicht mehr existierte, sie demzufolge nie gelesen hatte, seine Nachfolger ebenfalls nicht, denn denen war die verabredete Verschlüsselungsprozedur unbekannt – waren schon in Istanbul. Genau wie Yildiz.

Er sah auf die Uhr. Es war dreiundzwanzig Uhr fünf. Der ICE aus München hatte zwar fünf Minuten Verspätung gehabt, doch der Regionalexpress über Lichtenfels hatte das wieder aufgeholt. Er war hier in Kronach als Einziger ausgestiegen.

Nur zwei weitere Fahrgäste setzten die Fahrt nach Stockheim fort.

Götz überlegte, wie viel Kilowatt Strom der Regionalzug aufwenden musste, um diese zwei Fahrgäste ans Ziel zu befördern, hatte aber keine Verbrauchszahlen für elektrisch betriebene Nahverkehrszüge parat. Eins war klar: Auf dieser Fahrt würde die Bahn einen Verlust einfahren.

Eine Beförderung per Taxi wäre da billiger, denn hier in Kronach würde ihn kein schwarzer Mercedes abholen. Deshalb stellte sich erneut die Frage nach einem Taxi und dessen Rechtfertigung gegenüber Frau Hängerla.

In Kronach gab es, anders als in München, keine U-Bahn, auf die Frau Hängerla hinweisen konnte. Die Untertunnelung gleich dreier Flüsse, der Haslach, der Kronach und der Rodach, würde ein solches Vorhaben erschweren. Ein Bus zum Kreuzberg fuhr um diese Zeit nicht mehr. Das würde seine Verhandlungsposition »Pro Taxi« gegenüber Frau Hängerla stärken.

Aber in Kronach wartete auch kein Taxi, einfach so auf Verdacht. Nicht einmal am Bahnhof, schon gar nicht nachts um kurz nach elf.

Dem orangefarbenen Licht energiesparender Straßenlaternen gelang es nur unzureichend, das triste Grau des Bahnhofparkplatzes mit einem Hauch von Farbe zu überziehen. Leer und verlassen lag er Götz zu Füßen.

Bis auf ein einzelnes Auto. Das parkte im absoluten Halteverbot.

Die Übersetzung der drei Briefe bestätigte nicht nur die spekulative Idee, die Kurnaz Adam Mayer in seinem Buch geäußert hatte, sondern noch etwas ganz anderes. Etwas, das Götz, als gebürtiger Kronacher, sowie Hans Kräutlein und Frau Hängerla – obwohl die aus Neuses stammte, immerhin fünf Kilometer von Kronach entfernt – noch viel dramatischer empfanden.

Der Inhalt der geheimdienstlichen Berichte von Johann Rudolph Mayer – Götz hatte sie während der Zugfahrt mehrfach studiert – beschrieb nicht nur die Verhältnisse in Deutschland während des elften Jahres des Dreißigjährigen Krieges, sondern auch, welche Rolle der Bamberger Bischof als einer der Bewacher des »Pfaffenkorridors« innegehabt hatte.

So nannten die Protestanten einen Teil Deutschlands, der fest in katholischer Hand war. Glaubte man dem Vergleich, den Johann Rudolph Mayer zwischen den türkischen Janitscharen und den deutschen Landsknechten anstellte, dann fielen die

Letztgenannten durch folgende, nicht gerade schmeichelhaften Eigenschaften auf: Trunksucht und Völlerei – sofern es die Versorgungslage hergab. Hurerei und Streitlust – wobei Zweiteres mehr mit dem Maul ausgetragen wurde als in der Schlacht. Eine rühmliche Ausnahme billigte Mayer allerdings den Kronacher Stadtverteidigern zu, wo sich selbst die Frauen nicht scheuten, dem Feind mit kochendem Wasser und Ähnlichem zu Leibe zu rücken.

Vor allem aber zeichnete sich der Durchschnittssoldat des Dreißigjährigen Krieges in den Augen des osmanischen Offiziers durch einen völligen Mangel an Disziplin aus.

Missbilligend sah Götz erneut auf den Kleinwagen in der Halteverbotszone. Der ganze Parkplatz war leer. Genau zweiunddreißig markierte Abstellplätze standen dort zur Verfügung und um diese Uhrzeit wurden noch nicht einmal Gebühren erhoben. Die Parksünder wurden immer dreister, dachte er. Nur um wenige Schritte zu sparen, es waren höchstens achteinhalb Meter, missachteten sie eine völlig eindeutige und unübersehbare Beschilderung. Das war schon kein temporärer Parkraumdiebstahl mehr, das hatte schon den Charakter des offenen Widerstandes. Zumindest war es ein Mangel an Bürgerdisziplin gegenüber der ordnenden Hand des Straßenverkehrsamtes.

So ganz falsch waren also einige der Beurteilungen des Johann Rudolph Mayer nicht. Auch wenn der Führer des Kleinwagens wahrscheinlich kein deutscher Landsknecht war und die Deutschen mehrere hundert Jahre Zeit gehabt hatten, um sich an ein Minimum von Disziplin zu gewöhnen. Ob der Fahrer auch der Trunksucht gehuldigt hatte, darüber könnte nur ein Alkoholtest Auskunft geben.

Götz überlegte, ob er nicht die Kollegen vom Nachtdienst anrufen sollte, damit sie den Aufrührer in seine Schranken wiesen, entschied sich aber dagegen.

Er musste jetzt die richtigen Prioritäten setzen. Das hatte ebenfalls etwas mit Disziplin zu tun.

Schließlich musste er ein Kapitalverbrechen aufklären. Eines, das sich direkt in Kronach zugetragen hatte; auch wenn es Jahrhunderte her war und seine Ausführung und die Hintergründe nur für jemanden verständlich waren, der sich so intensiv mit der osmanischen Geschichte auseinandergesetzt hatte wie er.

Sechs oder sieben Boten hatten Johann Rudolph Mayer auf seiner Mission nach Kronach begleitet. Vielleicht waren es ursprünglich noch mehr, aber das war eine Annahme ohne Beweiskraft. Jeder von ihnen hatte einen Brief nach Istanbul befördert.

Zur damaligen Zeit ein langer und gefahrvoller Weg für einen Postboten.

Alle Spionageberichte waren nach dem gleichen Sicherheitsmuster aufgebaut. Ein Tarnbrief an den Bamberger Bischof verbarg die wahre Botschaft für den Fall, dass einer der Boten aufgegriffen wurde und die Briefe in die Hände des Feindes oder, was weitaus schlimmer gewesen wäre, in die der Verbündeten fiel.

Und noch etwas war Götz aufgefallen. Der Perfektionist hatte sich einen Fehler geleistet. Einen entschuldbaren Fehler, wie Götz zugab. Johann Rudolph Mayer hatte nicht mit der Beständigkeit der Veränderung gerechnet. Die verschonte auch das Osmanische Reich nicht.

Jeder der Berichte enthielt die Ankündigung einer persönlichen Gabe an den Empfänger. Insgesamt drei.

»Die sollten geliefert werden, wenn die militärische Situation dies zuließ. Spätestens wenn die Belagerung Kronachs beendet sei.« So hieß es in dem Schreiben.

Diese »Gaben« mussten angekommen sein. Die Begleitschreiben ebenfalls, aber ihr verschlüsselter Teil blieb unerkannt.

Am Hofe des Sultans musste es eine Veränderung gegeben haben. Der ehemalige »Leitoffizier« der Spionageaktion war nicht mehr da. Entweder hatte er sich zur Ruhe gesetzt, ohne seinen Nachfolger zu instruieren, oder er wurde abgelöst. Vielleicht war er in Ungnade gefallen oder hingerichtet worden – im Reich der Osmanen war alles möglich. Fast alles.

Auf jeden Fall waren alle Bemühungen des Kronacher Stadtkommandanten umsonst gewesen. Im Topkapipalast in Istanbul, damals hieß es noch Konstantinopel, wusste niemand mehr, wie die dreifache Verschlüsselung der Spionageberichte funktionierte. Die wahren Botschaften blieben ungelesen. Vielleicht hatte das sogar die Weltgeschichte beeinflusst?

Dieses Geheimnis zu entschlüsseln, blieb Yildiz und ihm vorbehalten. Fast vierhundert Jahre später.

Götz wusste inzwischen genau, was sich hinter dem Begriff »Knabenlese« verbarg, der in dem verborgenen Teil erwähnt wurde. Da hatten sich seine Osmanen-Studien ausgezahlt.

Gleich, wie die Gesetzeslage damals war, gleich, ob dieses Verbrechen nach heutigem Recht verjährt war. Es ging um die Aufklärung von Kindesentführungen von Kronach nach Istanbul in mindestens drei Fällen. Dabei spielte es keine Rolle, dass diese Stadt mehrfach ihren Namen geändert hatte. Angefangen mit Byzanz, dann Konstantinopel und heute Istanbul; wann jeweils genau und warum, hatte Götz nicht mehr parat. Nur, dass diese ständigen Namensänderungen in seinen Augen ebenfalls ein Verdachtsmoment darstellten. Warum schließlich sollten für Städte andere Regeln gelten als für Personen.

Aber um diese namentliche Identitätsverschleierung der Stadt Istanbul sollten sich Politiker oder ein internationaler Gerichtshof kümmern, er würde der Entführung nachgehen. Das war eine ureigene Polizeiaufgabe.

Da brauchte er keine Anzeige der Eltern. Deren Identität festzustellen, war nach über dreihundertachtzig Jahren vielleicht auch schwierig.

Er brauchte keinen offiziellen Ankläger. Götz konnte sich keinen Staatsanwalt in Kronach vorstellen, der aufgrund des vorliegenden Beweismaterials eine offizielle Ermittlung einleiten würde. Selbst dann nicht, wenn das schriftliche Geständnis des Entführers vorlag. Und zwar ganz eindeutig.

Ein kleines Problem würde die Ermittlungen allerdings erschweren. Weder die Vornamen noch die Familiennamen der entführten Kinder – alles Knaben – wurden in den Geheimbriefen genannt.

War das Ironie des Schicksals oder Zeichen der hochentwickelten Bürokratie der Osmanen?

Die drei aus Kronach entführten Knaben hatte man, auf Wunsch des Absenders, als Mayer I bis III in die Register der Janitscharen einzutragen. Eine Neuerung, die Johann Rudolf Mayer noch miterlebt hatte, bevor er seinen Spionagedienst antrat, sonst hätte er diese Namensgebung nicht vorgeschlagen. Der Hintergrund war banal. Inzwischen durften auch Türken Janitscharen werden und deshalb machte das »Um- oder Neutaufen« der Sultanskrieger keinen Sinn mehr.

Demzufolge, schloss Götz, wurde der Familienname Mayer auf diesem Wege in die Türkei exportiert, falls er vorher dort noch nicht existiert hatte. Und da das im Jahr 1629 geschehen war, konnten sich die heutigen Träger dieses Namens mit gutem Recht als »waschechte Türken oder Türkinnen« fühlen.

Yildiz hatte also nicht gelogen.

Hans Kräutlein und Frau Hängerla waren natürlich schockiert gewesen, als er ihnen erklärt hatte, was es mit der Knabenlese auf sich hatte. Dass man drei Kronacher Buben in die Türkei verschleppt hatte, um sie dort als Soldaten auszubilden. Aber das war auch schon alles. Unternehmen würden sie nichts. Bei der exakten Beweisermittlung, die Aufklärungsarbeit dieses nach deutschem Recht bereits verjährten Verbrechens und seiner Folgen war ja bereits geleistet, würde er natürlich ganz allein auf sich gestellt sein. Kein einfaches Unterfangen. Allein die Frage nach dem Motiv des Täters warf mehrere Fragen auf.

Vielleicht hatte Johann Rudolph Mayer geglaubt, er tue diesen Kronacher Jungen etwas Gutes. Denn jedem Janitscharen, jedem Siphahi standen bei entsprechender Eignung die höchsten Staatsämter des Osmanischen Reiches offen. Sie konnten alles werden. Oberster Schöpfkellenbewahrer, Oberster Steigbügelhalter oder Wesir. Nach neuzeitlichem Verständnis konnten sie Generäle und sogar Minister werden.

Nur das Amt des Sultans blieb ihnen verwehrt. Aber das war aufgrund der verwickelten Erbfolge vielleicht gar nicht so erstrebenswert. Wer wollte schon eine Haremsklavin zur Mutter haben, wer wollte nach der Machtübernahme all seine Brüder um die Ecke bringen? Nach Götz' Meinung viel zu spät. Vor der Machtübernahme schien es ihm sinnvoller zu sein. Und wer wollte mit großer Wahrscheinlichkeit selbst gewaltsam ins Jenseits wechseln? Denn das passierte den meisten Sultanen.

In Kronach hingegen? Was wäre da aus den drei Buben geworden? Damals.

Handwerker, Gastwirt oder Flößer? Vielleicht hätte es einer bis zum Bürgermeister gebracht? Mehr wäre nicht drin gewesen.

Gewinnstreben, Grausamkeit oder gar ein sexuelles Motiv, die klassischen Hintergründe in einem Entführungsfall, konnte man Johann Rudolf Mayer schlecht unterstellen.

Eine weitere Unbekannte war das Schicksal des Entführers. Seine Boten hatten mit den Briefen und den Knaben Istanbul erreicht.

Johann Rudolf Mayer nicht. Das war hundertprozentig sicher, denn sonst wären seine Nachrichten kein Geheimnis geblieben, das erst Yildiz und er hatten entschlüsseln müssen.

Götz seufzte.

Die Fahrertür des silberfarbenen Kleinwagens im Halteverbot öffnete sich.

»Merhaba, Götz«, sagte eine Stimme.

Fast wären Götz die Aktentasche und die Mappe entglitten.

»Wa–, wa–, was machst du denn hier?«, fragte er und wusste gleich, das war die falscheste von allen möglichen falschen Fragen.

Doch heute war ihm das Schicksal – dem er nicht traute – anscheinend wohlgesonnen und verzieh ihm. Zu einhundert Prozent.

»Ich wollte dich sehen, Götz Pascha.«

»Oh«, sagte Götz.

Yildiz senkte den Kopf. »Hast du Lust, mit mir ein paar Tage zu verreisen?«

»Selbstverständlich«, antwortete Götz, ohne eine Sekunde zu zögern oder darüber nachzudenken, ob sich seine Zusage mit Dienstplänen, anstehenden Ermittlungen und ähnlichen Nebensächlichkeiten in Einklang bringen ließ.

Der nachtgraue Parkplatz vor dem Kronacher Bahnhof verwandelte sich.

Sonnenüberflutet dehnte sich das tiefblaue Wasser des Bosporus vor ihm aus. Fischerboote, Frachter und Fähren pflügten weiße Gischtspuren. Ein warmer Wind bewegte die Blätter eines Feigenbaums, ließ ihre Schatten auf gelbem Felsgestein tanzen. Der Duft von gegrilltem Fisch und Sesamkringeln stieg ihm in die Nase. Golden, blau und bunt leuchteten die Kuppeln der Moscheen. Der auf und ab schwellende Ruf eines Muezzins schallte über die Dächer. Ein zweiter kam hinzu. Noch einer und noch einer, bis sich ihre Einladungen zum Mittagsgebet ineinander verwoben und wie ein hauchdünner Teppich über der Stadt schwebten, getragen von üppigen Gerüchen exotischer Gewürze.

Götz kniff die Augen zusammen.

Ganz nah vor ihm die Silhouette einer Bauchtänzerin. Mit ausgebreiteten Armen und wiegenden Hüften kam sie auf ihn zu. Ihre Lippen waren leicht geöffnet.

»Wann?«, fragte Götz mit rauer Stimme.

Yildiz sah ihn an. »Morgen, vierzehn Uhr zehn. Da geht ein passender Flug von Nürnberg aus.« Ein Lächeln kräuselte ihre Lippen. »Dann würden wir es am Abend sogar noch schaffen.«

»Was schaffen?«

»In die Fridart Stichting.«

»Die was?«

»Die Fridart Stichting. Das ist eine Gemäldegalerie in Amsterdam.«

Götz schluckte. Über Amsterdam wusste er nur wenig. Grachten, Tulpen und Coffee-Shops, in denen man legal Joints rauchen durfte. Letzterem musste er als deutscher Polizeibeamter zwangsläufig kritisch gegenüberstehen, auch wenn er sich nur an einen Fall erinnern konnte, in dem ein Kronacher seine holländischen Einkäufe zu Hause genossen hatte. Im Gegensatz zum Verzehr von importiertem Käse war das illegal.

»Und was wollen wir da?« Keine sehr intelligente Frage, fiel ihm selbst auf. Was Besucher einer Gemäldegalerie wollten, war schließlich klar und eindeutig.

»Wir …« Yildiz hob den Zeigefinger. »Wir schauen uns einen Lucas Cranach an.«

»An Lucas Cranach? Abber deswegen müss mer doch net …« Den Rest des Satzes schluckte Götz hinunter.

Schon einmal hatte ihn eine unangebrachte Kritik in kosmische Entfernung zu Yildiz katapultiert.

Heute war die Reaktion anders.

»Doch, doch. Für den schon. Glaub's mir Götz. Die ›Gerechtigkeit‹ ist etwas ganz besonderes. Das Original habe ich zwar noch nie gesehen, aber schau mal.« Sie streckte Götz etwas entgegen.

Zögernd griff er danach.

Ein Bild. Eine nackte Frauengestalt. Ihre rechte Hand hielt ein Schwert, die linke eine altmodische Waage. Selbst in der trüben Beleuchtung des Bahnhofplatzes war das goldkupferne Haar deutlich erkennbar.

Götz musste noch einmal schlucken.

Die Ähnlichkeit war frappierend. Nein, das war nicht nur ähnlich, das war identisch, fast fotografisch, korrigierte er sich. Das konnte nicht sein. Das musste eine Fotomontage oder eine Fälschung sein. Er drehte das Bild um.

Keine Fotomontage, keine Fälschung, sondern eine ganz normale Kunstpostkarte. Noch dazu eine aus dem Souvenirshop oben auf der Feste Rosenberg. Da wurde so ziemlich alles, was mit dem Kronacher Künstlergenie in Zusammenhang stand, angeboten.

Götz atmete tief durch.

Es war unglaublich, aber wahr. Von der Postkarte blickte ihm Yildiz entgegen.

Nur in einem wichtigen Detail hatte Lucas Cranach geirrt.

Bei der Augenfarbe.

Danksagung

Bewusst oder unbewusst haben neben Johann Rudolph Mayer noch viele andre Personen und Örtlichkeiten zu »Die Rosenberg-Pergamente« beigetragen. Ihnen allen gilt mein Dank.

Im Hotel »Pfarrhof«, den Gastronomiebetrieben »Appel's Max«, »Antlabräu« und der Metzgerei Wicklein durften meine Romanfiguren auftreten. Das jeweilige Personal ist frei erfunden.

Frau Spoerl, die »Löwenapothekerin«, hatte den Mut, aktiv in das Romangeschehen einzugreifen, indem sie eine reale Begebenheit aus ihrem Berufsalltag beisteuerte. Für diesen Teil des Romans kann ich deshalb nicht behaupten, alle Personen seien frei erfunden und mögliche Ähnlichkeiten rein zufällig.

Fast 400 Jahre Zeitunterschied machten einen Gedankenaustausch, sowohl per Post oder Telefon als auch via E-Mail, unmöglich. Deshalb konnte ich die Wirtin vom »Scharfen Eck« nicht fragen, ob sie mit ihrem Auftritt einverstanden ist.

Auch Lucas Cranach d.Ä. blieb über seine Beteiligung ungefragt. Ebenso der ehemalige Bamberger Bischof »Fuchs von Dornheim«.

Während eines Aufenthaltes in Istanbul ist mir »Frau Müdürlügü« mit ihrer Vorliebe für Köfte begegnet.

Der Verein »1000 Jahre Kronach« muss leider damit leben, dass die von mir erdachten Vereinsmitglieder niemals einen Mitgliedsbeitrag entrichten werden. Aus unterschiedlichen Ausgaben der Vereinszeitschrift konnte ich viele Details, z.B. zur

Geschichte der Flößerei oder dem Ursprung der »blauen Steine« in der Kronach, entnehmen. Den ungenannten Autoren sei Dank.

Meine Cousine Ilse hat für mich in München recherchiert und war über gewisse architektonische Ausformungen ähnlich enttäuscht wie ich.

Herr Raum, Vorsitzender des Vereins »1000 Jahre Kronach« und mein Testleser, hat mich bei diesem Kronach-Krimi immer ermutigt.

Frau Julia Ströbel, die Lektoratsleiterin des Sutton Verlags, hat mich ermuntert, den historischen Teil des Romans weiter auszubauen, um damit die Geschichte runder zu machen.

Die Stadt Kronach lieferte mit ihrem fränkischen Flair und ihrer Geschichte den unverwechselbaren Hintergrund. Dazu gehören auch ihre heutigen oder früheren Bewohner, das Umland, die typisch fränkischen Spezialitäten. Das alles konnte selbst eine »waschechte Türkin« aus Istanbul in Versuchung führen.

Die Kronacher Polizei, obwohl in der »Gefahrenabwehr« bestens ausgebildet, war gegen die erfundenen Kollegen und Kolleginnen und deren Treiben machtlos.

Frau Dorothée Engel hat mit ihrem Lektorat manchmal holperiges Kopfsteinpflaster glatter gemacht. Für Lesestoff gelten andere Regeln als für den Denkmalschutz.

Dass ich zufällig in Kronach geboren wurde, ist nicht mein Verdienst, erklärt aber vielleicht, warum ich diesen Roman geschrieben habe.

Dort, wo ich heute lebe, bin ich sozusagen Hesse mit Migrationshintergrund. Dankbar bin ich dafür, dass meine Frau Helga, meine Kinder Julia und Boris, alle drei waschechte, gebürtige Hessen, meine genetisch bedingten fränkischen Eigenarten ertragen. »A Waaahnsinn« sagen sie manchmal. Wahrscheinlich meinen sie damit das Zusammenleben mit mir.

Wenn Sie Vorschläge, Beschwerden oder Kritik äußern wollen, wenden Sie sich bitte direkt an mich. Gleiches gilt für den Wunsch, einmal in einem Roman, vielleicht dem nächsten Kronach-Krimi, persönlich auftreten zu wollen.
wolfgang.polifka@t-online.de

Wohlmeinende Äußerungen bitte an den Sutton Verlag.
www.sutton-belletristik.de

Wolfgang Polifka

Buchhinweise

Todesfinal
Ein Nürnberg-Krimi

Gunnar Schuberth

12,00 €
978-3-86680-866-9

Der Abenteurer Paul Skamper sitzt in Nürnberg fest und ordnet das Erbe seines Vaters. Als er von Leichenteilen hört, die beim immer beliebter werdenden Geocaching, einer Art Internet-Schnitzeljagd, auftauchen, ist er sofort bereit, der Sache auf den Grund zu gehen. Tatsächlich entdeckt Paul in einer finsteren Nacht einen abgetrennten Arm. Und das ist für lange Zeit das Letzte, was er sieht. Eigentlich sollte das als Warnschuss genügen, aber jetzt ist seine Neugier erst recht nicht mehr zu zügeln.

Wilde Visionen
Krals vierter Fall

Rainer König und
Birgit König

12,99 €
978-3-95400-316-7

Nie wieder würde er sich in gefährliche Ermittlungen hineinziehen lassen, das hatte der Selber Lehrer Jan Kral seiner Frau fest versprochen. Aber als wenige Tage danach seine Schülerin Klara spurlos verschwindet, kann er doch gar nicht anders, als die Suche nach dem Mädchen durch persönliches Engagement zu beschleunigen. Wem ist Klara da in die Hände gefallen? Einer Sekte? Als Kral dann auf das zweite Opfer stößt und sich Hinweise auf tschechische Neonazis finden, steckt er mitten drin in einem neuen dramatischen Grenz-Fall.

SUTTON KRIMI

Buchhinweise

Der Verlobte
Vom Heucheln und Meucheln

Christine Sylvester

9,90 €
978-3-86680-757-0

Natürlich waren Lilly und Tillmann etwas nervös, schließlich war es das erste Treffen mit Lillys etwas exzentrischer Großfamilie. Und als Lillys Cousine tot im Stall aufgefunden wird, scheint noch ein Unfall denkbar. Aber schnell bleiben immer mehr Plätze an der reich gedeckten Familientafel leer. Strom und Telefon fallen aus, an Hilfe von außen ist nicht zu denken. Wer lichtet so erbarmungslos die Reihen von Lillys Familie? Ein famoser Krimispaß in bester angelsächsischer Tradition.

Weitere Krimis und Romane finden Sie unter:
www.sutton-belletristik.de